VIOLAINE VANOYEKE

Les Histoires d'amour des pharaons

II

MICHEL LAFON

Pour Philippe.

Toi la plus resplendissante de toutes,
Tu es l'astre qui brille pour le nouvel an.
Tes yeux me captivent
Tes paroles me charment
Ta poitrine lumineuse,
Tes cheveux brillants de pierres précieuses
Tes doigts semblables aux pétales des fleurs
Tes hanches, enserrées dans une tunique
D'où émergent des jambes de gazelle
Ton port altier et fier me séduisent
Quand tu avances, souveraine.

Poème du Nouvel Empire

Préface

Les indices qui évoquent la vie privée des pharaons sont rares, surtout quand il s'agit de Taousert et de Séthi II ou d'Aménophis II et de Tiâa. Grâce au trésor découvert dans la tombe de Thout Ankh Amon, quelques représentations d'Ankhsepaton et du roi, des scènes de tendresse... permettent de juger de l'entente de ce couple très jeune qui avait quitté Akhetaton pour vivre à Thèbes. On ressent toujours la même émotion à la contemplation de ces objets, déposés au musée du Caire, qui ont été utilisés par le couple royal dans sa vie de tous les jours. Un vase à parfums, un trône, un lampadaire en calcite transparente en forme de lotus, une jarre de vin offerte au pharaon dans la cinquième année de son règne par le responsable des vignobles lèvent le voile et ouvrent la voie au rêve. Des statues royales vêtues d'un pagne et ornées de l'uræus, le cobra placé sur le front, portent deux massues. Des récipients en forme d'œufs, des lits, des chariots d'or et de pierres précieuses, une coupe en albâtre, un portrait du souverain, des reliquaires, de petits coffres rutilants d'incrustations, loin d'être des témoins muets, sont des clins d'œil à la vie intime de Pharaon.

Si les archives de Tell el-Amarna (moderne

Akhetaton) révélaient de nombreux détails sur la correspondance des pharaons avec les rois des pays de l'Est et sur la vie quotidienne au palais, l'histoire thébaine de Tout Ankh Amon et d'Ankhsepaton ne figurait pas sur les tablettes de la ville d'Akhenaton et de Néfertiti.

Ankhsepaton, qui est appelée « la Grande en Magie », était belle et artiste. À la mort de son époux Tout Ankh Amon, elle envoya un message au roi hittite pour lui proposer un mariage avec l'un de ses fils. Mais il est possible que cette histoire se soit passée sous Néfertiti et non sous Ankhsepaton.

Nous avons retrouvé dans les archives hittites cette correspondance étonnante entre le roi hittite et une veuve égyptienne.

Projet qui n'aboutit pas puisque le fils du roi hittite ne parvint jamais au palais égyptien.

Les scènes attendrissantes qui décorent, là, un coffre, là, le dossier d'un fauteuil montrent Ankhsepaton tenant la main de son époux, répandant du parfum sur ses cheveux, s'asseyant aux pieds de son mari. Tous ces détails émergent des pierres colorées du trésor de Tout Ankh Amon. Le couple royal dans sa minceur et sa jeunesse paraît si fragile ! Chaque attitude, chaque geste le fait revivre tant le dessin est épuré de la froideur propre aux représentations des pharaons de la dynastie précédente. Réalisme touchant, scènes de la vie quotidienne, entretiens intimes, délicates attentions ressortent de ces compositions magnifiques. Ankhsepaton est drapée dans une tunique plissée presque transparente qui lui arrive aux chevilles. Elle se montre très attentionnée envers le roi et très attentive à ses moindres désirs. Le souverain est assis sur un fauteuil remarquablement ouvragé.

Parce qu'elle était vénérée par les ouvriers des

tombes royales, Ahmès-Néfertari, l'épouse du pharaon Ahmosis, est assez bien connue. On sait qu'elle était honorée dans un temple construit à côté du Village des artisans de Deir el-Medineh. Des inscriptions permettent d'entrer dans l'intimité du couple. Sur une stèle de la chapelle de la reine Tétishéri, grand-mère d'Ahmosis, située à Abydos, est reproduit un dialogue entre Ahmosis et Ahmès-Néfertari.

À Abydos se trouve également un texte rappelant les rites qu'Ahmosis célébrait dans le lieu le plus sacré du temple. Une stèle retrouvée à Karnak mentionne qu'Ahmès-Néfertari était serviteur du dieu Amon. Le roi lui permit de créer le domaine de l'Épouse du dieu. Ahmès-Néfertari créa cette institution de toutes pièces. Elle reçut une maison où elle vaquait, telle une prêtresse, au milieu d'un collège de prêtres.

Quant à Ahmosis, lui aussi bénéficiait d'une véritable adoration de la part du peuple. Son fils Aménophis Ier, qui régna aux côtés de sa mère, fut également adoré des ouvriers des tombes. D'après une stèle d'Abydos, il semble qu'Ahmosis et Ahmès-Néfertari avaient les mêmes parents.

L'histoire de Taousert, de Séthi II et de Siptah reste la plus compliquée et la plus mystérieuse, d'autant que plusieurs personnages d'importance viennent s'insérer dans leur vie. Chambellan avide de pouvoir, descendant de Ramsès II aspirant au trône, comploteur prêt à lever une armée en Nubie entourent le couple royal et le fils de Séthi II (qui était peut-être, selon certaines versions, le fils d'Amenmosé, autre pharaon aux dates de règne incertaines).

L'existence de Taousert, la Grande Épouse de Séthi II devenue reine-pharaon, est méconnue. Leurs deux tombes ouvertes en 1999 après avoir été restaurées ne révèlent que peu d'éléments sur leur vie privée. Rien là d'étonnant puisque les murs des tombes royales étaient davantage décorés d'extraits du *Livre de L'Amdouat* et de divinités que de scènes de la vie personnelle des pharaons. On ne le regrettera jamais assez !

On ne peut donc qu'imaginer Taousert parée de ces bijoux que l'on a retrouvés à Bubastis, magnifique trésor. Des bracelets sur lesquels figurent Taousert et Séthi II, des boucles d'oreilles ornaient ses bras et son visage. Une coupe en or semblait aussi lui appartenir.

Bien que le nom de la reine se trouve mentionné sur de nombreux monuments, en Nubie ou dans le nord de l'Égypte, ces indications demeurent insuffisantes pour reconstituer la période troublée pendant laquelle régnèrent tour à tour Séthi II, Siptah et Taousert. L'emplacement du temple de millions d'années de Taousert, prévu à côté de ceux des autres pharaons à Thèbes-Ouest, révéla peu d'indices sur sa vie. On retrouva des briques au nom de la reine, des amulettes, quelques outils... un bien maigre butin pour nous ouvrir les portes secrètes de l'existence d'une reine courageuse.

Baÿ fut-il le confident, le serviteur dévoué, le concurrent ou l'amant de la reine ? Parce que ce haut fonctionnaire a eu le droit de faire creuser sa tombe près de celle de Taousert dans la Vallée des Rois, les rumeurs ont couru sur les relations que la reine entretenait avec l'ingénieux et ambitieux Baÿ. Toutes les versions circulèrent. Cette modeste tombe vient d'être fouillée. Plusieurs objets ont été retrouvés. Mais aucun ne nous donne quelque indice sur la manière dont la reine-pharaon considérait Baÿ ou son ancien époux Séthi II. À partir d'un pauvre héritage, il faut reconstuire, avec vraisemblance, la vie d'un couple tourmentée.

Tel est souvent le lot des historiens qui tentent de percer les mystères des pharaons et les coulisses de la cour mais à bien observer les objets, les fresques, les murs des tombes, on capte un regard, une grâce, une sensibilité. Et parfois apparaît sous une couche de stuc un visage ou une silhouette, que des successeurs avaient voulu gommer, comme une vengeance sur le destin.

Violaine VANOYEKE
Winter Palace, Louxor

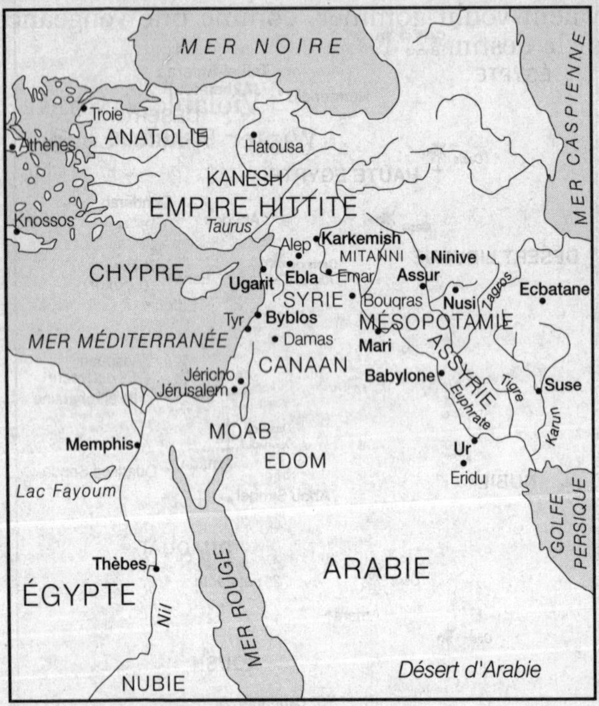

Anciens pays du Proche-Orient

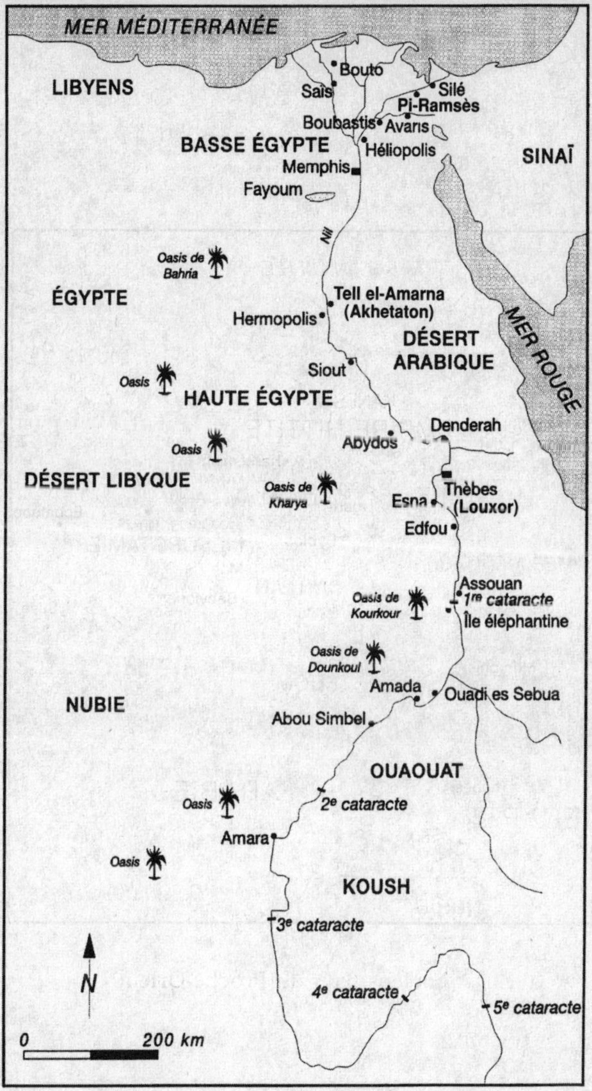

L'Égypte et la Nubie

Ahmès-Néfertari et Ahmosis

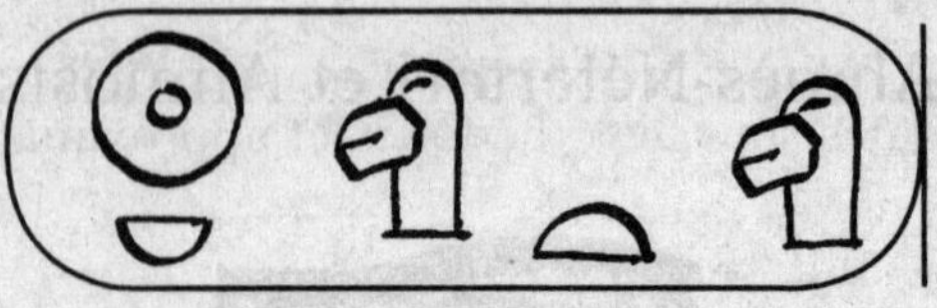

Le Nouvel Empire
des pharaons de la XVIIIe dynastie

Environ 1552-1300 avant J.-C.
(Les dates sont hypothétiques et approximatives)

Ahmosis Ier (1570-1546)
Aménophis Ier
Thoutmosis Ier
Thoutmosis II
Hatchepsout
Thoutmosis III
Aménophis II
Thoutmosis IV
Aménophis III
Aménophis IV-Akhenaton
Semencharê
Tout Ankh Amon
Ay
Horemheb

I

Le Nil se dorait à peine des lueurs de l'aube. Ahmès-Néfertari inonda son corps d'eau et de parfum. Dans ses appartements luxueux où tout rutilait d'or et où le bois du mobilier brillait de mille nuances cuivrées, elle ne cessait de songer à Ahmosis, le deuxième fils de la vénérable Ahhotep, sa propre mère, pour qui son cœur battait chaque jour plus vite. Mais avait-elle le droit d'éprouver des sentiments pour l'enfant de Celle qui avait gouverné l'Égypte à la mort de son époux ?

Hathor qui veille sur les amoureux l'avait frappée malgré elle. Si elle rêvait au luxe qu'elle connaîtrait en devenant Grande Epouse royale, Ahmès-Néfertari n'aimait pas Ahmosis par intérêt. Elle aurait voulu lui imposer les épreuves que les Égyptiennes du peuple faisaient subir à leurs fiancés pour évaluer leurs sentiments mais elle s'imaginait mal prier le pharaon d'affronter les crocodiles pour lui être agréable.

La reine Ahhotep venait de la convoquer. Il lui fallait choisir avec soin les onguents qui enduiraient ses bras et son cou. Le parfum des crèmes devait être doux et léger.

Après la toilette, Ahmès-Néfertari ne trouva pas facilement un vêtement qui lui convînt. Elle eut du mal à se laisser maquiller tant elle était nerveuse.

« La reine Ahhotep va sans doute m'interdire de fréquenter Ahmosis, se dit-elle. On dit qu'elle cherche depuis quelque temps une épouse digne de son fils. Aucune ne l'a satisfaite pour le moment. Lui-même est si jeune ! Son choix se porterait-il sur moi ? J'ai l'avantage d'être la sœur d'Ahmosis mais je ne suis pas plus belle que celles qui pouvaient prétendre l'épouser. Si seulement mon frère était un simple citoyen ! Il aurait déjà trouvé maintes astuces pour échapper aux conseils maternels. Au lieu de quoi, nous sommes constamment surveillés... »

Ahmès-Néfertari imaginait d'agréables promenades sur le Nil en compagnie de l'homme qui la faisait pâlir, de fougueux baisers à l'ombre d'arbres centenaires et le susurrement de mots tendres à son oreille. Elle qui avait d'ordinaire un caractère d'acier, qui passait pour être une femme intègre, intelligente et courageuse ne rêvait plus qu'à de doux diminutifs chuchotés dans son cou, un fiancé qui lui donnât d'agréables surnoms, l'appelant par des noms d'animaux malins et familiers.

Ahmès trembla une nouvelle fois en enfilant sa belle tunique en lin qui moulait son corps parfait. Elle pria les dieux de l'aider. Comme tous les Égyptiens elle voyait en sa mère la reine toute-puissante qui avait redonné aux habitants un pays perdu. Sans son acharnement, les envahisseurs installés dans la ville d'Avaris se seraient emparés de Thèbes. Sans sa clairvoyance, ils auraient déjà fait alliance avec les Nubiens et étendu leur pouvoir à la Haute-Égypte. Grâce à elle, l'alliance des Nubiens et des envahisseurs avait échoué.

Ahmès se fit peigner. Comme sa coiffeuse insistait pour lui mettre une perruque imposante, elle lui réclama de simples nattes.

— Te plairait-il de continuer à travailler au palais ? lui demanda-t-elle.

La jeune femme se laissa tomber à ses pieds. Elle ne voulait pas quitter sa maîtresse. Si celle-ci partait, elle la suivrait volontiers.

— Il n'en est pas question, la rassura Ahmès-Néfertari. Tu travaillerais toujours pour moi mais au milieu d'une dizaine d'autres servantes attentionnées et fidèles. Ta vie changerait. Nos relations aussi. Tu ne serais plus la seule à recueillir mes confidences... Mais tu serais mieux logée, mieux considérée...

— Je ne comprends pas, répondit la servante, une moue boudeuse aux coins des lèvres. Ne me trouves-tu pas assez compétente ?

Ahmès-Néfertari la rassura avec un sourire.

— Réponds à ma question sans te tourmenter. Tu es parfaite et je ne souhaite pas te remplacer.

— Tu me parles de considération, d'honneurs... Est-ce un rêve auquel tu fais allusion ?

— Non. Je voulais connaître ton avis. Demain, tu pourrais vivre plus agréablement mais je n'aurais peut-être plus le temps de te parler. Nous deviendrions plus distantes non parce que je ne t'aime plus ou que je n'apprécie plus tes services mais parce que la situation ne nous permettrait plus de passer ensemble de longs moments. Accepterais-tu ces conditions ?

— Pourvu que les déesses me permettent de rester auprès de toi... répondit la servante.

— Je te le promets.

Magnifiquement parée, Ahmès se rendit enfin dans les appartements de la reine. Elle était très impressionnée lorsqu'elle pénétra dans le vestibule. Ahhotep la reçut dans sa salle d'audiences. Assise sur un trône aux accoudoirs dorés, elle regarda sa fille avec bonté. De chaque côté du trône, des suivantes légèrement vêtues éventaient la reine bien-aimée des Égyptiens. Une musique douce ponctuait leurs propos. Ahhotep invita Ahmès-Néfertari à s'approcher d'elle. Aucun de ses gestes ne paraissait lui échapper. Elle l'observait comme un chat, les prunelles roulant sous ses paupières mi-closes. Ahhotep avait déjà pris sa décision. Elle souhaitait maintenant la faire connaître à Ahmès sans détour.

— Approche, lui dit-elle. J'ai une nouvelle à t'apprendre. Elle concerne l'Égypte et l'avenir de notre pays.

La jeune femme pria Hathor de l'aider. Un frisson parcourut le bas de ses reins. Malgré sa force de caractère, Ahmès-Néfertari était à chaque fois impressionnée par la voix douce mais autoritaire d'Ahhotep.

— Ahmès, ton nom est prédestiné. Comme celui de mon fils, comme le mien, il est composé du mot Ah. Si Ahmosis est « celui qui vient du dieu lunaire », « celui qui apportera de grands changements », « celui qui représente le taureau dans la ville de Thèbes, réunissant les deux terres, lumière de Rê », toi, Ahmès, tu es également née de la divinité lunaire. Moi, fille du roi Taâ et de la reine Tétishéri, je porte en mon nom la paix et la lune. Tout comme mon fils, j'aime ton caractère et ta beauté.

Ahhotep partit alors dans une longue description des années de guerre que les Égyptiens avaient connues contre les envahisseurs hyksos. Elle déclara avec une immense fierté :

— Thèbes n'a jamais été prise. Elle a su résister à l'envahisseur. J'ai agi pour libérer le nord de l'Égypte et chasser ces hommes qui voulaient nous imposer leurs lois. Mon époux, le roi Séqenenrê, a levé une armée pour partir à l'attaque des envahisseurs. Il est mort sur le champ de bataille mais il a réussi à faire trembler ceux qui régnaient à Avaris. J'ai également perdu mon premier fils Kamosis au combat. Ma douleur fut grande mais ma fierté comblée.

Ahmès-Néfertari ponctuait chaque affirmation d'Ahhotep d'un mouvement approbatif de la tête. Elle connaissait cette histoire par cœur. Avant d'en venir à l'objet précis de son discours, la reine souhaitait probablement accompagner ses effets de grandiloquence. Souhaitait-elle ainsi lui faire comprendre qu'elle, la sœur d'Ahmosis, ne pouvait espérer épouser un jour le fils de la reine ?

— Même lorsqu'ils cherchèrent une alliance avec les Nubiens, toujours prêts à la révolte, les envahisseurs perdirent contre la puissance de Kamosis dont le nom à lui seul faisait trembler l'ennemi.

Ahmès-Néfertari avait une grande admiration pour Ahhotep qui avait su prendre la succession de son époux puis de son fils tandis qu'Ahmosis était enfant.

— Je sais que tu aimes Thèbes où tu es née, poursuivit Ahhotep. Tu la préserveras toujours. Tu peux aussi approuver ma décision et celle de mon fils Ahmosis. Celui-ci va partir pour le nord de l'Égypte afin de chasser définitivement les ennemis d'Avaris. Son frère aurait accompli cette tâche s'il n'avait été tué avant.

Ahmès frémit davantage.

— Pharaon a des devoirs, approuva Ahmès après un silence signifiant que la reine avait terminé son monologue.

— N'éprouves-tu pas à son égard de tendres sentiments ?

Ahmès rougit.

— Je l'avoue. Isis bouleverse mon cœur lorsque Ahmosis le divin apparaît.

— Tu accepteras cependant sans réticence qu'il accomplisse son devoir.

— Oui. Je l'atteste devant tous les dieux rassemblés.

— Tu es donc celle que j'ai choisie, dit la reine Ahhotep. Tu deviendras la Grande Épouse royale en épousant ton frère.

Ahmès crut défaillir. Elle se prosterna devant sa mère.

— J'adresse des louanges à la souveraine des pays lointains dont le nom est acclamé dans le monde entier. Ma reine dirige des peuples nombreux. Elle contrôle l'Égypte avec sagesse. Dans les moments difficiles, elle a su rassembler une armée et commander à des soldats qui ont veillé sur sa vie. Elle a rappelé ceux qui avaient fui et rétabli la paix en Haute-Égypte. Grâce à elle et à son fils, les ennemis seront soumis.

— Je suis comblée, Ahmès, de te garder dans ce palais.

— Divine reine, les dieux remplissent mon cœur de joie. Ton fils est-il informé de cette nouvelle ?

— Oui. Je lui ai parlé avant de te voir. Il est heureux et moi aussi.

II

Ahmès-Néfertari était encore troublée par la discussion qu'elle avait eue avec la reine. Ahmosis lui avait envoyé un messager pour lui dire qu'il voulait la rencontrer. Elle se leva tôt, se fit masser et laver, choisit elle-même les senteurs dont elle inonda son corps. Les huiles parfumées coulèrent le long de ses bras et de ses jambes. Pensive, elle jouait avec les fleurs de lotus et de papyrus qui avaient été déposées autour d'elle dans son bain.

Aurait-elle encore le loisir de se promener longuement en barque sur l'étang du parc royal, de somnoler à l'ombre sous un dais, au milieu des canards ? Pourrait-elle rire en toute liberté avec Ahmosis tout en dégustant des fruits et des pâtisseries ?

Elle ferma les yeux, demandant à une suivante de répandre sur sa chevelure ruisselante des huiles de rose.

— À quoi penses-tu ? la questionna sa fidèle Sobek en pénétrant dans la salle de bains. Tu ne t'es jamais baignée aussi longtemps.

— Je suis tenue au secret, ma chère Sobek, lui répondit Ahmès. Mais tu apprendras bientôt une nouvelle qui te surprendra et te réjouira.

Sobek sourit. Elle était plus âgée qu'Ahmès.

Son installation récente au palais augurait des jours joyeux.

— Je crois deviner, murmura-t-elle tandis que des chants venaient du jardin.

— C'est impossible, chère Sobek. Tu ne devineras jamais même si tous les dieux te parlent en même temps et répondent à tes questions. Sache, cependant, que ta vie se passera dorénavant dans ces lieux paisibles et luxueux.

— Notre reine, la grande Ahhotep, t'a donné une haute fonction. Elle veut sans doute que tu deviennes la préceptrice de ses futurs petits-enfants. Ta culture et ta bonté te destinent naturellement à de si nobles tâches.

— Non, Sobek. Ce n'est pas cela. Tu sauras tout lorsque le moment sera venu. Il est proche, rassure-toi. Le peuple égyptien sera informé en même temps que toi.

Comme Sobek insistait, Ahmès la pria de n'en rien faire et de se contenter de ce qu'elle venait de lui dire.

— Je me suis déjà trop avancée, dit-elle. Laisse-moi me préparer.

Sobek se retira en la saluant. « Ahmosis va me faire une demande officielle. Pourrons-nous, après cela, chasser dans les marais ou rire à l'ombre des sycomores plantés en l'honneur de la déesse Hathor ? » se demanda encore Ahmès avec nostalgie.

Elle revit leurs plaisanteries dans les fourrés, le visage épanoui de celui qu'elle aimait, l'ombre des papyrus projetée sur ses joues. « Je savais qu'Ahmosis était né pour libérer l'Égypte. Telle est sa principale mission. »

Elle écouta les chants monter du jardin de tamaris, de grenadiers et de figuiers. Elle ferma les yeux de nouveau et entendit Ahmosis lui murmurer : « Tu es unique, belle et inégalable. Tu ressembles à l'étoile qui annonce l'année nouvelle et la crue du Nil nourricier. La grâce t'habite. Ta peau resplendit. Tes yeux brillent. Tes lèvres sont si douces et ton cou si long ! Ta chevelure mêle agréablement les perles et le lapis-lazuli. Tes doigts fins s'ouvrent comme des lotus. Tes hanches étroites et ton élégance naturelle te rendent incomparable. »

Ahmès ne demandait qu'une faveur des dieux : rester l'unique femme dont Ahmosis serait amoureux même si le harem du palais hébergeait des dizaines de femmes magnifiques.

Elle songeait que ses amies avaient parfois vécu avec leur futur mari avant de se marier. Elle n'avait connu que les joies de promenades communes et l'inconnu l'effrayait. Mais le savant Ani n'avait-il pas écrit dans ses *Sagesses* que l'homme devait bâtir un foyer pour mettre fin aux disputes et aux querelles ?

Ahmosis remercia aussitôt Ahmès d'avoir accepté les propositions de sa mère. Il la complimenta sur sa beauté et l'invita à manger des fruits en sa compagnie. Comme elle le sentait contrarié, Ahmès prit la parole après un long silence.

— Tu dois partir combattre, dit-elle, la voix brisée.

— Les dieux en ont ainsi décidé. Mon père et mon frère ont été les victimes de nos plus redoutables ennemis. Je dois les venger et libérer l'Égypte.

Ahmès approuva de la tête. Tous deux étaient allongés l'un près de l'autre sur des divans couverts de soie. Ils ne faisaient attention ni aux serviteurs qui leur versaient du vin ni aux danseuses qui évoluaient devant eux. Ahmès n'osait demander à Ahmosis s'il partirait avant leur mariage. Il anticipa sa question.

— La reine va organiser notre union. Je tiens

à ce que tu portes plus tard le titre de Grande Épouse royale.

Les yeux d'Ahmès brillèrent.

— Tendre Ahmosis, quand penses-tu partir pour le nord du pays afin de chasser enfin nos ennemis d'Avaris ?

— Dès que nous serons mariés. La reine a déjà donné des ordres pour les préparatifs. Tu peux tresser ta guirlande de fleurs et confectionner ton voile. Nous mangerons bientôt le sel qui officialisera notre union. Nous poserons ensemble nos mains sur le scarabée porte-bonheur qui change les maux en réjouissances. Nous vivrons sous le même toit dans ce palais jusqu'à ce que nous rejoignions nos demeures d'éternité.

Ahmès-Néfertari posa sa main sur celle d'Ahmosis pour le remercier. L'émotion l'empêchait de parler.

— J'ai si peur de perdre mon époux, dit-elle à mi-voix.

— Je n'en crois rien, répondit Ahmosis. Je ne connais pas de femme plus courageuse que toi ! Tu ressembles à ma mère Ahhotep. Tu n'es pas femme à envisager un échec. Tu sais que je vaincrai et que ma victoire te rendra encore plus importante aux yeux des Égyptiens.

— Je n'ai jamais envisagé que tu me laisses seule régner au palais, répondit Ahmès. Mais je suis encore très jeune et je tiens trop à toi pour te perdre. Cependant, Avaris ne peut ainsi être habitée par des envahisseurs qui se sont emparés du trône égyptien. Comment pourrais-je t'empêcher de les chasser ? Les dieux se vengeraient sur moi avec raison. Je suis sensible au fait que tu te soucies de ma situation.

— Jamais plus, belle Ahmès, tu ne connaîtras la tristesse. Toutes les servantes seront à tes pieds. Tu régneras sous peu avec sagesse et justice.

— Je m'y efforcerai, répondit Ahmès en le remerciant du regard.

Autour d'eux, les parfums embaumaient. Les cônes déposés sur leur chevelure fondaient agréablement, enveloppant la pièce d'une odeur capiteuse. Il flottait dans l'air des senteurs impalpables et agréables, propices à l'épanouissement des sens.

— Le dieu Min me suggère le plaisir lorsque je pense à toi, dit Ahmosis.

— Je rêve que tu m'enlaces et que nos corps se répondent, dit Ahmès sans honte. Les devins prétendent que c'est un signe favorable et je le crois. Nous aurons des enfants et nous partagerons la même couche pendant de longues années. J'ai également rêvé que ma poitrine était enduite de résine comme l'est celle des femmes au moment de l'embaumement. Sans doute est-ce la preuve que j'allaiterai de nombreux enfants.

Comme tous les Égyptiens et surtout les pharaons, Ahmosis appréciaient les Asiatiques qui se livraient dans les maisons de rendez-vous. Mais depuis qu'il connaissait Ahmès, il oubliait jusqu'à leur existence, préférant imaginer celle qu'il aimait nue, les bras rutilants de bracelets et la taille ceinte d'une fine chaîne d'or. Toutefois, sur les conseils de sa mère, Ahmosis gardait une vie saine, n'abusant ni de bière ni de nourriture ni même de ces amours volées dans les harems du palais. Il avait appris de ses maîtres combien les excès étaient condamnables. Telle une maison vide, tel un navire sans voile, l'Égyptien corrompu finissait sa vie dans les tavernes au lieu d'exercer son corps à la chasse et son esprit à la philosophie.

— Le sage Ptahhotep prévient pourtant les hommes contre les dangers de l'amour, plaisanta Ahmès-Néfertari.

— Je n'ai jamais cédé aux pièges des amours faciles, répondit calmement Ahmosis. Rassure-toi... Les épouses secondaires de mon père, tout aguichantes qu'elles fussent, n'ont jamais réussi à me séduire. Elles sont pourtant malignes ! Je me méfie des inconnues qui m'entourent d'affection.

Ahmès sourit.

— Comment devines-tu que je n'appartiens pas à leur clan ?

— Tu nages dans des eaux claires et limpides, non dans le Nil limoneux et trouble. Je sais aussi que tu n'es pas femme à faire des caprices et rien n'est plus désagréable que les épouses éternellement insatisfaites. Régner implique beaucoup de sacrifices et de joies. Les femmes ne pensent qu'aux plaisirs qu'elles pourraient en tirer. Être attentif au peuple, à la cour, se faire respecter et aimer est difficile. Toi, tu ressembles davantage à la déesse-mère qui prolonge la vie dans l'au-delà et ravive les sens. Grâce à Elle, le défunt revit. Tu es généreuse. Tu n'agis pas par intérêt.

— Comment le sais-tu ?

— Je le lis dans tes yeux. Ma mère l'a vu aussi et le peuple égyptien le comprendra. Je suis toujours les maximes du sage Ptahhotep qui affirme qu'un homme doit fonder un foyer et aimer son épouse. Il doit aussi assurer sa subsistance, l'habiller, utiliser l'huile pour nourrir son corps. Assurer son bonheur est primordial pendant son existence terrestre. Car la femme est fertile. La gaieté et le respect comblent les relations. Quel bonheur pour un homme que d'épouser une femme joyeuse car elle apporte paix et justice dans le foyer !

Ahmès lui jura une fidélité éternelle.

— Moi non plus, belle Ahmès, je ne te cacherai rien. Je promets devant les dieux de ne pas te faire de peine, de ne pas t'offenser, de ne jamais te délaisser. Tu es chère à mon cœur et tu apportes le bonheur.

— Je prierai les divinités pour que nos mains se rencontrent toujours, même lorsque nous reposerons ensemble. Je ne t'abandonnerai jamais. Nous nous assiérons l'un en face de l'autre chaque jour paisiblement sans que rien ne puisse nous atteindre. Nous irons ensemble vers l'Éternité. Nos noms resteront dans la mémoire des hommes. Quel instant merveilleux que celui où l'on voit le soleil éternellement !

Tous deux se promirent de se garder quelques instants d'intimité, de partager dans l'au-delà les joies de la vie éternelle, de prendre le temps de jouer aux échecs ensemble, de se promener dans la campagne, de discuter à l'ombre d'un arbre fruitier, de voguer dans un bateau sur le Nil en écoutant de la musique.

III

Ainsi que le sage Ptahhotep l'avait conseillé, Ahmosis estima le moment venu de prendre femme et de créer sa propre famille avant de partir pour la guerre.

La reine donna des ordres pour les préparatifs du mariage. Dès que la date fut fixée, de nombreux messagers apportèrent des présents au palais. Les alliés des Égyptiens envoyaient des hérauts qui accostaient à Thèbes dans des bateaux chargés de paniers et de ballots. Ces présents furent soigneusement mis de côté jusqu'au jour du mariage. Alors qu'elle aurait préféré rencontrer Ahmosis le plus souvent possible avant son départ pour les champs de bataille, Ahmès-Néfertari dut se plier aux volontés de la reine et attendre patiemment le jour des festivités pour revoir son frère.

Le matin même du mariage, Ahmès fut réveillée par des bandes joyeuses qui venaient crier son nom aux portes du palais. Elle se leva en hâte, regarda par la fenêtre cette foule bariolée qui acclamait aussi la reine Ahhotep adorée à l'égal d'une déesse. Elle fut prise d'un tremblement. Serait-elle à la hauteur de sa tâche ? Les Égyptiens attendaient tellement de la reine, de son fils et de la future Grande Épouse royale ! Ils souhaitaient restaurer leur pays, en chasser définitivement les envahisseurs venus de l'est, vivre en paix. Sauraient-ils répondre à leurs espérances ? Malgré sa jeunesse, Ahmès savait aussi que le peuple est versatile et que ceux qui les acclamaient aujourd'hui pouvaient les vilipender demain.

Toutes les senteurs, toutes les fleurs du jardin paraissaient s'être concertées pour saluer ce jour faste. Il semblait à Ahmès que les émanations des pistachiers devenaient plus fortes, que les résines grecques ou syriennes avaient une odeur plus vive et plus envoûtante que d'habitude. L'oliban d'Arabie, la myrrhe rouge dégageant une senteur divine, les larmes du *boswellia* [1], les fumigations de *commiphora* [2] et de *ânti* [3] provenant de la région lointaine du Pount emplissaient le ciel et l'air d'étourdissantes exhalaisons, rivalisant de caresses odorantes et de voluptueuses émanations.

C'était l'époque où l'arbuste à encens d'Arabie aux fleurs d'or et au cœur rougeoyant produisait des gouttes de résine blanche, larmes de lait, que les Égyptiens recueillaient pour les faire sécher. Des salles du rez-de-chaussée provenait une odeur exaltante qu'Ahmès reconnut tout de suite. Qu'elle aimait cette senteur fleurie, un peu épicée, qui la plongeait dans la réflexion, calmant parfois ses angoisses et ses tensions ! « Les serviteurs d'Ahhotep sont en train de brûler dans des encensoirs les boules d'encens de *boswellia* séchées qu'ils ont ramassées la semaine dernière. Je chéris ce mois entre

1. Produisant l'encens.
2. Myrrhe.
3. Encens « blanc comme le lait » (*lebonah* en hébreu et *leban* en arabe).

tous pourtant extrêmement chaud qui me fait respirer le parfum faisant connaître les dieux. »

Ahmès se pencha pour mieux percevoir la provenance des émanations qui montaient vers le ciel bleu. Des Égyptiens de petite taille apportaient en file des paniers tressés qu'ils déposaient dans le jardin. Tous contenaient des pains odorants de myrrhe résineuse poussant sur les monts de pays étrangers où les pharaons avaient envoyé quelque expédition. De leurs branches épineuses, de la hauteur d'un homme, de leur tronc épais et tordu provenait une résine jaune que les Grecs rendaient liquide avant de la mettre en flacon. Quand elle se promenait dans les parcs aux plantes rares, Ahmès aimait observer l'écoulement de cette substance jaunâtre sur les troncs. Elle y séchait rapidement et brunissait sous les rais du soleil. La jeune femme fermait alors les yeux pour sentir l'odeur onctueuse. Rares étaient les arbres qui avaient pu être transportés en Égypte et qui avaient repris dans les jardins thébains. La myrrhe recueillie n'en était que plus précieuse. « Ahhotep a puisé beaucoup d'or dans le trésor royal pour faire venir tant de myrrhe ! se dit Ahmès un peu gênée. Sans doute m'apprécie-t-elle beaucoup ! »

Ahmès crut bon d'adresser une prière au dieu des parfums Shesmou qu'elle associa à la déesse de l'amour Hathor. Tout en plaçant sur sa chevelure un cône parfumé, elle murmura une chanson connue que sa mère lui chantait dans son enfance.

— Tu sens meilleur qu'une déesse, lui dit Sobek en la rejoignant et en la félicitant.

— Me pardonneras-tu de t'avoir caché la vérité jusqu'à aujourd'hui ? lui demanda Ahmès, un large sourire aux lèvres.

— Comment pourrais-je t'en vouloir ? Grâce

à toi, si tu le souhaites toujours, je vivrai dans les lieux les plus beaux et les plus luxueux de toute l'Égypte ! Tu m'as autrefois fait venir dans ce palais. Je craignais qu'un jour ton époux ne t'emmenât loin de ces murs chéris mais je sais aujourd'hui qu'Ahmosis, ton frère, te protégera ici même. J'ai tout mis en œuvre pour que tu sois la plus désirable possible, pour que ton teint soit plus pur que celui d'Hathor qui orne les murs blancs des temples !

— Ne montre pas une telle démesure, lui répondit Ahmès. Les dieux pourraient se venger. Ils doivent garder leur supériorité sur nous en toutes choses.

— J'ai préparé moi-même du fenugrec épuré de son huile qui servira à éclaircir ton teint. Tu porteras aussi ce parfum auquel tous les hommes succombent. C'est un *kyphi* à base de souchet, de baies de genièvre, de raisins secs, de résine de térébinthe, de roseau, de jonc, de myrrhe, de vin des oasis, de safran, de menthe, de henné et de miel. Les premières plantes les plus parfumées ont été soigneusement pilées pendant que d'autres étaient baignées de vin. Les raisins ont été ajoutés au mélange qui a reposé six jours. La térébinthe et le miel ont complété la mixture que l'on a cuite et fait réduire avant de la mélanger aux autres aromates. La myrrhe a relevé la préparation.

— Mais tu ne savais pas que j'allais me marier ! Pourquoi avais-tu fait préparer une telle potion ?

— Les dieux m'inspirent parfois, répondit la jeune femme, une lueur maligne dans les yeux. Crois-tu qu'il était difficile de deviner quels sentiments vous lient Ahmosis et toi ? Je n'osais envisager le mariage mais je sentais qu'un événement heureux allait arriver.

Ahmès huma longuement le pot en albâtre que lui tendait sa servante.

— La myrrhe domine largement ce mélange, dit-elle. Grâce au vin, au miel et au genièvre, une touche épicée agrémente l'ensemble. C'est fort agréable, je le reconnais...

— Voilà qui trouble les sens comme la musique lors d'un banquet.

Ahhotep a-t-elle déjà prononcé les mots qui vont définitivement t'installer dans la chambre de Pharaon ?

— Oui. Elle a dit tôt ce matin aux serviteurs et aux dieux : « Qu'on emmène Ahmès-Néfertari dans les appartements d'Ahmosis. Qu'on emporte tous les cadeaux auprès d'elle ! » Je me prépare à recevoir les honneurs et les présents. On me conduira auprès de mon cher Ahmosis dès que je serai parée.

À cet instant montèrent précisément des escaliers plusieurs exclamations éloquentes.

— Voilà déjà les personnes qui vont me conduire jusqu'au fonctionnaire chargé d'enregistrer nos promesses mutuelles. Je recevrai les biens de mon fiancé et promettrai de ne pas en user à sa mort. Seuls les miens me reviendront.

— Ahhotep te fera tellement de présents que tu seras très riche même si ton époux venait à mourir en pleine bataille. Notre reine est généreuse et intelligente. Elle pourvoira à tout. Tu es sa fille, ne l'oublie pas !

— Que le dieu Amon nous bénisse ! Les prêtres doivent nous attendre. Les invités piaffent dans le vestibule. La journée sera longue !

— Je serai la première à boire à votre bonheur !

Ahmès l'embrassa chaleureusement.

— Laisse-moi me préparer maintenant car je ne puis entendre ces appels sans blêmir. Même passer une robe, même ajouter du khôl autour de mes yeux ou tresser une mèche de cheveux me réclame un suprême effort. Serais-je déjà endormie par les émanations de ton *kyphi* ?

— Ce parfum n'est pas destiné à t'assoupir mais à troubler ton époux !

La fidèle servante disparut par la porte de la chambre entrouverte non sans adresser à son amie un regard complice.

*
**

Le cortège guida Ahmès-Néfertari vers les appartements d'Ahhotep. La jeune femme répétait dans sa tête la phrase qu'elle allait bientôt prononcer devant les prêtres : « Tu me prends pour femme », espérant que son futur mari n'hésiterait pas à lui répondre : « Je t'accepte pour épouse. »

Selon la coutume, Ahhotep l'interrogea officiellement devant des fonctionnaires rassemblés.

— Promets devant les dieux d'être libre en ce jour car une serve ne peut épouser un Égyptien libre.

— Je le jure, répondit Ahmès en gardant les yeux fixés vers le sol.

— Nous avons préparé un contrat de mariage qui assurera à tes enfants la richesse et la protection de Pharaon.

Oubliant alors le protocole et devenant plus détendue, Ahhotep complimenta en souriant sa future belle-fille.

— Tu as revêtu une robe de lin qui souligne ta beauté et ta jeunesse. La pureté de la couleur et des lignes, tes sobres bijoux de couleur conviennent parfaitement à ton caractère modeste mais affirmé et à ta réserve.

— J'ai refusé toute couronne, tout bracelet en or qui aurait pu rivaliser avec le métal divin qui te place aux côtés des dieux, répondit habilement Ahmès-Néfertari.

Ahhotep découvrit ses dents un peu jaunes dans un sourire plus prononcé. Si elle n'avait su la jeune femme incapable de flatterie sans doute se fût-elle offusquée de sa réponse car elle ne supportait guère la flagornerie.

La reine invita tous les amis à rejoindre la grande salle de réception tandis que les crécelles, les tambourins et les harpes retentissaient des quatre coins de la pièce. Musiciens et danseuses suivirent Ahhotep et Ahmès-Néfertari en jouant et en gesticulant discrètement dans des gestes élégants.

Dès qu'Ahmès franchit le seuil de la grande salle, son frère vint l'accueillir les yeux brillants de joie. Ahhotep se réjouit de constater le bonheur de son fils. Elle voyait trop de mariages arrangés. Si la coutume voulait que le frère et la sœur d'un couple pharaonique se mariassent, elle préférait qu'ils le fissent spontanément. Ainsi n'était-elle pas obligée de déchirer deux cœurs attirés par d'autres attraits.

Les amis et les fonctionnaires s'écartèrent. Les gardes réprimandèrent ceux qui espéraient toucher un pan de la robe d'Ahmès-Néfertari sur son passage. Quand Ahhotep jugea que l'ordre était revenu et que le silence était total, elle leva le bras. La musique reprit. Elle s'avança alors, suivie de ses deux enfants.

Ils traversèrent la salle jusqu'aux deux trônes aux accoudoirs en or qui leur faisaient face. La reine s'effaça pour laisser son fils et sa fille monter sur l'estrade. Au milieu des fleurs et de mille senteurs, Ahmosis paraissait gai dans son vêtement sombre. Ahmès accepta sur ses épaules une cape de satin. Ses yeux, à peine soulignés d'un trait de khôl noir, semblaient immenses. Des fillettes disposèrent du tulle autour d'elle. Ahhotep lui offrit un magnifique collier à plusieurs rangs de perles.

Deux chanteuses entonnèrent alors sans musique un hymne émouvant qui fit vibrer les cœurs. Devant Ahmès défilèrent de magnifiques pièces, des chaises, des tables, des bijoux, des vêtements.

— Voilà mes présents et ceux de ma mère, dit Ahmosis.

Des serviteurs à la tête rasée les portaient devant eux, sur leurs épaules ou sur leur crâne. La foule s'exclamait en voyant la richesse des tabourets, des montants de lits, des fauteuils ou des tables basses.

Ahmès-Néfertari remerciait en abaissant le menton. Puis tous les cadeaux des peuples alliés furent présentés au couple. Les messagers lurent parfois une missive pour souhaiter longue vie au couple royal.

Ahhotep monta alors sur l'estrade et annonça que le moment était venu d'honorer les défunts. Elle voulait saluer son mari et son fils aîné morts au combat. Ahmosis ajouta qu'il souhaitait aussi adresser une prière aux illustres Anciens afin qu'ils bénissent l'union de ce jour. Il avait fait préparer une petite figurine féminine et des poupées en forme de nouveau-nés qui représentaient Ahmès et ses futurs enfants.

— Dépose ces objets dans la tombe de ton père, conseilla Ahhotep. Ils protégeront votre couple. Vos enfants seront enregistrés dans la Maison de Vie. Ton épouse n'aura pas à être purifiée après votre nuit de noces.

— Tu as raison comme toujours, répondit Ahmosis. Mon père voit en cet instant notre union. Il est normal qu'il y participe et que nous allions lui rendre visite.

IV

Ahmès et Ahmosis ne passèrent que quelques jours ensemble. Les peuples de l'Est, qui avaient fait construire leur palais à Avaris, montraient leur volonté de reprendre le pouvoir et de ne pas céder devant les méthodes d'intimidation de la reine Ahhotep. Qu'elle tentât seulement de lutter contre eux et l'armée égyptienne finirait comme le roi précédent ou comme le malheureux Kamosis.

La provocation était trop évidente pour que la reine ou son fils ne répondissent pas.

— L'affront est insupportable pour les Égyptiens, dit Ahmosis à Ahmès. Je dois prendre la tête de l'armée et achever ce que mon frère avait commencé. Il est temps de bouter nos ennemis hors d'Égypte et de les refouler le plus loin possible pour leur ôter définitivement toute idée de revenir.

Ahmès-Néfertari l'approuva. Que pouvait-elle faire d'autre ? Elle non plus ne pouvait tolérer la suffisance de leurs adversaires.

— Je ne me sens pas prête à gouverner à ta place, dit-elle seulement à son époux. Être pharaon est un métier délicat Je ne l'apprendrai pas en quelques mois.

— Ma mère dirigera en mon absence, lui

répondit Ahmosis. Ne t'inquiète pas. Les peuples de l'Est ne résisteront pas longtemps à la force du taureau et à la rapacité du vautour. Tel le lion, je serai sans pitié. Ni ma mère ni moi ne souhaitons redonner aux familles évincées par nos ennemis leurs anciennes charges. Reconnaissons une qualité à nos adversaires : ils ont correctement géré le pays et nous n'avons guère intérêt à le réorganiser. Ma mère surveillera l'irrigation des champs et contrôlera l'économie. Nous voulons également maintenir nos échanges avec l'Asie et la Nubie. Je veux qu'Amon reçoive à Karnak l'argent et l'or d'Asie et de Nubie ainsi que la turquoise du Sinaï. Que sa barque en cèdre de Byblos soit correctement entretenue !

— Je compte moi aussi honorer pareillement la déesse Hathor avec la turquoise extraite des mines du Sinaï. Que les dieux te soutiennent et te métamorphosent en fauve ou en aigle si la nécessité se fait sentir. Que les chefs ennemis plient sous tes flèches et ta lance. Que tu traînes bientôt à Thèbes les prisonniers enchaînés et qu'ils reconnaissent ta force indomptable !

Le couple royal était encore allongé. Une lumière blanchâtre venait de naître à l'horizon. Le ciel devint de plus en plus bleu, mais d'une teinte épurée comme lavée des poussières et des chaleurs de la veille. Une petite brise balayait les palmes larges, devenant par instants coléreuse pour disparaître, impuissante, face à la chaleur pesante qui s'imposait de nouveau.

Des milliers d'oiseaux peuplaient encore les arbres et chantaient sans fin. D'un même bosquet jaillissaient des dizaines de moineaux tandis que des pies dodues, au plumage bleuté, cherchaient des vers dans les jardins du palais. Des oiseaux à long bec enfouissaient leur tête dans l'herbe à la recherche de quelque nourriture. Leur crâne surmonté d'une houppette colorée, rougeâtre et orangée, plongeait maintes fois vers la terre. Leur quête ne finirait qu'au coucher du soleil.

Ahmosis passa son bras autour des épaules d'Ahmès qu'il attira tendrement contre lui. Il la remercia de l'aimer et lui renouvela son envie d'avoir avec elle de nombreux enfants qui gouverneraient l'Égypte.

— J'ai une immense faveur à te demander, lui dit-il en lui prenant la main avec délicatesse.

— Je t'écoute, lui répondit Ahmès un peu inquiète.

— Tes sourcils se froncent sans raison. Tu sauras, n'aie crainte, répondre à mes désirs. Mais ma demande est, pour moi, d'une extrême importance.

Ahmès l'invita à s'exprimer.

— Attends un instant.

Ahmosis se leva et ordonna aux serviteurs de fermer les portes des pièces annexes.

— Je chéris entre toutes ma grand-mère Tétishéri, la première femme à s'être révoltée contre les envahisseurs venus de l'Est, dit Ahmosis en revenant s'asseoir auprès d'Ahmès. Ma chère mère a suivi son remarquable exemple et nous l'admirons tous pour cela.

Ahmès approuva de la tête. Elle aussi appréciait les prouesses de Tétishéri dont elle avait entendu maintes fois parler. Le peuple égyptien gardait d'elle un souvenir ébloui et attendri.

— Ma grand-mère n'a pas eu un culte digne de son courage. Accaparés par d'autres priorités, nous avons dû faire face aux dangers et aux combats avant d'honorer nos ancêtres si illustres fussent-ils. Mais le temps est maintenant venu de remédier à de tels oublis, peu dignes d'un pharaon juste et bon.

— Tu as mille fois raison, par Isis, approuva

spontanément Ahmès. Dès ton retour, nous mettrons en place un culte digne de ton auguste ancêtre!

— Non. Je ne veux pas attendre si longtemps. Je te charge de ce culte. Tu trouveras des prêtres capables et fidèles à la famille royale qui s'occuperont de tout avec dévouement. Choisis-les soigneusement et surveille-les le temps nécessaire.

Ahmès hésita. Elle rougit légèrement, n'osant répondre à son époux.

— Je ferai le mieux possible avec l'aide des dieux, dit-elle finalement, le menton volontaire et le regard brillant.

— Je le sais. Tétishéri sera honorée à Abydos. Il suffira aux prêtres t'entretenir sa chapelle. Les Égyptiens souhaitant lui rendre hommage devront se purifier les mains avant d'y entrer. Que son parc, ses arbres et ses fleurs resplendissent; que ses tables soient chaque jour chargées d'offrandes...

— C'est la moindre des choses et j'y veillerai, dit Ahmès en rassurant son époux. Dès que les Égyptiens seront en fête, ta grand-mère sera honorée. J'emploierai pour son culte et pour l'entretien de son domaine les meilleurs serviteurs. Ses troupeaux seront les plus vaillants et les plus sains. Ses champs seront abondamment arrosés pour qu'y poussent en permanence des fleurs de toutes sortes selon la saison.

— N'oublie jamais, ma chère et tendre Ahmès, toi qui portes le nom de la plus belle des femmes, de celle qui est née de la Lune, que le peuple égyptien considère Tétishéri comme celle qui aura permis à l'Égypte de retrouver sa grandeur d'autrefois. Une nouvelle ère est née grâce à elle.

— Je garderai tous ces détails en mémoire, dit Ahmès avec obéissance.

— Tu seras désormais le « deuxième serviteur du dieu Amon » dans le temple de Karnak, ajouta Ahmosis. Telle est ma volonté.

Ahmès blêmit.

— Puis-je refuser ? C'est trop d'honneur pour une femme aussi jeune que moi. Les autres prêtres s'en offusqueraient...

— On ne refuse rien à Pharaon, répondit Ahmosis avec autorité. Les prêtres exécuteront mes ordres. Le premier serviteur poursuivra sa tâche sans dire un mot. Je ne tolérerai pas une remarque !

— Pouvons-nous attendre ton retour pour en reparler ? suggéra timidement Ahmès. M'imposer ainsi juste avant ton départ me paraît audacieux. Je préférerais que tu sois présent à Thèbes lorsque j'assumerai de telles fonctions.

— Je te donnerai largement de quoi devenir serviteur du dieu.

— Précisément. Je sais que tu m'offriras tous les moyens pour diriger une institution. Je préfère donc créer un nouveau culte plutôt que de m'imposer auprès des autres prêtres d'Amon.

Ahmosis s'étonna d'une telle ambition mais il accepta les volontés de son épouse.

— Que souhaites-tu ? lui demanda-t-il. Tu sembles y avoir très clairement réfléchi.

— Je veux devenir la femme du dieu ! répondit Ahmès-Néfertari.

Ahmosis se leva et fit les cent pas en silence.

— Tu me réclames un honneur immense. Depuis quand y songes-tu ?

Ahmès rougit. Avait-elle parlé trop tôt ? Ahmosis songerait-il qu'elle l'avait épousé par intérêt ? Il la regarda longuement et finit par lui sourire, la rassurant tout à fait.

— Si une autre femme m'avait fait une telle requête après quelques jours de mariage, j'aurais exigé une enquête. Bien que tu sois ma sœur et la fille de la reine, tu n'aurais jamais obtenu une pareille faveur ni un tel titre...

— Je le sais. Mais j'y tiens.

— Eh bien, avant mon départ, j'ordonnerai de te donner un mobilier magnifique, des terres, de l'or, de l'argent, du bronze, de riches vêtements, du blé et des parfums pour créer ton institution religieuse. Je ferai construire une demeure pour l'épouse du dieu. Mais promets-moi de t'occuper auparavant du culte de ma grand-mère...

— Je t'en fais le serment, répondit Ahmès en se précipitant vers lui.

— Pourquoi souhaites-tu devenir la femme du dieu alors que tu es déjà celle de Pharaon ?

— Pour diriger un collège de prêtresses qui ranimeront sans cesse la flamme d'Amon, illuminant l'Égypte. Notre pays s'en trouvera régénéré. Quand tu accosteras à Thèbes après une campagne victorieuse, je veux que tu me voies en robe sacrée, les seins dissimulés sous de simples bretelles.

— Tu porterais les vêtements modestes des prêtresses d'Amon ?

— Bien sûr ! Une robe droite seulement ornée d'une ceinture, identique à celles que les suivants d'Amon portaient déjà à l'époque des pyramides. Une perruque courte couvrira ma tête et les deux plumes de la vie et de l'équilibre orneront le dessus de ma tête. Ainsi telles Isis et Nephthys, je connaîtrai la paix et Mâat, déesse de la justice.

— Je comprends maintenant pourquoi tu réclames une telle fonction. Tu te soucies de l'avenir de notre pays.

Il la tint serré contre lui en observant le soleil qui inondait la terre.

— Ce qui me manquera le matin lorsque je me réveillerai sera de ne pouvoir gagner Abydos pour rendre au dieu son hommage quotidien.

— Rassure-toi. Nous irons dans le *naos* du temple, dans le sanctuaire divin et nous accomplirons les rites mentionnés dans les Maisons de Vie. Le dieu ne s'apercevra pas de ton absence. Tu le retrouveras dans d'excellentes dispositions à ton égard.

— Grâce aux divinités, j'ai épousé une femme cultivée qui connaît les hiéroglyphes et qui est capable de lire les textes des Maisons de Vie !

— Je ferai davantage. Je te promets de compléter ces textes et de créer de nouveaux rituels dont tu seras fier !

Ahmosis retrouva son air sombre, celui qu'il arborait devant les messagers, lors des réunions officielles ou lorsqu'un événement exigeait toute son attention. Ses sourcils épais s'abaissèrent vers ses paupières. Ses pupilles perdirent leur éclat. Il ressemblait ainsi à son père et paraissait plus âgé qu'il n'était.

— Je préférerais rester auprès de toi. Il est parfois difficile de gouverner et de remplir son devoir.

— Rares seront les Thébains qui ne partiront pas à tes côtés. Voudrais-tu faire partie des vieillards ou des lâches ? Je suis fière que mon époux commande l'armée qui chassera les ennemis d'Égypte. Celui-là entrera dans la postérité !

— Pendant que je ferai la guerre, notre enfant grandira peut-être dans ton corps.

— Notre enfant ? dit en tremblant Ahmès-Néfertari.

— Oui. Je souhaite avoir un fils le plus vite possible. Je ne te l'ai jamais caché. C'est également le désir de ma mère.

— Et le mien... balbutia la jeune femme. Mais peut-être serait-il plus raisonnable d'attendre ton retour...

— Au contraire ! Si je meurs au combat, mon fils gouvernera un jour. Tu assureras la régence comme ma mère l'a fait et nous perpétuerons notre lignée. N'est-ce pas le meilleur moyen d'enrayer toute nouvelle tentative d'invasion ? Notre famille doit s'affirmer. Nous devons créer une dynastie de pharaons illustres, la plus brillante des dynasties pour que les hommes se souviennent de nous !

Ahmès-Néfertari baissa les yeux. Était-elle prête à mettre au monde le fils de Pharaon ? Elle se sentait encore si jeune malgré sa maturité.

— Nous avons partagé un bonheur immense pendant ces derniers jours. Ne crois-tu pas qu'il portera ses fruits ? insista Ahmosis.

Ahmès rougit.

— Je n'y avais pas songé. La nature pourvoira à la naissance du fils de Pharaon...

— Il me plairait cependant de savoir dès maintenant si la graine va germer et si ton ventre va s'arrondir en mon absence. Le médecin du palais pourrait sans doute nous renseigner sur ce point...

Ahmès posa sa main sur son bras.

— Si mon ventre s'arrondit, je promets de t'envoyer un messager pour t'avertir. Si je garde ma silhouette de jeune fille, nous aurons le temps d'y remédier. Concentre-toi sur ton action et ne te préoccupe pas des problèmes féminins. Je ne bande pas l'arc comme ta mère et je ne commande pas aux archers royaux. Mais j'accomplirai ce que toute femme et toute mère sait accomplir pour le bienfait de l'Égypte. Toi, tu es celui qui te transforme, taureau à l'intérieur de la ville, celui qui unit les Deux Terres, la lumière de Rê qui gouverne par la force.

V

Malgré l'entrain d'Ahhotep et la résignation de son fils, les soldats égyptiens ne semblaient guère prêts à se mobiliser. Des paysans furent réquisitionnés et se plaignirent de leur sort. Comment pourraient-ils s'occuper de leur champ ? Si certains se souvenaient des victoires égyptiennes sur l'envahisseur, encourageant les plus modérés à prendre la lance et le carquois, d'autres rechignaient à partir. Des années sans conflit avaient amolli leur esprit et leurs bras. Ils ne voulaient ni affronter la mort ni s'éloigner de Thèbes.

Comprenant les mécontentements engendrés par une telle expédition, Ahhotep préféra calmer les esprits avant le départ de son fils. Elle retarda de quelques jours les préparatifs afin de s'assurer de la fidélité de tous.

Ahmosis avait déjà embrassé Ahmès quand sa mère le convoqua dans la salle d'audiences. Elle fit fermer toutes les portes et s'assura que personne n'entendait ses propos. Au lieu de s'asseoir sur le trône, elle prit un tabouret et s'installa à côté de son fils.

— Ne sens-tu pas combien l'ambiance est néfaste à un départ précipité ? lui dit-elle.

— Mais tu voulais toi-même éviter tout

retard et chasser au plus vite les ennemis de chez nous ! Quelques Égyptiens ne quitteront pas leurs terres sans grincement de dents. Devons-nous nous arrêter à leurs états d'âme ?

Ahhotep se leva. Elle paraissait réfléchir profondément

— La réflexion est parfois préférable au courage et à l'impulsion de la jeunesse, dit-elle. Je crains que les Thébains ne manifestent leur mécontentement en pleine bataille, qu'ils te tournent le dos et qu'ils désertent. Que feras-tu si tes archers fuient ? Il vaut mieux les convaincre maintenant qu'il leur est impossible d'échapper à leur devoir, que la vie de leurs enfants dépend de leur courage d'aujourd'hui, que nos ennemis s'installeront bientôt à Thèbes après avoir gouverné à Avaris s'ils ne tentent rien, que ces adversaires ne se contenteront pas d'une partie de l'Égypte ! Ainsi auront-ils peur et courront-ils aux combats plutôt que de les éviter ! Tu y gagneras. Tu n'auras pas besoin de te faire respecter ni de répéter mille fois tes ordres. On t'obéira d'office. Tes rêves et tes nuits ne seront pas agités. Mais tu récupéreras de la fatigue du voyage et des batailles toutes les fois que les déesses veilleront sur tes songes.

Ahmosis pouvait se montrer aussi ferme que sa mère.

— Les Thébains ont toujours obéi à Pharaon. Ils te respectent. Si tu leur dis qu'ils doivent partir, ils partiront sans broncher !

Ahhotep fit la moue.

— Je connais trop les soldats qui partent en laissant une épouse et des enfants en pleurs. Je préfère les familles qui acclament un vaillant soldat préparé à la victoire. Qu'ils réclament leur part de butin plutôt que de se préparer aux funérailles de leurs proches !

— Que proposes-tu ?

— Je vais les haranguer et leur parler jusqu'à ce que les muscles de leurs bras et de leurs mollets durcissent sous leur peau ! Ordonne un rassemblement devant l'entrée du palais et fais monter une estrade !

Cette fois-ci, Ahmosis se plia aux volontés de sa mère. Le palais fut bientôt en ébullition. Les ordres fusaient, se transmettaient à la vitesse de l'éclair. Les domestiques couraient dans tous les sens en respectant le silence des couloirs. On entendit bientôt des bruits d'outils. Les ouvriers déplaçaient des planches de bois et les assemblaient promptement. Des serviteurs pressaient le pas, des tentures pourpres à la main, comme s'ils avaient porté le voile d'une mariée.

La foule s'arrêtait parfois devant une telle débauche d'énergie, interrogeant les artisans. Mais aucune réponse satisfaisante ne leur était apportée. Un membre de la famille royale était-il malade ? Un événement officiel devait-il être annoncé par la reine ? Renoncerait-elle à la guerre ?

— Vous semblez tous croire que je vais vous annoncer la paix, dit Ahhotep en prenant place devant son trône et en s'adressant aux Thébains réunis. La rumeur a tôt fait de se répandre que vous alliez rester chez vous et que j'allais vous l'annoncer ! Croyez-vous donc dans vos esprits simples que l'ennemi partira de lui-même et que nous vivrons en paix quand il habitera encore sur nos terres ? Allons donc ! La seule façon d'avoir la paix et de la garantir à vos enfants est de faire la guerre ! Le roi Séqenenrê plein de courage face à l'astre divin est mort au combat. Son fils, Kamosis, l'a suivi dans l'au-delà alors qu'Ahmosis ici présent n'avait que dix ans ! Ma douleur fut grande. Je n'ai pu poursuivre cette œuvre inachevée. Mais il est temps aujourd'hui d'y remédier enfin ! Dans quelques jours, vos maris, vos frères ou vos fils reviendront ! Ils auront achevé l'entreprise de mon propre enfant ! Ils rapporteront un butin appréciable. Vous pourrez alors dormir tranquilles. Jamais plus vos fils ne seront menacés, je vous le promets, car jamais plus un pharaon ne laissera un étranger usurper le trône de son pays !

De nombreux Égyptiens acclamèrent la reine. Ceux qui étaient réticents joignirent bientôt leurs cris et leurs applaudissements aux autres.

— Je constate que vous n'avez pas perdu tout votre courage et je m'en réjouis ! Adressez des prières aux déesses des contrées éloignées que d'autres peuples vénèrent. Elles dirigent des foules. Elles veillent sur l'Égypte avec modération et justice. Elles font attention à ses soldats. Elles donnent du courage aux fugitifs et réunissent les fuyards en une équipe soudée. Elles ont redonné la paix à notre région et soumis les adversaires. Si les peuples du Sud se rebellent, je les soumettrai moi-même ! Mon fils, je vous le jure devant les dieux rassemblés, réunifiera les deux Égyptes ! Il portera dignement la couronne de Haute et de Basse-Égypte ! Quant à moi, si un Nubien ose lever le bras pour l'en empêcher, je le tuerai ! Je me méfie de ces traîtres prêts à faire alliance avec l'ennemi à la moindre occasion !

La reine rappela aussi combien les habitants de Thèbes pouvaient être fiers de leur cité qui portait le nom du sceptre divin. S'ils libéraient l'Égypte, Pharaon régnerait désormais dans cette ville lumière. Memphis avait abrité bien des palais pharaoniques. Mais une petite musique chantait le soir au bord du Nil à l'entrée de la ville d'Ouaset[1]. Ce refrain mélodieux repris par mille déesses arrivait avec la

1. Thèbes.

brise. Il disait qu'une formidable dynastie de pharaons accomplirait là des splendeurs. Si Ahmosis restait encore sourd à leurs chants, Ahhotep avait appris à les comprendre. Elle sentait qu'un merveilleux avenir attendait l'Égypte.

⁂

Le lendemain, Ahmosis n'eut pas besoin d'envoyer un messager aux paysans qui travaillaient, après le retrait de l'inondation, la bande fertile bordant le Nil. Ceux-ci se présentèrent spontanément au scribe chargé de leur donner des armes. Ils restaient silencieux et s'emparaient avec fermeté des lances ou des arcs qu'on leur tendait après les avoir consciencieusement notés sur un papyrus étalé devant eux.

— Que chacun veille au matériel qu'on lui donne et qu'il le rende en bon état après la bataille ! dit un responsable habillé d'un simple pagne en peau de bête. S'il manque quelque chose, nous le lui ferons payer !

Aucun Thébain ne protesta. Les nouveaux soldats paraissaient résignés. Ils semblaient avoir pris conscience du discours que leur avait tenu la reine.

— Distribue tes flèches et épargne-nous tes bonnes paroles ! répliqua un paysan. Nous avons compris quels étaient notre rôle et nos intérêts. Plus vite nous partirons vers Memphis mieux cela vaudra ! Si nous rentrons lorsque le Nil aura retrouvé son cours normal, nous n'aurons plus qu'à semer et à attendre les récoltes. Elles seront bonnes cette année car le fleuve a abondamment débordé. Les dieux sont sans doute favorables à notre pays. En revanche, si nous rentrons trop tard pour semer, nous perdrons la récolte d'une année !

— Tu as compris, répondit l'homme en pagne.

— Pharaon ne pourra rien pour nous. Il nous faut récolter pour vivre.

— Les femmes vous aideront. En votre absence, elles sèmeront.

— Que pourront des dizaines de femmes alors que nous arrivons tout juste à labourer nos champs ? Elles aussi ont du travail. Elles lavent le linge dans le Nil. Elles nettoient chaque soir les maisons au natron et les désinfectent pour faire fuir les rats et les serpents. Elles élèvent les enfants...

— Le fait que vous soyez absents, vous et vos fils, allégera leurs tâches. Elles pourront passer le temps gagné aux champs...

— C'est si dur de travailler lorsque Rê frappe de toutes ses forces la terre sèche !

— Nous préférons tous être de retour avant que la terre ne s'assèche, rassure-toi.

Ahmosis fut alors annoncé à la fenêtre d'apparition donnant sur la cour du palais où étaient distribuées les armes. Les hommes levèrent la tête vers lui, anxieux de ce qu'il pourrait dire.

— Je vous ai entendus, dit le jeune Ahmosis, le corps doré d'huile parfumée. Je suis en tous points d'accord avec vous. Les dieux nous aideront à l'emporter vite et bien. Toutefois, pour que nous soyons définitivement tranquilles, je ne me contenterai pas d'une victoire facile. Je veux que l'ennemi soit bouté hors de notre pays et je souhaite le repousser jusqu'au bord de l'Euphrate. Qu'il retourne d'où il vient !

Des murmures parcoururent les rangs. Ahmosis les arrêta d'un geste de la main.

— Je sais ce que vous allez me rétorquer et vous aurez raison. Vous préférez rentrer à Thèbes pour vous occuper des terres qui nous font vivre. Voilà ce que je propose : si la saison nous permet de repousser notre ennemi loin de l'Égypte, faisons-le ! Si la victoire est moins facile que prévu et si les semaines passent, rentrons vite à Thèbes pour parer au plus pressé ! Pharaon a besoin lui aussi d'une partie des récoltes que chaque Égyptien lui verse. Le trésor royal permet d'accroître le bien-être de chacun. Si l'un d'entre vous souhaite faire une objection, je l'écouterai avec plaisir et attention.

Les Thébains se regardèrent. Certains s'interrogèrent et finirent par conclure qu'Ahmosis avait parlé aussi dignement que sa mère.

— Je suis heureux de votre disposition d'esprit, dit Ahmosis. Moi aussi, j'ai une femme qui m'est chère et je ne la quitte pas sans regret.

Comme Ahmès-Néfertari et Ahhotep venaient entourer Ahmosis, les Thébains, touchés, les acclamèrent.

— Vie, Santé, Force et Joie à la famille royale ! dirent-ils en chœur avant de se ruer sur les armes.

— Il est temps de partir ! dit Ahmosis. Vos femmes attendent de vous saluer sur le chemin jusqu'aux portes des villages. Leurs clameurs résonneront longtemps dans vos âmes courageuses et fières. Vous combattrez en entendant encore leurs cris d'encouragement. Nous partons pour libérer notre pays ! L'Égypte nous a été volée ! Que l'Égypte revienne enfin et pour toujours aux Égyptiens !

Ahhotep qui portait la couronne égyptienne approuva de la tête. Elle n'aurait pas mieux parlé. Ahmès l'observa et sourit. Elle était confiante : Ahmosis reviendrait victorieux. Le rêve qu'elle avait fait la nuit précédente où elle le voyait dominé par un géant était paradoxalement un signe favorable. Pour la première fois depuis leur mariage, elle plaça comme Ahhotep ses bras devant sa poitrine. Elle portait la croix ankh, symbole de vie, et la crosse du pouvoir. Ahhotep comprit qu'elle avait trouvé celle qui lui succéderait et qui porterait haut les couleurs de l'Égypte même si son fils disparaissait.

VI

Ahmès-Néfertari ne perdit pas de temps. Dès que son époux fut parti, elle mit en place le culte de Tétishéri cher au cœur de son mari et s'occupa de son titre d'Épouse du dieu. Malgré son âge, Ahhotep ne ménageait pas ses efforts. Aussi lui apporta-t-elle un concours appréciable. Elle préféra, toutefois, attendre le retour de son fils pour célébrer sa mère lors d'une cérémonie officielle.

Chaque matin, toutes deux se rendaient au temple d'Amon pour rendre hommage au dieu comme le faisait Ahmosis. Elles priaient les dieux de soutenir le jeune homme et de le rendre indomptable face à ses cruels adversaires. Elles se rendaient aussi à Abydos le plus souvent possible.

Face à ses responsabilités, Ahmès se montra ferme et humaine. Elle recevait les ambassadeurs étrangers en présence d'Ahhotep, qui restait la reine en titre, et apprenait vite son métier de future Grande Épouse royale. Elle manifesta très tôt le désir de s'occuper de sa vie dans l'au-delà, ce qui réjouit le cœur d'Ahhotep.

— Tu ressembles à nos grands ancêtres qui se sont fait construire des pyramides gigantesques pour être plus proches de Rê.

— Oui, mais je ne voudrais pas que les tombes d'Ahmosis ou de la divine Ahhotep soient pillées comme le furent celles de Khéops ou de Mykérinos...

— Qu'est-ce qui te fait dire cela ? Aurais-tu appris l'histoire secrète de nos plus anciens pharaons ?

— Bien sûr ! J'écoutais, moi aussi, les cours de mon frère. Pensais-tu que je me bornais à apprendre ce que toute jeune fille doit savoir ?

Ahhotep éclata de rire. Sous une agréable apparence, sa fille avait toujours montré un caractère masculin qui ne voulait pas s'en laisser conter.

— Nous aussi nous serons enterrés avec un superbe mobilier, avec nos bijoux, avec nos riches vêtements, mais personne ne saura où se trouveront nos demeures d'éternité. Les temples resteront visibles par tous tandis que nos tombes demeureront secrètes.

— Et où se trouveront-elles ces tombes ?

— Là-bas !

Ahmès tendait le bras vers le Nil.

— De l'autre côté du fleuve.

— Dans le désert ?

— Oui. Après cette bande fertile où poussent encore les palmiers et les herbes. Nos fidèles ouvriers les creuseront dans la montagne où personne jamais ne se rend. Des galeries succéderont aux galeries jusqu'à la chambre funéraire qui abritera le sarcophage de Pharaon.

— Comment garder secrète l'ouverture de ces tombes ?

— Elles se fondront avec la montagne. Elles seront invisibles de l'extérieur.

— Mais les ouvriers connaîtront leur emplacement ! As-tu déjà réussi à fermer la bouche d'un Thébain ?

— Les ouvriers travailleront dans la Vallée.

Ils ne se mêleront pas à la foule thébaine qui vit sur notre rive. Ils seront fiers d'habiter le village des artisans avec leur famille et de travailler au service de Pharaon !

— Voudrais-tu les garder prisonniers ?

— Non ! Mais ils seront tenus au secret et je sais qu'ils respecteront leur parole car ils seront choisis parmi les meilleurs sculpteurs et peintres du royaume. Ils se considéreront très vite comme une élite...

— À moins que tu ne les sacrifies après l'achèvement d'un tombeau.

— Jamais ! s'exclama Ahmès-Néfertari. Je respecte le travail de ces hommes hors du commun. Leur labeur sera dur car il leur faudra travailler par des chaleurs épouvantables dans la Vaste Prairie où la déesse cobra veille sur les morts.

— Elle habite la colline la plus haute.

— Précisément. Elle veillera sur nos familles royales. Les rois seront enterrés d'un côté, les reines de l'autre. Les fonctionnaires, lorsqu'ils se montrent exceptionnels, pourront peut-être habiter leur maison d'éternité près de leurs prestigieux maîtres.

— Tout cela semble tellement clair dans ton esprit. As-tu échafaudé des plans ? Depuis quand penses-tu à ce village et à cette vallée ?

— Depuis qu'Amon m'a envoyé un songe tellement net que je n'ai pas eu besoin d'un devin pour l'interpréter. J'ai vu les ouvriers habiter leurs petites demeures et emprunter des chemins blancs dans la montagne. Je les ai vus grimper chaque jour en équipe et rejoindre d'un côté une vallée où étaient enterrés les pharaons ou partir sur le versant opposé vers la vallée des reines. Ils chantaient. Eux-mêmes possédaient de belles et modestes tombes près de leur village. Certains avaient fait construire des tombeaux en forme de petites pyramides...

*
**

Était-ce une prédiction ? Les meilleurs peintres du palais quittèrent bientôt l'univers doré de Thèbes pour gagner le désert. Chaque matin, ils traversaient le Nil pour travailler sur de nouvelles tombes, celles qui abriteraient les corps de leur pharaon et de sa famille. Ils marchaient sous le soleil vers un endroit qu'ils appelèrent le « Grand Lieu ». Ils avaient décidé de nicher les sanctuaires secrets de ceux qui vivaient dans l'au-delà entre des collines sable qui se coloraient au crépuscule du rose et de l'or de Rê.

L'activité devint vite intense de ce côté-ci du fleuve, si bien que des familles entières y rejoignirent les ouvriers. Un village se construisit. Le travail des tombes fut réparti entre les équipes. Les artisans prirent l'habitude de passer chaque jour devant le poste de police puis de gagner la hauteur des collines. Des sentiers se formèrent sous leurs pas. Ils prenaient toujours le même chemin pour se rendre au Grand Lieu longeant les falaises de calcaire.

Tous les artisans du village étaient des artistes remarquables. Ils avaient abandonné leurs maisons luxueuses de la rive est pour habiter de modestes maisons aux murs blanchis à la chaux. Même les contremaîtres n'avaient à leur disposition que six pièces. Un escalier montait sur la terrasse où les Égyptiens dormaient volontiers. Nattes, coussins, petits meubles en roseau ou en bois constituaient le mobilier de ces maisons simples agrémentées d'un autel familial. Un voisin en poussait souvent la porte pour partager un dîner ou une conversation. Les enfants couraient dans les rues étroites.

Lisant régulièrement des rapports sur le travail effectué dans le Grand Lieu, Ahmès-Néfertari manifesta le désir de visiter le village qui accueillait alors une vingtaine de familles. Elle aurait voulu y emmener Ahmosis et lui faire découvrir ses projets mais, comme son époux tardait à rentrer, elle invita Ahhotep à la suivre dans le désert.

Le cortège de hauts fonctionnaires et de courtisans traversa le Nil en grande pompe. Quand elle arriva devant le mur d'enceinte du village, Ahmès le jugea un peu austère mais elle se réjouit de voir des enfants courir à sa rencontre en lui tendant de petits présents créés par leurs soins. Des fillettes lui offraient des jouets en chiffon habilement fabriqués. Déjà sur les collines alentour creusées pour servir de sanctuaires, des chapelles en briques, des petites pyramides rappelant celles de Khéops et de Képhren témoignaient de l'organisation d'une commununauté bien implantée.

— Je suis étonnée du sacrifice de ces hommes qui ont souvent abandonné une vie plus aisée de l'autre côté du Nil, confia Ahmès à Ahhotep. Ils paraissent plus heureux ici. Ils honorent les Anciens dans ces chapelles, préparent déjà leur propre nécropole. Auraient-ils l'intention d'être enterrés non loin de leurs pharaons ?

— Sans aucun doute, répondit Ahhotep. Les scribes et les artistes de ce village sont si fiers de leur mission qu'ils n'hésitent pas à l'écrire dans le Grand Lieu ou dans l'endroit qu'ils appellent le Lieu de Beauté où devraient être ensevelies les reines. Certains veulent spontanément contrôler les fournitures et les vivres alors que ce n'est pas leur tâche habituelle.

La reine se poussa légèrement pour laisser passer un cortège de mules apportant de l'eau.

— Voilà les céréales, les poissons, les légumes... Il faudra veiller à ce que ces braves ne manquent jamais de rien.

— Rassure-toi, mon enfant, répondit fermement Ahhotep, j'ai donné des ordres en conséquence. Quand tu seras officiellement Grande Épouse royale, tu te chargeras de veiller à leur exécution.

Ahmès s'inclina. Elle reconnaissait la vigilance de sa belle-mère qui n'était jamais prise en défaut. Elle gouvernait comme un pharaon et ne laissait rien au hasard.

— J'ai accordé aux artisans qui me l'ont demandé la permission d'installer des ruches dans le désert. Mais un scribe fera régulièrement un rapport au palais car tout Égyptien doit payer ses impôts. Les contremaîtres reçoivent une bonne ration de blé pour faire le pain et de grands sacs d'orge pour la bière. Les simples ouvriers sont moins payés mais ils peuvent faire vivre une famille de dix personnes sans problème.

— Ils reçoivent, comme à Thèbes, l'équivalent d'une livre de cuivre....

— Un peu plus. Sept à huit deben.

Ahmès fit un large geste de la main.

— Des potiers et des jardiniers viennent de s'installer ici.

— Leurs femmes s'occupent de la pêche. Des volontaires viendront les aider l'hiver s'ils ont besoin de bois. Un scribe du palais s'assure déjà que les outils sont correctement distribués et que les burins émoussés sont placés dans les hangars avant d'être réparés.

— Tu as donc approuvé mon idée... dit Ahmès songeuse en acceptant une pâtisserie au miel que lui tendait avec insistance une fillette de quatre ans.

— Bien sûr, jeune Ahmès. Tu sauras, toi aussi, être plus tard à l'écoute des autres. On s'enrichit de leurs projets lorsqu'ils sont intéressants. Un pharaon doit savoir écouter.

Un adolescent leur remit un tesson de poterie sur lequel elles lurent le message suivant : « Je suis le serviteur de Pharaon et de notre reine bien-aimée. J'ai été policier à l'ouest de Thèbes, gardant l'entrée du Lieu sacré, et je me réjouis d'avoir été nommé chef des policiers pour ma tenue et les services que j'ai rendus. Je souhaite protéger ces endroits pendant trente ans si possible et confier ensuite cette tâche à mes fils ! »

— Quelle satisfaction de voir ces fonctionnaires loyaux et dévoués consacrer leur vie à l'existence de Pharaon ! s'exclama Ahmès-Néfertari. Je savais que les dieux m'avaient soufflé l'idée de créer ce village !

— Principalement Amon, sa parèdre Mout et leur fils Konshou honorés en ces lieux.

Des ouvriers dansaient et chantaient précisément près d'un temple en faisant tinter les sistres. Les instruments retentissaient dans tout le village.

— Honorez Mout ! clamait un chanteur. C'est la déesse du ciel. Elle dirige la Maison du dieu Amon. Elle joue du sistre mieux que personne et chante d'une voix douce et langoureuse. Que les chanteurs se réjouissent de ce qu'elle dit parce que ses paroles plaisent à leurs cœurs.

Pendant qu'il s'exprimait ainsi, un scribe assis en tailleur près d'une stèle gravait les paroles divines. D'autres chantaient Amon, le dieu des dieux adoré qui transmettait la vie à tous les animaux. Roi des trônes et du Double Pays, Premier dans la ville de Thèbes, Taureau puissant, roi des terres, Souverain du Pount et de Nubie, souple à la course, Amon présidait tout.

— Nous souhaitons avoir une famille nombreuse afin qu'elle serve ici Pharaon, dit une femme à Ahmès en se prosternant devant elle. Merci, divine Ahhotep, Reine puissante, de nous avoir permis de nous installer dans cette vallée.

— La vie n'y est pas trop rude ? demanda Ahmès avec beaucoup de douceur.

— Jamais. Je prie chaque jour Hathor, déesse des naissances qui protège les rois dans le Grand Lieu et assiste à leurs pérégrinations auprès du Soleil, de nous donner le plus de fils possible afin qu'ils aident les autres à construire ces tombeaux magnifiques.

— Dis-moi franchement, connais-tu des femmes malheureuses dans ce village ?

— Non, répondit la jeune femme en saluant de nouveau. Hathor est honorée chaque jour pour que toute épouse se sente bien et procrée dans la joie. Le scribe du village a même consacré un phallus à la déesse. Il l'a fait tailler dans le calcaire et a inscrit une prière dessus. Il a également fait des dons à Thouéris et à Min qui protège l'enfantement.

— Si quelques épouses n'ont pas d'enfant, elles ne doivent pas se désespérer, répondit Ahhotep. Qu'elles nous adressent une demande. Les Égyptiennes adoptent parfois des enfants faute d'en avoir. Ils rempliront pareillement leur tâche pour Pharaon.

Quelques peintres sortaient d'un caveau, les mains pleines d'enduit et de couleurs.

— Mon mari prépare déjà sa tombe pour l'au-delà, rougit la jeune femme. Peut-être s'y prend-il un peu tôt... Il devrait travailler sur celle de Pharaon avant de penser à la sienne et à celle de ses femmes...

Les peintres parlaient des scènes de banquets funéraires qu'ils venaient de réaliser et de la petite table à offrandes que le maître avait commandée.

— N'aie crainte, dit Ahhotep. Nous ne blâmerons pas ton époux. Cette réalisation montre qu'il souhaite rester ici et y être enterré. Nous jugeons ainsi la fidélité de nos artistes. Il est normal qu'un Égyptien songe à sa vie dans l'au-delà avant même de penser à sa propre maison. La demeure d'éternité est aussi importante pour un pharaon que pour un simple ouvrier !

— La reine est bonne, répondit la jeune femme en se prosternant et en baisant ses pieds. Car je connais le caractère de mon mari. Il est fier et prétentieux.

— Parce qu'il a du talent, dit Ahmès en souriant. Les hommes sont ainsi faits. Ne le contrarie pas. Cet orgueil n'est pas bien grave...

Ahmès-Néfertari ressentait une grande fierté en contemplant les maisons du village alignées le long des rues. Ce petit monde qui grouillait semblait heureux. Les enfants inventaient de nouveaux jeux. Ils osaient parfois réclamer des friandises ou des pâtisseries à Ahhotep, déclenchant les rires d'Ahmès.

— Venez ici tout de suite ! criaient aussitôt leurs mères en les excusant.

Ahmès voulut rester dans le village jusqu'à ce que Rê se couchât derrière la colline. Il se dégageait de cet endroit entouré de monts plus ou moins hauts une grande sérénité. La fraîcheur redonna des couleurs aux joues des habitants. Une équipe d'ouvriers descendait précisément le chemin de la Vallée des Rois. Leur long cortège serpentait sur le flanc de la colline. Les hommes s'encourageaient en chantant. Les chefs d'équipe reprenaient les refrains.

— Encore un petit effort, cria l'un d'eux. Nous arrivons !

Sa voix se répercuta sur les parois des monts.

— Les voilà ! s'exclamèrent leurs épouses. Vite ! Préparons des boissons et sortons le poisson séché !

Les enfants coururent à leur rencontre. Pieds nus, un bâton dans les mains, ils glissaient parfois sur des pierres et se mettaient à pleurer bruyamment avant de reprendre leur ascension. Les ouvriers les soulevèrent de joie et les prirent dans leurs bras.

— Nous arrivons ! criaient-ils à leurs femmes en agitant leur pioche.

— Comme ils paraissent éreintés ! remarqua Ahmès.

— Ils sont rouges et pleins de sueur. Leur torse ruisselle.

— Que les dieux les aident ! J'espère qu'ils oseront nous solliciter lorsqu'ils auront besoin de quelque chose. Je préfère les écouter plutôt que de les laisser comploter.

— Je vais te donner mon avis, Ahmès, murmura Ahhotep. Ce village est une excellente idée. Les divinités t'ont inspirée lorsqu'elles t'ont envoyé ce songe. Mais il faudra être vigilant. Comme toutes les communautés, ce village pourrait un jour devenir un lieu de complot contre Pharaon. À nous d'être attentifs et de placer si nécessaire des espions dans cette enceinte.

Ahmès la regarda étrangement. Elle n'appréciait guère cette idée.

— J'ai confiance en eux, dit-elle. S'ils apprennent que nous ne les laissons pas travailler en paix, ils s'en offusqueront.

— Pas question de les déranger, reprit fermement Ahhotep, mais ma décision est prise. Je vais faire venir ici des hommes fiables qui me feront chaque mois un rapport précis. Ils auront l'ordre de me prévenir immédiatement si une querelle éclate.

— Tu es sage...

— Je connais les hommes. Vivre en communautés renforce les liens. Ces ouvriers sont aujourd'hui acquis à Pharaon. Mais qu'en sera-t-il demain ?

Les artisans avaient maintenant regagné leurs

demeures respectives non sans avoir auparavant salué la reine. On entendait des rires dans les maisons. La maîtresse de maison sortait parfois chercher un panier de fruits ou une petite jarre de bière.

Le chef de chantier qui avait terminé sa décade de travail accompagna Ahhotep et Ahmès derrière la colline.

— Gagnons l'autre rive, dit Ahmès. Je sais ce que je voulais savoir. Je suis heureuse car Ahmosis sera fier de moi.

— Je le crois, répondit Ahhotep, en prenant affectueusement la main de sa fille. Ce ne sera que justice. Je suis fière moi aussi de mes enfants. Vous comblez ma vie et mes espérances. Que les dieux vous accordent Santé et Force pour mener à bien chacun votre tâche. Je pourrai quitter cette terre sans regret.

Toutes deux montèrent dans leur char tandis que le cortège reprenait le même chemin qu'à l'aller. Ils traversèrent bientôt les champs verts et riches jusqu'au Nil où les attendait le passeur.

— Le désert est si beau ! J'aime tant ces monts sauvages ! dit Ahmès en contemplant les sommets noirs de la Vaste Prairie. Nous ne pouvions être enterrés qu'à cet endroit !

La voile battit au vent. Le long ruban du fleuve argenté disparaissait à l'horizon. Ahmès se laissa aller à rêver. Elle avait maintenant une mission qui lui venait du dieu. Elle se jura de l'assumer jusqu'au bout.

VII

Ahmès-Néfertari s'informait chaque jour des nouvelles du champ de bataille mais elle commençait à regretter l'absence de son époux qui se prolongeait. Les jours passaient et les adversaires de l'Égypte n'avaient pas l'intention de céder. Ils avaient retrouvé d'étonnantes ressources depuis les combats que le frère d'Ahmosis avait livrés contre eux.

Ahmès-Néfertari avait envoyé un messager prévenir son époux qu'elle attendait un enfant. Celui-ci avait manifesté sa joie à travers des lignes troublantes. Il lui était malheureusement impossible de céder le commandement de ses troupes.

Ahhotep était très attentive à la santé de sa belle-fille. Elle lui avait donné les meilleurs médecins et priait chaque jour les déesses de l'enfantement de la soutenir.

— Tu es si jeune ! lui dit-elle un jour avec tendresse, et tu te retrouves seule pour mettre au monde ton premier enfant. Quel dommage qu'Ahmosis ne soit présent. Il le regrettera toute sa vie...

— Je n'ai pas le droit de me plaindre, lui répondit Ahmès. Surtout devant vous. N'avez-vous pas supporté plus d'épreuves qu'un être humain n'est habituellement capable d'en affronter ? La perte d'un fils et la mort d'un mari sont douloureuses...

— Mais ils vivent tous deux dans l'au-delà, tu le sais.

— Loin de nous.

— Mais proches de mon cœur. Je vois que tu ne portes plus les cauris, ces coquillages qui ornaient la ceinture lâche de tes hanches. Ils sont pourtant symboles du ventre prêt à enfanter.

— Précisément. Je n'en ai plus besoin. Je préfère adorer Hathor et boire l'eau dont sont aspergées les stèles d'Horus figurant des crocodiles. Je ne crains que Khnoum, le dieu de la naissance qui va transmettre le souffle shou à mon petit garçon...

— Et pourquoi ce serait-ce pas une fille ? L'orge a-t-elle germé la première ?

— Parce que j'ai rêvé qu'il s'agissait d'un garçon.

— Il est temps d'invoquer Isis, Nephthys et Heket la déesse grenouille qui donneront naissance à un enfant sain aux os solides. Avez-vous songé à un nom ?

— Oui, répondit précipitamment Ahmès. Ahmosis tient à l'appeler Aménophis mais je préfère Ahmès-Sapeir. Je m'isolerai pendant quatorze jours pour me purifier juste après l'accouchement. J'aurai tout le temps d'écrire alors à mon cher Ahmosis. Que les dieux protègent le nom de Sapeir, qu'ils veillent sur les lieux où il ira, sur le lait qu'il boira, sur les genoux où il sera assis, sur les objets qu'il touchera, sur les amulettes qu'il aura placées autour de son cou. Qu'il soit toujours en bonne santé et qu'il soit paisible. Tout élément nuisible périra ! Je ne veux pas que le mal l'embrasse, qu'il l'apaise, qu'il lui fasse du mal, qu'il le prenne.

— Ne t'en fais pas ainsi. Ton lait deviendrait mauvais. J'aimais bien le nom d'Aménophis. Le rappel d'Amon ne peut que donner de la force à cet enfant...

Ahhotep lui tendit une amulette en forme de déesse Thouéris, hippopotame aux mamelles dressées. Ahmès la plaça aussitôt autour de son cou.

*
**

Si l'accouchement se passa sans difficulté, Ahmès-Néfertari accepta avec peine les quelques jours de purification qui la séparèrent de son enfant. Ahmosis revint précisément pendant cette période. Ahmès se sentit comblée. Elle espérait le garder auprès de lui jusqu'à la fin de sa vie mais son époux lui fit savoir que les ennemis occupaient toujours Avaris et que les combats réclameraient sans doute plusieurs saisons avant de s'achever. Prise entre la joie d'avoir son fils et son mari auprès d'elle et la peine de le voir repartir si vite, Ahmès-Néfertari fut confrontée à de redoutables états d'âme.

Si Ahmosis se montra très avenant lorsqu'il resta au palais, le nouveau roi, qui avait été accueilli en triomphateur, repartit bientôt pour les combats.

Ahmès-Sapeir fut confié à une nourrice puis à des éducateurs attentionnés et compétents. Cependant, les saisons passaient et Ahmosis ne faisait que rentrer de temps à autre pour repartir presque aussitôt. Ahmès-Sapeir s'était éteint avant même d'avoir pu régner. Sa mère en avait souffert. Un autre fils était né : cette fois-ci, Ahmosis l'avait appelé Aménophis.

Ahmosis revint juste après la mort de sa mère. Elle avait appris avant de mourir la chute d'Avaris et savait son fils parti pour l'Euphrate.

Celui-ci comptait bien y faire reculer l'ennemi pour montrer à tous que seul Pharaon régnerait désormais du Delta à la Nubie.

Thèbes deviendrait la capitale royale, la cité qui supplanterait Memphis, l'ancienne ville des pharaons. Ahhotep disait constamment au peuple combien elle était fière de ses habitants qui travaillaient pour libérer l'Égypte et Ouaset, la cité au sceptre divin.

Ahhotep avait plus de quatre-vingts ans lorsqu'elle mourut. Elle avait remplacé maintes fois son fils absent aux commandes du pays. Elle avait parfois encouragé les troupes et remplacé le général à la tête d'une armée. Aussi Ahmosis tint-il à honorer une mère mais aussi une remarquable reine aimée de tous. Il voulait présider à la cérémonie funéraire et inhumer sa mère dans son tombeau de Dra Abou el-Negga dans la Vallée des Nobles. Tous les artisans qui avaient travaillé sur sa tombe souhaitaient lui rendre hommage.

Ahmès-Néfertari reçut son mari comme le voulait la tradition car un vainqueur rentrait à Thèbes. Les trompettes retentirent à son approche. Les musiciens et les chanteurs entonnèrent des hymnes à sa gloire. Tous admirèrent sa tenue et son port altier. L'adolescent avait mûri au combat. Il revenait prendre la direction de l'Égypte. Il venait faire d'Ahmès-Néfertari la Grande Épouse royale, celle qui prendrait la succession de leur chère Ahhotep partie rejoindre le domaine de l'au-delà.

Ahmosis prononça un discours sur l'estrade qui avait été dressée devant le palais. Il fit le bilan des batailles, rassura les Égyptiens et vit défiler devant lui les chefs prisonniers qu'il destinait aux temples divins. S'ils voulaient la vie sauve, ils pouvaient toujours choisir de servir le roi. Ahmosis n'était pas un bourreau mais un soldat.

Les scribes apportèrent les paniers qui contenaient les mains coupées sur le champ de bataille, autant de victimes dont le nombre fut inscrit dans la Maison de Vie. Les archives étaient soigneusement gardées par des prêtres.

— J'espérais tant ton retour ! lui dit Ahmès lorsqu'ils se retrouvèrent enfin seuls. Ahhotep fut tellement heureuse d'apprendre ta victoire ! Hélas, elle a rejoint le dieu Anubis...

— Ne soyons pas désolés. Ma mère a vécu plus longtemps que bien des Égyptiens. La plupart quittent cette terre vers quarante ans. Les dieux lui ont accordé une vie remarquable et longue. Aujourd'hui, elle est heureuse de parcourir le ciel aux côtés de Rê car je suis sûr qu'elle aura la destinée d'un pharaon.

— As-tu préparé le discours de cérémonie ?

— Oui. En réalité, je n'ai pas besoin d'y réfléchir. La vie de ma mère fut si riche que mes paroles s'adresseront à elle comme à un roi. Sa tombe sera embellie de mille bijoux en lapis-lazuli et en or massif, le métal des dieux et des rois. Vois ce que j'ai rapporté pour elle.

Ahmès prit dans sa main une pièce magnifique que son époux sortait d'un sac dépourvu de forme. Le bracelet en perles, en turquoise, en cornaline et en lapis-lazuli brilla entre ses doigts fins qui ne cessaient de le caresser. Un diadème représentant la déesse Nekhbet complétait un ensemble de bijoux tous plus travaillés les uns que les autres, parfois d'inspiration minoenne.

— Tu tenais à la déesse Nekhbet qui donne ses titres à Pharaon.

— Oui, car ma mère a dirigé le pays et elle a donné naissance à deux rois.

Ahmosis sortit encore de son sac un poignard

en or, une hache au manche en cèdre doré décoré d'un sphinx et trois mouches d'or offertes habituellement aux généraux exceptionnels.

— Des mouches ? s'étonna Ahmès.

— Oui, car ma mère a également combattu et voilà un sphinx qui représente le roi abattant ses ennemis. Sans Ahhotep, je ne serais pas parti combattre. La victoire lui revient. Elle fut courageuse et tenace. Grâce à elle, l'Égypte revient aux Égyptiens. Elle mérite plus que n'importe quel brave ces trois mouches que Pharaon n'accorde qu'à ses meilleurs chefs !

— Assurément, dit Ahmès en se rapprochant de lui et en se serrant contre sa poitrine. Que penses-tu d'Aménophis ? Il est grand maintenant. Ce sera bientôt un adolescent et tu le connais à peine...

— Je vais sérieusement m'occuper de parfaire son éducation. Il deviendra un prince exemplaire !

— Comme son père, plaisanta Ahmès-Néfertari.

— Mes projets sont nombreux. Voilà des années que j'y songe et il me faut arriver dans la vingt-deuxième année de mon règne pour les réaliser. Je vais faire un temple à Bouhen et agrandir ceux d'Amon à Karnak et de Montou à Armant. Puisque tu as mis en place le culte de ma grand-mère à Abydos, je vais faire préparer deux cénotaphes, l'un pour Tétishéri, l'autre pour moi. Je veux surtout rouvrir les carrières de Toura car Amon aura son temple-harem à Louxor tandis que Ptah possédera un nouveau temple à Memphis.

Ahmès-Néfertari rappela à son époux qu'il lui avait promis le titre de « Divine Épouse du dieu » et qu'elle préférait céder celui de Deuxième Prophète d'Amon si majestueux qu'il fût.

— Tu as de la suite dans les idées ! s'exclama Ahmosis. Mais j'ai une surprise pour toi. Puisque tu souhaites toujours être Épouse du dieu et assumer les mêmes fonctions que moi auprès d'Amon, tu recevras cinq aroures de terres fertiles. Je mettrai à ta disposition le personnel chargé de les entretenir. La nourriture et les éléments nécessaires à l'exercice du culte dépasseront tes espérances. De quoi auras-tu besoin ? De perruques, de bijoux, de diadèmes, de maquillage ?

Ahmès le remercia. Elle voulait entretenir son collège de prêtresses et devenir la Main divine qui honorerait Amon tout en le réjouissant. Une tenue simple serrée à la taille par un cordon, une perruque courte et un petit diadème suffiraient à la combler.

— On t'appellera désormais « Maîtresse pleine de grâce », « Beauté qui satisfait le dieu », « Grande de bonté et d'amour ». Tu auras à ta disposition un serviteur assisté de scribes et de responsables de troupeaux. Des trésoriers géreront le domaine. Veux-tu aussi des artisans et des cultivateurs ?

— Oui. J'aurai également besoin d'un chef de la navigation chargé de me faire passer de la rive est à la rive ouest toutes les fois que je le souhaiterai.

Ahmès-Néfertari s'était maintes fois imaginée en train de jouer de la musique et de présenter un collier à Hathor tout en reprenant les hymnes des prêtresses d'Amon. Elle rêvait souvent qu'elle se purifiait avant d'entrer dans le sanctuaire d'Amon. Elle avait le droit d'assister aux cérémonies destinées à chasser les ennemis d'Amon, se tenait aux côtés des prêtres qui donnaient des offrandes à la divinité. Crainte et respectée, elle était aussi aimée pour son calme et son charme. Elle exprimait ainsi les sentiments du dieu fort et aimable, attaché à l'ordre et à l'équilibre.

Un scribe se fit annoncer. Il venait de rédiger le texte d'une grande stèle qu'Ahmosis voulait placer dans le temple de Karnak.

— As-tu respecté mes volontés ? lui demanda sévèrement Ahmosis.

— Absolument, maître des deux terres. Je vais te lire le message définitif.

Le scribe déroula son papyrus et lut lentement, articulant le moindre mot.

« Honorez la maîtresse de ce pays, la reine des contrées éloignées. Elle a régné sur les monts, gouverné le peuple, Épouse du roi Séqenenrê Tâa II, sœur d'un roi, fille et mère de roi, elle a réuni les deux Égyptes. Elle a rassemblé les fugitifs et les notables pour repousser l'ennemi. Elle a redonné la paix à l'Égypte. Vie, Santé, Force. À Ahhotep ! »

— Qu'en penses-tu ? demanda Ahmosis à sa femme qu'il voulait consulter le plus souvent possible.

— Un remarquable hommage ! Très mérité. J'appréciais tant ta mère. Elle m'a appris à gouverner et à devenir lucide. Grâce à elle, je me sens prête à lui succéder comme Grande Épouse royale.

Ahmosis serra son épouse contre lui. Il avait tant attendu ces instants ! Combien de fois avait-il pensé à elle après un combat ? Pourquoi les dieux les avaient-ils si longtemps séparés ?

— Resteras-tu auprès de moi ? demanda Ahmès-Néfertari avec une douce flamme dans les yeux.

— Tu connais les devoirs d'un pharaon. Je dois honorer les dieux, choisir la part de butin que je donnerai aux prêtres, distribuer des ordres pour les fêtes de mon retour.

Aménophis entra dans la chambre. Sobek

avait décidé de l'amener auprès de son père sans en avoir reçu l'ordre. Le jeune garçon regarda Pharaon sans oser bouger. Il tremblait presque, les yeux fixes.

— Tu impressionnes ton fils, lui dit Ahmès en remerciant Sobek du regard. Tu connais ma fidèle servante, n'est-ce pas ? Elle m'a toujours soutenue pendant ton absence. J'étais parfois si triste... Les moments qui ont suivi la disparition de notre fils aîné ont été pénibles...

Ahmosis ne montra pas sa tristesse devant Sobek. Il se redressa et prit un visage sévère.

— Eh bien, mon fils, tu viens donc saluer Pharaon ?

Aménophis se retourna vers Sobek et leva ses yeux effrayés vers elle. Elle le rassura d'un sourire et le prit par les épaules.

— Que crains-tu ? demanda-t-elle en venant s'agenouiller devant Ahmosis. Allons ! Fais comme moi !

Aménophis hésita puis il se prosterna devant son père.

— Qui es-tu ? finit-il par demander en levant le regard. Es-tu un dieu pour qu'on se jette à tes pieds ? J'honore ainsi le dieu Amon. Je lui donne des offrandes.

— Petit impertinent, répondit Ahmosis en fronçant les sourcils. Ne comprends-tu pas que tu t'adresses à Pharaon ? Tu parleras lorsque je t'en aurai donné l'ordre ! On n'interroge pas le roi ainsi.

— Pharaon est aussi ton père, intervint Ahmès-Néfertari en s'approchant d'Aménophis. Tu l'as déjà vu lors de ses visites à Thèbes. Tu le connais peu car il a dû combattre pendant des années l'ennemi de l'Égypte mais il t'aime et ne te quittera plus.

Aménophis ne semblait pas comprendre.

— J'ai repoussé nos adversaires. Ils avaient

envahi notre pays et s'étaient installés à Avaris, une ville située dans le nord de l'Égypte. Aujourd'hui, l'Égypte est libérée et nous régnons en maître, dit Pharaon.

***

Ahmès et Ahmosis devinrent extrêmement populaires à Thèbes. Aménophis était aimé. On l'acclamait lorsqu'il sortait pendant les grandes fêtes. Rien ne semblait pouvoir ternir cette image du bonheur. Ahmosis construisit des temples, agrandit ceux qui existaient. Ahmès-Néfertari lui rappela qu'il devait ouvrir des carrières. Elle organisa davantage le village des ouvriers et la nécropole royale de la rive ouest.

Ahmosis formait son fils à la chasse et à la guerre. Il contrôlait ses maîtres, l'interrogeait sur ses leçons, lui répétait sans cesse qu'il serait le futur pharaon d'Égypte et qu'il devait maintenir son pays en paix. Il lui parla de sa grand-mère et de son arrière-grand-mère qui restaient à ses yeux deux femmes remarquables.

Malheureusement, Ahmosis mourut jeune. Ahmès-Néfertari dut affronter cette nouvelle épreuve. Elle était donc née pour lutter et pour dompter une vie qui ne l'épargnait pas. Elle acquit de la maturité et de la force. Elle était désormais responsable de l'héritier du trône.

Quand Ahmosis mourut, Ahmès demeura plusieurs mois inconsolable. Elle fit préparer pour lui des funérailles dignes des plus grands rois. Aménophis n'était pas prêt pour régner. Elle devrait le faire à sa place. Mais elle s'en sentait alors parfaitement capable. Elle voulait qu'Aménophis connût les bienfaits d'un pays en paix et que, semblable au Taureau fascinant les étrangers et inspirant la crainte, il devînt Kaouâftou et Aânarou pour que l'Égypte demeurât prospère.

Seule avec son fils, elle gouvernerait l'Égypte comme Ahhotep avait su le faire avant elle. Seule au pouvoir, elle le placerait sur le trône. Ils régneraient en parfaite intelligence comme elle l'avait fait aux côtés d'Ahmosis avec un unique objectif : rendre les Égyptiens heureux et garder l'héritage que leur avait transmis les dieux pour l'éternité.

*
**

Ahmès-Néfertari avait accompli au côté de son époux tous les faits marquants de son règne. Elle assura le rôle de régente pendant la jeunesse d'Aménophis Ier et mourut au moment où Thoutmosis Ier commençait à régner. Le général Thoutmosis avait épousé la fille d'Aménophis Ier, Ahmose. Ahmès-Néfertari vit donc sa petite-fille devenir Grande Épouse royale.

La disparition d'Ahmès-Néfertari représenta pour les Égyptiens une perte considérable. Le peuple la considérait alors à l'égal d'une déesse. Des dizaines de scarabées furent créés pour elle. Les stèles sur lesquelles elle était représentée, les statuettes et les objets dont elle avait été honorée, sa représentation dans de très nombreuses tombes thébaines sont autant de témoignages de son immense popularité. Elle apparaît dans une cinquantaine de tombes et sur des dizaines de monuments à Gournah et à Abydos.

Son sarcophage fut placé dans une tombe de Dra Abou el-Negga. Son temple fut bâti non loin de là. Seuls les pharaons bénéficiaient généralement d'un tel édifice. Un culte rendit même hommage à Ahmès-Néfertari. Pendant l'été, sa barque quittait son sanctuaire et était promenée dans la nécropole sous les acclamations de tous. Lors de la Fête de la Vallée, la procession s'arrêtait à son temple de millions d'années où une statue en bois noir la représentait. Elle tenait dans ses mains les symboles de la royauté. Les Égyptiens la transportaient ainsi jusqu'au temple d'Aménophis Ier. Elle se mêlait alors aux cortèges de son fils. Pour fêter Ahmès-Néfertari, les ouvriers avaient deux jours de congé. Sans bénéficier d'un oracle comme Aménophis Ier, Ahmès était en effet consultée par l'ensemble de la communauté.

À l'époque des Ramsès, Ahmès-Néfertari était si honorée que des pèlerins s'installaient près de son temple pour lui rendre hommage. Ramsès II la fit représenter sur les murs de Karnak. Des statuettes à son effigie furent alors fabriquées en grand nombre.

Ahmès-Néfertari était en effet considérée comme la déesse de la nouvelle nécropole thébaine, la créatrice du village des artisans organisé par Thoutmosis Ier, celle qui avait la première eu l'idée de constuire les tombes de Thèbes-Ouest et les demeures d'éternité des pharaons.

La momie d'Ahmès-Néfertari fut retrouvée dans la cachette de Deir el-Bahari. Son examen prouve qu'elle était morte à un âge avancé. Sa peau était noire. Voilà qui fit couler d'autant plus d'encre que plusieurs de ses effigies étaient sculptées dans un bois noir. Ahmès-Néfertari était-elle nubienne ? En réalité, son corps s'était décomposé et l'utilisation d'une matière noire pour ses statues était certainement liée à un culte. Le noir, couleur du chien Anubis, gardien des tombes royales, permettait la renaissance.

***

Ahmosis fut également enterré à Dra Abou el-Negga. On ne sait en revanche si Aménophis Ier, qui régna vingt et un ans, fut enterré dans cette vallée. Son gendre Thoutmosis Ier fut enterré dans la Vallée des Rois alors que son temple funéraire *fut édifié à la limite du désert. Thoutmosis Ier fut-il le premier roi à être enterré dans la Vallée des Rois et à avoir un sanctuaire si éloigné de son temple de millions d'années ? Quoi qu'il en soit, Aménophis Ier sut poursuivre l'œuvre de ses parents et maintenir un pays en pleine prospérité.*

Aménophis II et Tiâa

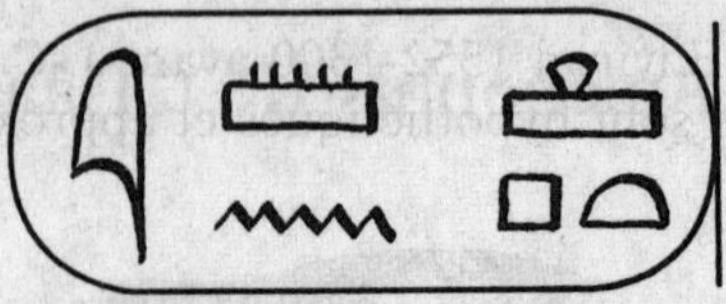

Le Nouvel Empire
des pharaons de la XVIIIe dynastie

Environ 1552-1300 avant J.-C.
(Les dates sont hypothétiques et approximatives)

Ahmosis Ier
Aménophis Ier
Thoutmosis Ier
Thoutmosis II
Hatchepsout
Thoutmosis III
Aménophis II (env. 1453/1450-env. 1425/1420)
Thoutmosis IV
Aménophis III
Aménophis IV-Akhenaton
Semencharê
Tout Ankh Amon
Ay
Horemheb

Le Nouvel Empire

Générations de la XVIIIe dynastie

Égypte, 1552-1300 avant J.-C.

Les [illegible]

I

Ahmès écoutait son époux qui se préparait ardemment pour la chasse. Des serviteurs l'entouraient avec empressement, ajustant son [illegible], affûtant ses flèches, protégeant ses pieds de sandales en cuir. Le pharaon était manifestement pressé de courir les buissons et les [illegible] à la recherche d'une proie.

— Tu me voilà digne d'un dieu, lui dit [illegible] [illegible] et [illegible] toutes les fois [illegible] chasser.

[illegible] le seul [illegible] des conquérants, de ceux que [illegible] Thoutmôsis III lui laissait un [illegible] incomparable : un pays agrandi par [illegible] batailles remportées brillamment, un [illegible] qui s'était enrichi et qui [illegible] aux ordres de la cour égyptienne. [illegible] Il n'avait connu que la splendeur [illegible] il était [illegible] de bonheur et passait son temps à la chasse [illegible]. Les [illegible] qu'il faisait sur le Nil en joyeuse compagnie le [illegible] [illegible]

— [illegible] dit [illegible] Thaa. C'est l'heure où le [illegible]

I

Tiâa écoutait son époux qui se préparait joyeusement pour la chasse. Des serviteurs l'entouraient avec empressement, ajustant son pagne, affûtant ses flèches, protégeant ses pieds de sandales en cuir. Le pharaon était manifestement heureux de courir les buissons ou les marais à la recherche d'une proie.

— Te voilà digne d'un dieu, lui dit Tiâa. J'aime te voir satisfait et tu l'es toutes les fois que tu vas chasser !

Pharaon éclata de rire. Il avait le sourire lumineux des conquérants, de ceux que rien n'arrête. Son père Thoutmosis III lui laissait un héritage incomparable : un pays agrandi par dix-sept batailles remportées brillamment ; un peuple qui s'était enrichi et qui vénérait son roi ; des ennemis aux ordres de la cour égyptienne.

Aménophis II n'avait connu que la splendeur et la gloire. Il était rayonnant de bonheur et passait son temps à lire, à chasser ou à pêcher. Les promenades qu'il faisait sur le Nil en joyeuse compagnie le détendaient chaque après-midi après une sieste agrémentée de frivolités.

— Pars vite, lui dit Tiâa. C'est l'heure où le soleil éclaire encore suffisamment pour viser le gibier. Mais bientôt, Rê disparaîtra et les pêcheurs jetteront leur ligne dans le fleuve.

— Voudrais-tu que je chasse en pleine chaleur au risque d'y laisser ma santé ? demanda le roi en la prenant dans ses bras. La Grande Épouse n'a aucun respect !

Les courtisans éclatèrent de rire et invitèrent Pharaon à les suivre. Ils étaient loin de ressentir pour lui la crainte qu'ils éprouvaient pour son père. Le militaire Thoutmosis III n'admettait, en effet, aucune entrave au règlement, aucune fantaisie dans le décorum. Certains avaient connu Aménophis II enfant et lui vouaient une grande affection. Les femmes le trouvaient beau. Il avait les traits de ses ancêtres : un visage allongé, des joues un peu creuses, un nez droit, des yeux vifs et grands, un menton volontaire. La finesse de ses traits allait de pair avec sa jeunesse et son goût pour la beauté.

Tiâa était simple et dévouée. Elle se comportait comme une épouse attentive. Elle estimait que son titre de maîtresse de maison lui donnait des tâches et des responsabilités incontournables même si elle était la première dame du pays. Elle tenait à régner sur le palais, à surveiller le travail des serviteurs et des suivantes, à programmer les journées de Pharaon.

— Repose-toi sur les responsables du palais, lui disait chaque jour son mari. Une Grande Épouse royale ne doit pas dicter ses ordres toute la journée aux employés. Les gouvernantes et les grandes dames sont là pour exécuter ce travail.

Mais Tiâa lui répondait avec obstination qu'elle aimait régenter sa maison, si grande fût-elle, et qu'elle n'en ressentait aucune honte.

— Les Grandes Épouses portent le nom de Main divine depuis de longues années. Elles en sont fières. Mes professeurs me l'ont appris autrefois. Je suivrai l'exemple de ces femmes qui n'ont jamais failli à leur devoir. Il me plaît d'être dans ce palais la maîtresse des servantes comme l'Égyptienne l'est dans sa simple demeure.

— Mais cela t'oblige à écouter leurs plaintes ou leurs sollicitations...

— Qu'importe ! Elles m'aiment et me confient leurs malheurs.

Aménophis II prétendit alors avec beaucoup de mauvaise foi qu'il se sentait délaissé et qu'il préférait que la Grande Épouse conservât son énergie pour lui seul.

Tiâa avait un caractère tellement amène qu'elle s'entendait aussi avec tous les fonctionnaires du pays. Le vizir lui confiait parfois ses craintes avant de parler au pharaon. Car ses rapports n'étaient pas toujours agréables à entendre. Tiâa lui recommandait d'être clair et précis.

— Sois honnête avant tout et ne cache rien à Pharaon. Sinon, tu risquerais de perdre ton poste. Pharaon peut tout écouter d'une oreille indulgente mais il ne pardonne pas les mensonges. La déesse Mâat te punirait.

— Je redoute toutefois ses colères. Elles sont rares mais terribles, répondait le vizir en espérant que Tiâa parlerait avant lui de ses tracasseries à son époux.

— Tu as toutes les qualités pour être vizir. Tu es habile, clairvoyant, savant, éloquent, puissant. Tu sais commander et te faire obéir. Aménophis II a été choisi par les dieux pour diriger ce pays. Tu restes un serviteur efficace au service de la divinité.

Tiâa appréciait les maîtresses femmes du pays, celles qui dirigeaient des provinces et des villes avec une volonté hors du commun. Certaines s'occupaient de l'administration d'un domaine. Tiâa avait distribué aux plus compétentes de Pi-Ramsès des postes enviés. Les unes étaient contrôleurs du trésor royal, les autres chefs des ateliers de tissage et des étoffes. D'autres encore dirigeaient les chanteurs et les acrobates. La Grande Épouse royale aurait même placé à des postes militaires quelque femme compétente si Aménophis II ne s'y était pas opposé.

Tiâa se rendait souvent dans les villes avoisinantes. Elle réclamait sa chaise à porteurs et ses servantes puis elle partait inspecter les domaines. Pharaon voyait ainsi son travail considérablement allégé.

***

Un jour comme beaucoup d'autres, Tiâa avait décidé de contrôler des domaines où Pharaon n'avait pu se rendre depuis plusieurs mois. Elle embarqua avec ses aides. Une suivante l'éventa pendant tout le parcours. Tiâa écouta avec plaisir sous le baldaquin les musiciennes qui jouèrent pour elle. Quand elle arriva, elle réclama aussitôt le responsable qui se prosterna à ses pieds puis elle inspecta les coffres et les biens du domaine. Elle rencontra ensuite les gestionnaires. Même si les femmes qui soulevaient son admiration portaient une tunique moulante et transparente, des colliers et des perruques sophistiquées, elles étaient respectées à l'égal des hommes. Sur les murs de leurs tombes s'étalaient déjà leurs activités. Leurs serviteurs y écoutaient encore leurs ordres dans des scènes de pêche, de chasse, d'agriculture ou d'artisanat.

Tiâa inspecta aussi les marais et les bords du fleuve. Elle embarqua avec un serviteur et un scribe et observa le moindre détail. Elle adressa un signe amical aux lingères qui lavaient des tuniques dans le Nil. Tout en respirant le lotus qu'elle aimait, Tiâa s'informa aussi sur le travail des champs, les récoltes et prit plaisir à écouter des poèmes. Elle savait lire et écrire les hiéroglyphes et appréciait la compagnie des femmes instruites. L'une d'elles était devenue sa confidente.

— Je voudrais parfois n'être qu'une simple particulière, lui dit Tiâa. J'aurais le temps d'écrire et de lire. Mais je veux aider Pharaon et me contraindre à des tâches qui ne sont pas les miennes pour soulager le roi.

— Pharaon peut ainsi chasser et pêcher... répondit nonchalamment Astarté en ironisant sur la nonchalance de Pharaon.

Tiâa ne releva pas le ton perfide de cette amie qui lui rendait de nombreux services. Mais un matin, elle crut bon de lui répondre.

— L'Égypte est de nouveau menacée par ces Nubiens rebelles ! Ce n'est pas moi qui prendrai les armes pour combattre. Aménophis II se prélasse parfois. Il aime en dilettante écouter de la musique et composer des vers. Il prend du bon temps et je l'incite vivement à le faire. Mais aujourd'hui il va devoir prendre les armes et lutter au premier rang avec la force des dieux. Combien de temps durera cette rébellion ? Quand rentrera-t-il à Thèbes ? Tout cela me tourmente. Crois bien que je préfère ma place à la sienne.

Astarté s'excusa aussitôt.

— Notre pays est-il menacé ? demanda-t-elle un peu effrayée.

— Les menaces ne manquent pas. Mais je préfère que Pharaon lui-même informe le peuple thébain. Tu apprendras tout de sa bouche. Je peux seulement te rassurer. Je ne crois pas un seul instant que les dieux permettront aux Nubiens de s'imposer.

Astarté était à moitié réconfortée. Elle regrettait presque ses moqueries envers Aménophis II. Le pharaon avait reçu une excellente éducation. La chasse l'entraînait à la guerre. Tous les rois avaient formé leurs fils au tir à l'arc pour leur apprendre à combattre avec adresse au premier rang. Aménophis II était capable de viser debout dans un char lancé à pleine vitesse.

— J'ai confiance en notre Pharaon, dit finalement Astarté. Je serai là pour te tenir compagnie pendant son absence.

— Je gouvernerai à sa place.

— Tu en es capable, Grande Épouse. Me pardonneras-tu mes médisances au sujet de ton époux ?

— Aménophis II se rira bientôt de tous ceux qui l'ont jugé paresseux et incompétent.

Astarté baissa humblement la tête. Elle accepta la remarque sans broncher et jura intérieurement de ne plus railler le roi.

II

Aménophis II n'hésita pas à rassembler son armée. Il envoya des messagers dans toute l'Égypte en donnant aux généraux et aux vizirs l'ordre de se tenir prêts à repousser une attaque. Les habitants de Pi-Ramsès sortirent leurs armes. Ils confièrent leurs champs à leurs jeunes fils et à leur épouse. Tiâa ne chercha pas à retenir Aménophis. Elle connaissait trop la cruauté et l'audace des Nubiens.

— Décidément, ces rebelles ne plieront jamais sous le joug égyptien, dit-elle avec agacement la veille même du départ de son époux pour la guerre. Je veux que tu leur donnes une leçon dont ils se souviendront longtemps !

— Combien en ont-ils reçu depuis que mes ancêtres règnent sur l'Égypte ! Ils reviennent toujours à la charge.

— Sont-ils en route pour Pi-Ramsès ? Que dois-je faire en t'attendant ? Protéger nos murs ? Me laisseras-tu quelques soldats ?

— N'aie crainte, par Horus. Mes messagers sont formels. Les Nubiens ont beau être fourbes et connaître toutes les pistes pour arriver jusqu'ici en secret, personne ne les a vus rôder près de notre capitale.

— Je les attendrai de pied ferme ! répondit

Tiâa. Ne te laisse pas impressionner par leurs cris et leurs ruses. On dit qu'ils tremblent dès qu'ils aperçoivent Pharaon transformé en lion ou en aigle.

— Rien de plus normal.

Dans la journée, Pharaon exhorta les troupes qui arrivaient de Memphis et de Thèbes. Il n'agissait plus comme un chasseur en quête d'une proie mais comme un guerrier, furieux que l'on osât porter atteinte à la terre divine. Les scribes distribuèrent les armes, notant avec minutie chaque bouclier, chaque lance, chaque arc sorti des entrepôts.

— Prenez soin de ces armes. Vous les rendrez à votre retour ! dit le roi en demandant aux archers de se rassembler. Les Nubiens craignent nos chars rapides et nos flèches plus vives que le vent. Ne les laissons pas avancer en Basse-Égypte. Partons à leur rencontre dès demain. Nous les combattrons avec courage. Ils comprendront qu'ils ont affaire à un dieu et qu'il est inutile de résister.

Ceux qui avaient connu Thoutmosis III acclamèrent les premiers Aménophis II.

— Digne fils du grand conquérant, nous te suivrons pour vaincre, non pour devenir prisonniers des traîtres et des brigands !

Les autres Thébains reprirent cet engagement sous les applaudissements des femmes. Thoutmosis III avait habitué les Égyptiens à des périodes de guerre et de séparations. Mais jamais le doute ou l'incertitude n'avaient troublé leurs âmes. Pharaon les sentait forts et sûrs d'eux. Rien ne pouvait lui plaire davantage.

Le soir venu, Tiâa demanda à son époux un peu d'attention.

— Je sais bien qu'un homme sur le point de partir au combat a besoin de concentration. Tu es excité par les futures campagnes...

Aménophis sourit à son épouse.

— J'ai l'impression de partir chasser le gibier des marais et je ne fais pas plus de cas de ces Nubiens que des oiseaux sur lesquels je tire avec mes flèches. Je les transpercerai avant même qu'ils n'aient le temps de m'apercevoir !

— Reviens vite. J'ai besoin de toi. J'aimerais avoir un fils aussi habile et courageux que tu l'es.

— Mon père a su m'éduquer.

— Je le reconnais volontiers, répondit Tiâa en l'attirant contre elle et en le serrant très fort. Je peux te remplacer dans l'administration du pays mais je me sens si faible lorsque je te vois ainsi, beau comme Horus, dans ta tenue militaire. Tu ferais trembler des sycomores !

Pharaon l'embrassa tendrement. Il ressentait pour son épouse une grande affection et admirait son courage et sa sagesse.

— Les femmes du harem pleurent déjà ton absence.

— Ce sont des sottes. Elles ne me manqueront pas. Toi, en revanche, tu combleras mes rêves mais pas mes nuits. Je te promets de revenir vite pour que l'on ait un fils digne de me succéder un jour. Surveille les travaux de ma tombe. Et si, par hasard, je mourais, promets-moi d'agir pour que les ouvriers des tombes l'ornent pendant les soixante-dix jours de ma momification.

— Je ferai hâter le travail et ta momie reposera là où tu le souhaites, là où la déesse qui aime le silence veille sur les morts.

— La Corne va me manquer, répondit le roi en faisant allusion à la cime thébaine qui dominait la Vallée des Rois. J'aime m'y rendre pour honorer mes ancêtres.

— Je le ferai pour toi.

— N'oublie pas Thoutmosis III. La déesse

Nephthys veille sur lui mais il attend les offrandes de ses proches. Le peuple thébain l'honore presque comme un dieu. Ces hommages sont mérités...

Tiâa promit de lui obéir.

Après s'être aimés avec tendresse, Aménophis et Tiâa parlèrent longuement pendant la nuit. Ils évoquèrent leur désir d'avoir un fils, leurs célèbres ancêtres, le créateur de la dynastie, Ahmosis, qui avait autrefois repoussé des envahisseurs. Ils se racontèrent leur mariage et leur promenade sur le Nil devant une foule ébahie et heureuse.

— Cela fait si longtemps que la déesse Isis ne nous avait pas donné l'occasion de parler ainsi, dit Tiâa alors que l'aube pointait.

— Est-ce bien raisonnable le jour même où je dois partir guerroyer ?

Ils éclatèrent de rire et continuèrent de plaisanter comme deux adolescents.

— Que penserait le serviteur qui va venir me réveiller et m'annoncer que Rê nous donne une nouvelle journée pleine de lumière s'il nous voyait rire ainsi comme des enfants ? Est-ce digne d'un Pharaon de se comporter de la sorte ?

— Souviens-toi de Mâat. Ton ancêtre Hatchepsout portait le nom de Mâatkarê parce qu'à l'égal des pharaons elle adorait cette déesse de l'égalité et de la paix. Mâat symbolise aussi la Vérité. Tout ce qui émane de Pharaon doit être vrai. Ainsi le peuple le vénérera-t-il. Ainsi les dieux le soutiendront-ils. Quant à moi, j'aime ta franchise et ta spontanéité. Ne change jamais.

— J'essaierai, répondit Aménophis en embrassant fougueusement sa femme. Tu as raison. Nous avons trop attendu pour faire un fils. Nous nous en occuperons dès que je rentrerai !

— À moins qu'Isis n'ait répondu à nos désirs pendant cette nuit...

— Me réserverais-tu une si belle surprise pour mon triomphe ?

Aménophis II s'étendit sur le dos et ferma les yeux.

— Ah ! Je t'imagine à mon retour de campagne. Tu descends de l'estrade et viens vers moi. Tu me confies alors dans un souffle « Tu vas avoir un héritier ». Les yeux du peuple sont braqués sur nous alors que nous mourons d'envie de nous enlasser et de crier de joie.

— Éveille-toi, mon roi bien-aimé. Nous n'en sommes pas là.

À cet instant, deux servantes s'approchèrent discrètement du lit et annoncèrent le prêtre et le fonctionnaire chargés de réveiller solennellement le roi.

À leur grande surprise, Aménophis II sortit nu de son lit en rejetant la couverture en lin que Tiâa avait ramenée sur leurs corps.

— Allons ! Je n'ai pas dormi ! Pourquoi viendrait-on me réveiller ? Je vais rendre hommage à Rê avant de prendre mon bain. Il est inutile de faire entrer le prêtre !

Tiâa observa le corps musclé de son époux. Il était mince et mat. Ses épaules larges faisaient ressortir sa taille fine. Contrairement à de nombreux pharaons, il portait les cheveux courts plutôt que rasés.

— Je me sens plus reposé que si j'avais dormi douze heures, dit-il en s'étirant. Je vais écraser ces maudits Nubiens !

Il prit un fruit dans un panier en osier et croqua dedans à pleines dents. Puis il se mit à chantonner en réclamant de l'eau et des senteurs.

— La crasse et la poussière des routes vont bientôt recouvrir ces douces odeurs. Tant pis !

Puisqu'il le faut, nous marcherons jusqu'aux limites de notre pays !

Tout en écoutant son époux chanter les mélodies qui avaient bercé son enfance, Tiâa crut déceler au fond de son cœur les premiers signes de la mélancolie. « Il va me manquer », se dit-elle. Puis elle se prit à frissonner en songeant qu'il pouvait ne pas revenir vivant du combat. « Ne te laisse pas impressionner par une bataille qui ne durera pas », se raisonna-t-elle.

— Je préparerai dès ton départ les fêtes de ton triomphe, dit-elle à Aménophis en haussant le ton.

— Attention à trop de démesure ! Les dieux risqueraient bien de nous donner une leçon ! N'anticipe pas ma victoire ! Ce sont eux qui décideront de l'issue de la campagne !

Tiâa l'approuva et implora aussitôt les dieux de l'excuser. Ses paroles étaient déplacées car elle n'était qu'une simple femme sans connaissance de l'avenir.

— Je ferai tout de même décorer les demeures de Pi-Ramsès dès que ton messager m'aura annoncé ta victoire. Des pétales de fleurs joncheront le sol de la ville. Les enfants sortiront leurs paniers pour jeter sur ton passage des fleurs odorantes.

— Voilà qui me paraît plus raisonnable, dit Pharaon en réapparaissant dans la pièce, une étoffe de lin autour de la taille.

Il déposa un baiser sur les lèvres de Tiâa.

— Les soldats doivent déjà m'attendre. Je n'ai pas le temps de me faire masser. Qu'on m'apporte mes armes et ma couronne car tous ceux qui me verront passer devant chez eux doivent savoir que je suis Pharaon !

Aménophis II prit beaucoup de soin à sa tenue puis il pria Tiâa de ne pas descendre sur le seuil du palais.

— Je préfère que tu restes ici car ce qui me contrarie le plus est de te quitter. Aucun ennemi si cruel soit-il, aucun danger ne bouleverse davantage mon cœur que de ne pas entendre ta chaude voix, tes rires éclatants, tes leçons de sagesse ou de ne pas contempler ton corps doux comme les pétales veloutés de la rose.

Tiâa sentit les larmes lui monter aux yeux. Elle aimait écouter les mots tendres de son époux. Mais elle jugea bon de ne pas lui montrer sa tristesse.

Il la regarda intensément. Puis il passa sa main sur son visage.

— Que les dieux me permettent de contempler ces beaux traits dans quelques jours, dit-il sous forme de prière en levant les yeux vers les cieux.

Tiâa lui prit la main et déposa un baiser sur ses doigts.

— Mes pensées t'accompagneront partout où tu iras, lui dit-elle. Quand tu fermeras les yeux sur ton char, tu entendras ma voix et mes conseils. Ne te laisse jamais distraire par la mélancolie. Fonce et concentre-toi sur le devoir à accomplir. Uniquement sur cela. L'inattention ne pardonne pas !

Il lui sourit avec une grande complicité et ordonna aux gardes d'ouvrir les portes.

III

Pour s'encourager, Tiâa passa ses journées à se rappeler les exploits de Thoutmosis III. Aménophis n'avait pas eu jusque-là la chance de briller sur un champ de bataille mais le fils d'Hatchepsout II Merytrê associé au trône deux ans avant la mort de son père ne pouvait manquer de s'illustrer.

Elle avait écouté au début de leur mariage les récits qu'Aménophis II faisait des exploits de son père. Les enfants égyptiens racontaient même encore à l'école comment il avait franchi l'Euphrate et remporté avec éclat les campagnes syriennes. Thoutmosis III faisait toujours preuve d'une ruse exemplaire. N'avait-il pas réussi à introduire deux cents de ses soldats dans une cité pour s'en emparer ?

Mais Tiâa n'eut guère le temps de prier les dieux d'aider son époux. Celui-ci revint plus vite que prévu après avoir dominé ses ennemis. Des jours de triomphe mirent les Thébains en joie. Tiâa chanta les louanges de son époux et tous deux fêtèrent allègrement leurs retrouvailles.

— Je compte maintenant embellir l'Égypte, avoua Pharaon à son épouse en prenant son père comme modèle.

— Tu sembles avoir pris conscience de ses exploits.

— Oui. Il a remporté dix-sept batailles et j'ai senti combien il était redouté en arrivant devant les chars ennemis. Tous ont crié que j'étais le fils du grand Thoutmosis puis ils ont rebroussé chemin. Ils ne s'attendaient pas à me voir combattre en personne.

— Tu n'as donc pas eu à lutter, dit Tiâa soulagée. Le seul souvenir de ton père leur a fait déposer les armes.

— J'en ai un peu honte, je l'avoue. Je n'ai eu qu'à repousser quelques bandes isolées. Je vais nommer mon général Ousersate vice-roi de Nubie. Ainsi n'aurai-je plus à redouter une révolte de ce côté. Il embellira la Nubie de riches monuments. Comment réussirai-je à être à la hauteur de mon père si je ne fais pas construire des temples ?

***

Curieusement, Aménophis II consacra les jours qui suivirent aux jardins du palais. Il se passionnait pour l'agencement de ses bosquets et passait des heures à contempler les plantes. Il écrivait souvent, l'après-midi, en compagnie de son vizir comme son père le faisait autrefois avec Rekhmirê et lisait les textes célèbres du passé. Il se targuait de connaître l'histoire de l'Égypte comme aucun autre pharaon avant lui. Il respectait tellement ses ancêtres qu'il décida de les honorer lui aussi sur les murs de Karnak.

Mais Aménophis II n'avait pas le caractère de son père. Il abandonna bien vite ces activités pacifiques ou artistiques, tant appréciées de Thoutmosis III, pour s'adonner de nouveau à ses premières passions. Il encouragea les jeunes Thébains à s'entraîner au tir à l'arc, à la chasse et à l'équitation, des sports qui, disait-il, pourraient un jour leur servir pour lutter. Il honorait même la déesse protectrice des chevaux, Astarté, auxquels les cultes syriens rendaient hommage.

Aménophis II décida aussi de développer le commerce avec les autres pays.

— Il nous faut de l'étain. Nous le ferons venir de Syrie. Nous avons également besoin de cuivre. Nous enverrons des navires à Chypre pour en rapporter. Nous avons aussi besoin d'argent. Que des expéditions partent pour la Cilicie ! Les prisonniers nubiens vont nous être utiles. Ils travailleront avec les ouvriers du village de Thèbes ou dans les mines du Sinaï.

Aménophis II reprit aussi ses chasses au lion. Il les pratiquait à pied comme les anciens Égyptiens malgré les conseils de prudence de Tiâa qui tremblait plus en le sachant face à un lion que face aux Nubiens.

— Fais-toi appeler Horus d'or, Taureau puissant et indomptable, lui suggéra-t-elle.

— J'ai déjà pris les noms de « cornes vives » et de « celui qui l'emporte partout par la force » sans même avoir combattu.

— Mais le nom de Taureau te convient encore mieux !

***

Aménophis II eut l'occasion de déployer cette force et cette rage qui l'habitaient dans une nouvelle campagne. En l'an 3 de son règne, il lui fallut réunir une nouvelle fois ses soldats et partir pour la Syrie. Tiâa trouvait son mari chaque jour plus impliqué dans le destin de son pays. Il faisait parfois peur à ses propres soldats. On le disait cruel à la chasse et impitoyable face à l'ennemi.

— Est-ce si détestable de vouloir réprimer l'audace de ces peuples qui ont profité du changement de roi pour tenter une révolte ? Ces habitants du Mitanni sont des fourbes ! Ils savent que le passage d'un Pharaon dans l'Autre Monde peut perturber un peuple et une armée. Ils cherchent là l'occasion de s'imposer.

Avant qu'il ne partît pour la guerre, Aménophis II eut la joie d'apprendre qu'il allait être père. Partagé entre la rage de partir au plus vite et le bonheur de sa future paternité, il décida finalement d'accomplir son devoir. Aussi demanda-t-il à la Grande Épouse royale d'attendre son retour pour annoncer la nouvelle au peuple.

Pendant que son époux était au Mitanni, Tiâa reçut peu de messages de lui. Elle s'en inquiéta et dut envoyer elle-même un héraut aux nouvelles. Celui-ci lui apprit qu'Aménophis II l'avait emporté à Qadech et qu'il allait bientôt revenir avec de nombreux prisonniers.

« Pourquoi ne m'a-t-il pas écrit ? se demandait Tiâa. A-t-il connu une princesse séduisante qu'il va faire entrer dans le harem ? Serai-je assez belle pour rivaliser avec une jeune princesse ? »

Quand elle reçut enfin un message de son mari, Tiâa se précipita pour le lire dans ses appartements. Celui-ci lui parut laconique et décevant. Aménophis II se contentait de lui dire qu'il était en route et qu'il fallait préparer son triomphe. Aucune formule amoureuse ne concluait sa lettre.

Le roi entra dans la ville quelques jours plus tard. Les Égyptiens l'acclamèrent de nouveau. Il rendit hommage aux dieux, déposa des offrandes dans leurs temples et prononça un discours un peu froid.

Le lendemain, les habitants de Pi-Ramsès

assistèrent à un spectacle stupéfiant. Aménophis II avait ordonné de suspendre les corps des sept princes qu'il avait lui-même tués au combat le long des murs de la ville. Cette décision surprenante ne lui ressemblait pas. Tiâa réagit aussitôt.

— Je ne te reconnais plus, lui dit-elle. Si tu étais mort au combat, nos ennemis t'auraient-ils suspendu ainsi dans une attitude pitoyable ?

Aménophis II lui demanda de ne pas discuter ses ordres.

— Les femmes ne comprennent pas les affaires militaires, se contenta-t-il de conclure sèchement.

Tiâa fut très contrariée par une telle attitude. Le pharaon n'avait pas encore pris de nouvelles de sa santé. Il n'était plus question de fêter la future naissance de leur enfant.

Dans les jours qui suivirent, le roi suivit de près les travaux de sa tombe royale. Il se rendit à Thèbes dans la Vaste Prairie, contrôla tous les ouvriers et distribua ses ordres aux chefs de chantier. Tiâa l'accompagnait. Sous le soleil brûlant du désert, le roi fit le tour de toutes les tombes royales. Il avait voulu la sienne agréablement ornée d'images divines et du *Livre des morts*. Comme les ouvriers n'avaient pas encore achevé de creuser la roche, il réunit les peintres et les dessinateurs de Deir el-Medineh et leur demanda de commencer leur travail.

— Pharaon tout-puissant, lui dit l'un d'entre eux. La chambre funéraire n'est pas encore creusée. Tout cela fera de la poussière. Nous devrons évacuer les pierres. Pourquoi travailler dans de mauvaises conditions ? Notre décoration sera d'autant plus réussie qu'elle sera réalisée avec amour et précision. Comment dessiner et peindre au milieu de cette poussière blanche qui enveloppe les hommes et les murs dès que les ouvriers taillent la pierre à grands coups de marteaux ?

Les autres artistes approuvèrent. Ils refusaient de travailler avant que la tombe ne fût entièrement déblayée. Puis ils consultèrent les plans et firent, à la demande de Pharaon, une estimation du nombre de jours nécessaires aux finitions des premiers travaux.

— C'est trop long, conclut Pharaon. Si je dois repartir demain pour la guerre et si je ne suis pas aidé des dieux sur le champ de bataille, la Grande Épouse royale aurait à préparer mes funérailles. Il ne vous resterait plus que soixante-dix jours pour achever ma tombe !

Tiâa crut bon d'intervenir.

— Maître de l'Égypte, tu as soumis le Mitanni. Qui d'autre oserait maintenant s'attaquer à notre pays ?

— Tous ceux qui le convoitent ! Je ne compte pas rester inactif. Je comprends pourquoi mon père a passé sa vie dans les combats. Un homme doit affirmer sa force et montrer aux yeux de tous où se trouve le pouvoir !

— Me laisses-tu entendre, Roi vaillant, Horus d'or, que la guerre te manquerait s'il n'y avait plus de conflit ?

— Je le reconnais, dit Aménophis II.

Tiâa baissa la tête. Elle qui faisait tout pour faire respecter l'ordre et la paix n'approuvait pas son époux en cet instant. Elle se garda, cependant, de toute remarque.

— Quel délai vous faut-il ? demanda finalement le roi aux ouvriers en reprenant ses questions sur un ton plus amène.

Comme personne n'osait lui répondre, il avança plusieurs dates.

— Pensez-vous finir avant la saison de chemou ?

Il ne vit en face de lui que des moues dubitatives. Les Égyptiens se courbèrent et gardèrent la tête baissée. Aucun d'entre eux n'osait s'exprimer. Tiâa décida d'intervenir une nouvelle fois.

— Ce silence vaut une réponse, murmura-t-elle.

— Le délai vous paraît trop court, conclut Pharaon.

Le chef de chantier s'approcha de lui et lui expliqua en détail tout le travail qu'il restait à faire. Pharaon réfléchit.

— Par Amon, il faudra travailler plus vite et plus longtemps. Mais je vous accorderai une saison supplémentaire. Si la tombe n'est pas creusée à cette date, je punirai tous ceux qui auront tenu le burin et le marteau.

L'un des peintres, plus instruit que les autres, sortit du rang et s'approcha du roi.

— Comment oses-tu venir si près de moi sans y avoir été invité et sans l'avoir demandé clairement au chef de chantier? dit Aménophis II avec humeur.

— Pour ma part et bien que je respecte plus que tout Pharaon tout-puissant, je refuse de travailler davantage dans la Vallée avec cette chaleur. Hier, plusieurs d'entre nous ont dû rentrer au village avant l'heure où le soleil est au plus haut dans les cieux. La fatigue a eu raison de leurs forces. Tout le monde ici peut en témoigner. Ces hommes sont pourtant robustes et courageux!

Le chef de chantier approuva timidement le peintre.

— Il dit la vérité. Mâat ne le punira pas.

— Je reconnais qu'il doit être épuisant de frapper cette paroi par cette chaleur. Travaillez la nuit! Vous recevrez un salaire en conséquence. On vous distribuera plus de céréales et de beaux vêtements...

Certains approuvèrent. D'autres se révoltèrent.

— Qui mettra nos vêtements lorsqu'Osiris nous jugera devant la balance des âmes ? Nous préférons rester en vie et recevoir un salaire plus modeste !

— Ces hommes sont les meilleurs artistes de la ville, dit Tiâa. Ces ouvriers sont fiers de suer pour Pharaon. Aucun ne rechigne à la tâche. Le village des ouvriers abrite les artisans les plus dignes de servir le roi. Épargne-les, je te le demande personnellement par Isis et Nephthys qui habitent déjà ces lieux.

Aménophis finit par céder. Mais il rentra au palais très contrarié.

— Tu étais bon et juste, lui dit Tiâa en montrant pour la première fois son mécontentement.

— Tais-toi donc ! Que connais-tu de la guerre et du travail des tombes ?

— Tu oublies que les épouses de ces artisans les aident à déblayer les pierres ! Comment résisteront-elles à la chaleur ? Les champs de bataille t'ont transformé ! Je ne puis douter que ton vrai caractère se cache sous cette enveloppe impitoyable...

Aménophis II lui sourit et l'entraîna dans leurs appartements.

— Les dieux ont seuls le droit de me montrer ma démesure. Qui es-tu pour me parler ainsi ?

— La Grande Épouse royale qui te prévient avant les divinités. Elles seraient beaucoup plus sévères que moi !

— La Grande Épouse royale est plus digne que Pharaon, répondit finalement Aménophis. Le roi la remercie de ses conseils. Tendre Tiâa, me pardonneras-tu d'avoir été cruel ? Je n'ai même pas songé à te parler ces derniers jours de notre enfant. Qu'Isis abrite notre amour.

Soulagée, Tiâa s'approcha de lui et appuya doucement sa tête sur sa poitrine.

— Je craignais de t'avoir perdu, lui dit-elle.

Il l'enveloppa de ses bras sans dire un mot. Ils restèrent longtemps enlacés, heureux de se retrouver enfin.

— J'avais juste besoin d'oublier la guerre, murmura Aménophis.

IV

Alors que le pharaon pensait les habitants du Mitanni définitivement soumis, son armée dut se rendre précipitamment à Qadech dans la septième année du règne.

— Les rebelles sont plus organisés que la première fois, dit-il à Tiâa. Je dois partir au plus vite !

La Grande Épouse royale jugea cette décision sage et irréversible. Elle fit venir l'enfant du roi et s'apprêta à assumer ses fonctions habituelles.

Toutefois, Aménophis II se trouva confronté à un nouveau cas de figure. Les nouvelles que Tiâa reçut de l'Oronte l'angoissèrent. Chaque jour, des Égyptiens mouraient par dizaines. La reine laissa exploser sa joie lorsque le roi lui annonça enfin son retour après des semaines de combat.

Le roi fêta pleinement son triomphe car il ramenait des bords de l'Euphrate des milliers de prisonniers. Mais il dut repartir quelques mois plus tard. Bien que son absence ne durât pas, il revint avec un goût amer aux coins des lèvres.

— Nous avons perdu un immense territoire entre l'Euphrate et l'Oronte, dit-il à sa femme dès qu'il entra à Pi-Ramsès. Mon père ne serait pas fier de moi. Je refuse tout triomphe. Tu as préparé pour moi une cérémonie dont je ne suis pas digne.

Tiâa tenta de le faire changer d'avis. Mais Aménophis avait l'impression d'avoir privé les dieux d'une terre dont eux seuls étaient propriétaires.

— Thoutmosis III me l'a donnée intacte, dit-il. J'ai prêté serment devant les dieux de la préserver ou de l'agrandir. J'ai failli à ce serment. Je ne mérite décidément pas d'être Pharaon. Pourquoi me laisserais-je acclamer par un peuple qui n'a pas conscience des champs que nous cédons aujourd'hui à l'ennemi ?

— Tu as combattu ardemment. Sans avoir été présente, je sais que tu as réalisé l'impossible pour gagner ces combats. Tu y es parvenu...

— Mais j'ai perdu cette terre !

— Tout le monde est réuni pour t'acclamer : les nobles de Thèbes, parmi lesquels Ouserhat qui a une faveur à te demander, le vizir Aménémopé et son frère le gouverneur Sennefer, Quenamon, l'intendant du palais de Memphis, et son frère le prophète d'Amon, Kaemeribsen ; le responsable des greniers Menkhepereseneb et les grands prêtres d'Amon.

Le vice-roi de Koush, qui avait accompagné Aménophis II, se fit annoncer dans la salle de réception.

— Je suis persuadée que ton fidèle compagnon me rapporterait un récit louangeux si je le lui demandais, dit Tiâa en lui faisant signe d'approcher et de s'installer sur un fauteuil confortable et large. Mets-toi à l'aise, ajouta-t-elle à l'intention du vice-roi.

Plusieurs suivantes s'activèrent aussitôt autour de lui, lui présentant des mets, des boissons rafraîchissantes, des linges humides parfumés et des cônes.

— Je demande à sa Majesté l'autorisation de repartir pour Koush, dit le vice-roi.

— N'assisteras-tu pas aux cérémonies du triomphe et aux sacrifices faits en l'honneur des dieux ? s'étonna Tiâa. Penserais-tu comme le roi que les soldats égyptiens ne méritent pas d'être acclamés en ce jour ? Il faut, cependant, offrir des dons aux dieux et les remercier de l'appui qu'ils vous ont apporté !

— Là n'est pas la raison, Grande Épouse aimée d'Isis. Je veux repartir car j'ai laissé plusieurs chantiers dans le sud de l'Égypte. Ce sont des monuments à la gloire de ton époux. Je souhaite voir au plus tôt où en sont les travaux.

— Tu es libre de quitter Pi-Ramsès lorsque tu le veux, dit Aménophis II.

Le pharaon se leva et tendit un papyrus roulé au vice-roi qui se prosterna devant lui.

— Mon scribe avait préparé ceci à ton intention. Tu y trouveras la liste de mes cadeaux. Emporte avec toi le plus gros du butin. Tu l'as bien mérité ! Tu m'as sauvé la vie à plusieurs reprises. Si ton cheval n'avait pas couru aussi vite et si ta flèche n'avait pas été aussi rapide, j'occuperais bientôt ma tombe.

Le vice-roi se releva et le salua une dizaine de fois avant de prendre congé.

— Scribe ! appela le roi. Qu'on mette à la disposition de mon ami le vice-roi de Koush tous les présents mentionnés sur cette liste et qu'on les place sur son char !

Un petit homme discret et trapu sortit d'un angle de la pièce et suivit le vice-roi hors de la salle, laissant le couple royal en tête à tête.

— Moi aussi, je vais entreprendre quelques constructions, dit le roi. À commencer par mon temple de millions d'années.

— Voilà une heureuse idée. Ne trouves-tu pas judicieux d'achever le chantier commencé par ton père à Amada ? Les dieux te remercieraient à leur façon...

— Tu as anticipé ma pensée, Tiâa, comme d'habitude. Mais je veux aussi faire construire à Médamoud, Tôd et Ernant.

Parce qu'il trouvait sa tombe trop sobrement ornée, le roi interrogea la Grande Épouse. Celle-ci loua le travail des artisans.

— Sobriété ne veut pas dire simplicité, dit-elle. La reproduction entière du *Livre de l'Amdouat* sur les murs de ta tombe, qui te donnera maints conseils pour vivre dans l'au-delà, a réclamé des jours de travail. Tout y est si finement écrit ! Cette grande salle à piliers qui précède la chambre funéraire est d'une beauté instructive. J'aime ces signes noirs qui couvrent les murs et le dessin des divinités qui décorent les piliers. As-tu déjà vu Anubis plus nettement peint ? Il se détache du fond clair des piliers comme s'il vivait.

— Je voulais une tombe fort semblable à celle de mon père mais les peintres peuvent peut-être ajouter de la couleur aux couloirs...

— Fais-moi confiance. Ta tombe est magnifique. Quant à ton sarcophage...

Le pharaon l'interrompit. Jamais encore il n'avait été question de son sarcophage.

— De quoi parles-tu ? Je vais donner des ordres pour qu'il soit taillé dans les carrières d'Assouan.

— Inutile, Grand Roi, lui répondit Tiâa avec un regard malicieux. Tu viendras demain dans la Vaste Prairie avec notre enfant. Vous découvrirez ensemble ce que la Grande Épouse a réservé à Pharaon.

Comme il voulait en savoir plus et qu'il détestait ne pas être dans la confidence d'un projet, le roi insista pour que Tiâa lui en révélât davantage. Mais la Grande Épouse se retira sous prétexte de se préparer pour le festin donné le soir en l'honneur de visiteurs libyens.

— Ah si, par Isis et la déesse grenouille, j'ai oublié de te dire que notre petit prince va bientôt avoir une sœur ou un frère...

Aménophis II se contenta de la remercier du regard et il ordonna qu'on lui apportât du vin grec et de la bière fraîche. « Un jour, se dit-il, mon fils sera couronné à Memphis comme tous les Thoutmosis. Je vais faire élever un monument près du sphinx de Gizeh et prévoir des travaux d'embellissement dans le temple de Ptah. »

***

La Grande Épouse du dieu Amon, Main de la divinité, mit au monde un enfant qui souleva l'enthousiasme du peuple. Telle la déesse Mout donnant au dieu Amon un héritier, elle le présenta tout d'abord aux autres divinités avant de le confier à la meilleure nourrice du palais. Mais elle le disait allaité par la vache divine Hathor.

Dès que son médecin l'y autorisa et que le délai nécessaire à la purification fut écoulé, elle décida de se rendre à Karnak. Elle avait revêtu une perruque noire dont les reflets bleutés sous les rayons de Rê épousaient son regard intense entouré de khôl. Sur sa perruque, un vautour, symbole de Mout, brillait de tout l'éclat de ses pierres précieuses. Les rouges rivalisaient avec les bleus soutenus et les verts intenses. Elle avait posé sur sa tête un épais diadème décoré des images du cobra d'où partaient deux plumes et deux cornes enserrant le disque solaire.

Ses servantes l'avaient vêtue d'une tunique ancienne resserrée à la taille par une cordelette. Elles l'accompagnèrent au temple thébain du dieu Amon sur la barque royale qui remonta le fleuve à bonne allure.

Dès leur arrivée à Thèbes, les officiels se précipitèrent pour installer la reine au palais. Elle s'était déplacée sans son époux et avait préféré laisser son enfant nouveau-né à Pi-Ramsès. Le peuple, d'abord déçu de ne pas entendre les vagissements du prince, oublia vite ce détail pour rendre hommage à la mère des futurs héritiers du trône. Tiâa ne comptait pas toutefois languir au palais. Elle avait des projets et refusait d'attendre pour les mettre à exécution. Aussi fit-elle annoncer aux prêtres de Karnak qu'elle arrivait et ordonna-t-elle de sortir sa litière.

Comme le palais n'était guère éloigné du temple, les membres du clergé étaient encore en effervescence quand elle s'avança d'un pas décidé vers l'entrée de celui-ci. Elle s'engagea dans l'allée bordée de paires de béliers symbolisant Amon et s'arrêta quelques instants devant le pylône gigantesque qui délimitait le domaine du dieu. Les quelques oliviers semblèrent frémir sur son passage. Des archers apparurent aux fenêtres du pylône.

— La reine! crièrent-ils au grand prêtre d'Amon.

Celui-ci sortit bientôt du temple pour venir saluer sa souveraine.

— Nous ne vous attendions pas, Reine sublime, lui dit-il. Nous avons appris la naissance du prince et nous pensions que Sa Majesté serait fatiguée par...

— Je me porte le mieux du monde, l'interrompit la Grande Épouse avec un large sourire.

Les yeux du grand prêtre furent attirés par le miroitement du vautour qui ornait sa chevelure. Il se sentit petit face au rayonnement prestigieux du symbole divin. Le cercle solaire de Rê qui surmontait la perruque de la reine lui fit baisser la tête.

— Quel plaisir pour nous d'avoir appris la nouvelle de cette naissance...

— Puisse mon fils connaître un jour les joies du pouvoir. Il n'est pas toujours facile de prendre des décisions mais la fidélité de notre peuple nous donne bien des satisfactions. Je suis venue remercier Amon pour le bonheur qu'il offre à Pharaon.

Le grand prêtre lui ouvrit le chemin en s'effaçant et en l'invitant d'un geste large à entrer dans le temple. La chapelle que la reine Hatchepsout avait fait construire pour abriter la barque d'Amon troubla Tiâa. La vie de la femme-pharaon était étalée sur les murs rouges. La reine demanda au prêtre de lui montrer les travaux ordonnés par son époux. Puis elle pénétra dans le sanctuaire de Mout imaginé par Hatchepsout. Quelques cartouches de la reine avaient été martelés. « J'aurais voulu être une abeille pour vivre au temps de Thoutmosis III et d'Hatchepsout, se dit-elle. Mon époux refuse d'en parler. Mais comment ces deux-là ont-ils pu cohabiter et se partager le trône d'Égypte ? »

En sortant du sanctuaire, le soleil l'éblouit. Il frappait sans pitié le pyramidion des obélisques de Thoutmosis et d'Hatchepsout. Au sommet, la reine agenouillée, gravée dans la pierre, recevait le pouvoir d'Amon. Des serviteurs apportèrent toutes les offrandes qu'elle avait elle-même choisies pour le dieu.

— Tu réjouis l'âme d'Amon, dit le grand prêtre en l'appelant « Amour », « Belle Maîtresse », « Beauté agréable pour Amon » et « Grande de Bonté ». Voilà ton cortège de prêtresses.

Elles avaient quitté leur domaine pour accueillir leur maîtresse. Un majordome leur faisait des signes auxquels elles obéissaient sans faille. Des scribes, des artisans, des paysans, des responsables de la barque et des intendants de troupeaux avaient également quitté la rive ouest de Thèbes pour venir saluer la reine.

— Purifions-nous, dit Tiâa. Je ne jouerai pas de sistre ni ne présenterai de collier sans être juste de voix et sans avoir chanté les hymnes en l'honneur d'Amon avec les prêtresses ici présentes.

Tiâa assista aux divers rituels. Des représentations des ennemis d'Amon furent brûlées. On vénéra la déesse serpent Ouadjit.

— Fille du dieu, Amon nous accordera des années d'équilibre et de paix après une telle cérémonie.

— Je l'espère, répondit Tiâa. Je ne voudrais pas que mon époux ait l'occasion d'emmener trop tôt au combat son fils aîné inexpérimenté dans l'art militaire. De nombreuses reines ont dû accepter cette situation et pleurer discrètement la perte d'un ou deux enfants. Je ne veux pas être de celles-là.

Les hymnes résonnèrent bientôt dans le temple aux dimensions gigantesques. Les prêtres psalmodiaient. Les officiants déambulaient avec des gestes lents, parfumant les sanctuaires. Au loin, des bêtes meuglaient. On entendait les voix mêlées et confuses des habitants, impatients d'ovationner Tiâa. Le ciel était noir mais la nuit se confondait avec le jour comme si l'on devinait derrière les étoiles la course nocturne de Rê. Tiâa leva les yeux et se laissa envelopper par l'air tiède du soir.

V

De nombreux Égyptiens avaient la douleur de perdre des enfants. Ils les aimaient tendrement et subissaient ces épreuves avec beaucoup de tristesse. Tiâa n'échappa pas à cette malédiction. Elle qui avait tant remercié Amon de lui avoir donné deux fils vit l'aîné quitter le royaume terrestre avant même qu'il n'ait succédé à son père. Aménophis II en fut très éprouvé. Son aîné avait été formé pour régner. Il était presque prêt à lui succéder, ce qui était loin d'être le cas du second encore trop jeune et plus dissipé.

La période de deuil qui suivit bouleversa les Égyptiens. Le couple royal venait de plus en plus souvent à Thèbes pour y honorer ses ancêtres défunts. « Devons-nous rester à Pi-Ramsès ou venir habiter Thèbes ? » finit par se demander le pharaon qui gardait une préférence pour Ptah, le dieu de la ville du Nord.

— Si nous restons à Pi-Ramsès, je viendrai souvent à Thèbes près de la sépulture de nos chers disparus. Ton temple de millions d'années est bientôt achevé. Tu as apprécié le sarcophage en quartzite rouge que j'ai fait décorer pour toi à Assouan. Notre vie terrestre doit maintenant se préparer pour le grand voyage au domaine d'Osiris.

— Nous sommes encore jeunes !

— Mais la jeunesse ne protège pas de la disparition. Prends notre enfant comme exemple. Pourquoi est-il parti comme beaucoup d'autres ? Il connaissait tout juste la vie... Nephthys, la déesse de la mort que j'ai fait graver sur ton sarcophage, nous attend. Ne l'ignorons pas. Même si nous devons encore vivre ici pendant des années, préparons-nous à notre vie future.

Ce discours que la reine tenait à son époux dans l'intimité de leur chambre fut, en effet, prémonitoire. Aménophis II mourut quelques semaines plus tard. Un dieu avait-il visité la reine pendant la nuit pour lui souffler dans un songe qu'elle devait envisager le pire ? Son sort était-il de devenir régente et d'assumer le pouvoir jusqu'à ce que son fils montât sur le trône ?

***

Les prêtres disposèrent de plusieurs jours pour préparer l'enterrement et la momification du roi. Les objets qui devaient figurer dans sa tombe furent rassemblés. Certains avaient été utilisés par le pharaon dans sa jeunesse. Des meubles, des chars, des armes, des luths rappelaient sa vie quotidienne et ses passions.

Quelques jours avant l'enterrement, la cour et la famille du roi gagnèrent Thèbes. Le matin des funérailles, les serviteurs et les vassaux ouvrirent le cortège en portant tout ce qui serait nécessaire à Pharaon pour sa vie dans l'au-delà.

— Je veux que cette vie soit plus belle encore que celle qu'il a connue ici même, avait dit Tiâa. Qu'elle lui soit douce. Que les objets utiles se mêlent à ceux qui combleront ses loisirs !

Les serviteurs responsables de la bouche

s'avancèrent. Ils portaient sur leurs épaules des jarres de bière, des pots de vin, des paniers à provisions, des tables basses chargées de fruits odorants. Une file de servantes suivait. Elles étaient responsables des objets de décoration et des produits de maquillage. Vinrent ensuite les hommes aux épaules larges brandissant le mobilier du roi. Certains transportaient même des chars démontés.

Le cortège chargé du mobilier funéraire paraissait sans fin, tant les objets, riches et remarquablement travaillés, se succédaient, des vases canopes aux fioles servant aux libations. L'or brillait ostensiblement sur les colliers, les masques, les armes, les sceptres. Derrière, les pleureuses en robe longue, les mains repliées au-dessus de la tête en signe de douleur, gémissaient sans cesse.

Un prêtre rasé, vêtu d'une peau de panthère, rejoignit le cortège et précéda le catafalque posé sur un char. Les animaux qui le tiraient devaient être sacrifiés devant la tombe d'Aménophis II.

— Guidez ce catafalque vers l'Occident ! criait la foule.

Tiâa laissa passer le cortège. Elle préférait marcher seule sur le côté, recueillie. Ses amis et les courtisans la suivaient en respectant sa douleur.

Le convoi arriva bientôt aux abords du Nil. On plaça les objets sur des barques. Sur un navire aux couleurs vives, les pleureuses invitaient le peuple à se lamenter. Derrière venait la barque funéraire à la poupe et à la proue recourbées, décorées de fleurs de lotus dorées. Au centre, le *naos* abritant le catafalque était recouvert de bouquets de fleurs. Tiâa s'était blottie dans le fond de la barque. Elle regardait le prêtre qui brûlait de l'encens et murmurait en bougeant à peine les lèvres :

— Je suis ta bien-aimée. Ne m'oublie pas, mon roi. Je me sens orpheline et si seule en ce jour... Je vais me couper les cheveux en signe de détresse. Je me roulerai dans la poussière pour que tu penses toujours à moi.

Dans un autre navire, deux prêtresses se tenaient debout, immobiles. Elles avaient revêtu les habits des déesses Nephthys et Isis. Les barques des nobles, des prêtres et des chanteurs, qui psalmodiaient, suivaient, recouvrant presque la totalité du Nil gris.

— Que représentent le ciel, le tombeau? Mourir, c'est devenir éternel! Gagner la Vaste Prairie, c'est aborder sur la terre du juste. Y résident la paix, la sérénité et l'amour du prochain, déclamaient les chanteurs tandis que la foule hurlait de l'autre côté du Nil.

— Ne ramez pas aussi vite, supplia alors Tiâa. Que cette traversée, la dernière pour Pharaon, dure le plus longtemps possible.

Les serviteurs reprirent en chœur :

— Va vers l'Occident, toi, juste Pharaon! Aborde sur l'Autre Rive!

La barque funéraire atteignit enfin le rivage des morts. Elle fut placée sur un traîneau tiré par des taureaux vigoureux. Tous les objets furent soigneusement disposés sur des chariots. En face du cortège, de nouveau formé, se dessinaient les monts dorés de la Vallée des Morts. Les prêtres entonnèrent un hymne :

— On te l'a dit : la vie est brève ici-bas. Tu sais que ton lit funéraire t'attendait. Ainsi va la destinée. Pharaon arrive sain et sauf dans le royaume d'Osiris.

Plus on approchait de la montagne, plus le soleil devenait chaud, plus les serviteurs répandaient devant le cortège de l'eau ou du lait afin de chasser la poussière qui entourait la reine. Un prêtre jetait de l'eau odorante sur la route et les courtisans.

Le cortège tourna à droite et contourna le bas de la montagne puis il pénétra dans un défilé. Une piste partait vers la gauche. On la délaissa pour continuer tout droit, là où avait été aménagée la tombe d'Aménophis II, là où reposaient de nombreux rois.

Tiâa leva les yeux vers la cime thébaine chère au cœur de son époux. Puis elle se mit à trembler lorsque le prêtre plaça debout la momie de Pharaon. Des objets précieux furent déposés à ses pieds. Les prêtres s'emparèrent de leurs encensoirs. Les nobles défilèrent devant le roi. Les pleureuses se roulèrent dans la poussière.

« Derrière cette barrière de montagnes, chante la vie, se dit Tiâa. Les oiseaux se nichent dans les arbres. Les canaux irriguent les champs. La vie continue et Pharaon est mort. »

La momie du roi fut placée dans une petite chapelle provisoire en bois. Les prêtres pouvaient y accomplir le rituel de l'ouverture de la bouche.

— L'âme d'Aménophis II est libre ! crièrent les courtisans. Qu'il connaisse tous les plaisirs d'une nouvelle vie !

Les animaux furent sacrifiés et découpés. Quelques morceaux furent offerts au roi dont on ouvrit artificiellement la bouche. Puis la momie fut emportée dans la tombe. Tous les objets y furent également déposés. Quand la cérémonie fut achevée, Tiâa resta quelques instants sur le seuil en contemplant ces richesses. Elle entendit les éclats de voix des serviteurs préparant le festin qui allait suivre. La première à manger fut la statue du roi. Les pleureuses furent congédiées. L'âme du pharaon revivait : il fallait fêter cet événement dans la joie !

Un chanteur, un luth à la main, reprenait un refrain connu.

— Que ce jour soit heureux. Les corps

naissent pour mourir. Les femmes enfantent et les hommes se succèdent sans rien garder de leurs biens. Qu'ils oublient alors leurs maux ! Qu'ils ne songent qu'au plaisir ! Ne pleurez pas alors que vous achèverez votre vie demain ! Personne ne revient ! Profitez de cette vie terrestre !

Tous se turent un instant en voyant Tiâa remonter vers la lumière. Ses yeux rouges, ses paupières gonflées, son regard perdu leur firent comprendre qu'elle ne jouirait plus, désormais, de sa vie terrestre comme au temps d'Aménophis II. Tiâa n'attendrait que ce jour heureux où son âme, à elle aussi, rejoindrait les cieux.

⁂

La douce Tiâa laissa un pays en paix, riche et prospère. Leur fils Thoutmosis IV prit le pouvoir lorsqu'il avait une vingtaine d'années. Ses parents pouvaient dormir tranquilles dans leur royaume d'Éternité. La succession était assurée.

⁂

Thoutmosis IV régna neuf ans. Après quelques travaux de restauration, la tombe KV 35 d'Aménophis II, dans la Vallée des Rois, a été ouverte au public en 1999. Elle avait été découverte en 1898 par Loret. Cette tombe fut manifestement pillée. Des couloirs et des escaliers mènent à un puits puis au vestibule à deux piliers. Un autre escalier débouche dans une salle de six piliers décorés du roi et des divinités lui présentant la croix de vie. Quelques marches permettent d'accéder au sarcophage de quartzite dans lequel fut retrouvée la momie. Autour de son cou se trouvait encore une couronne de fleurs. Avant d'être placée au musée du Caire, la momie demeura sur place pendant trente ans.

Dans une petite pièce donnant sur la chambre funéraire, furent découvertes neuf momies royales dans leur sarcophage. On identifia, par ordre de succession, Thoutmosis IV, Aménophis III, Mérenptah, Séthi II, Siptah, Sethnakht, Ramsès IV, Ramsès V et Ramsès VI. Le prêtre Pinedjem Ier décida de les placer à cet endroit sous la XXe dynastie (XIIe-XIe siècle avant notre ère) tandis que Pinedjem II fit transporter, lui aussi, les sarcophages d'autres pharaons dans la « Cachette de Deir el-Bahari », sans doute pour les protéger des pilleurs de tombes.

Tout Ankh Amon et Ankhsepaton

Le Nouvel Empire
des pharaons de la XVIIIe dynastie

Environ 1552-1300 avant J.-C.
(Les dates sont hypothétiques et approximatives)

Ahmosis Ier
Aménophis Ier
Thoutmosis Ier
Thoutmosis II
Hatchepsout
Thoutmosis III
Aménophis II
Thoutmosis IV
Aménophis III
Aménophis IV-Akhenaton
Semencharê
Tout Ankh Amon (env. 1336/1334-env. 1327/1325)
Ay
Horemheb

[illegible]
[illegible] de la XVIIIe dynastie

Égypte 1352-1350 [illegible]

[illegible]

I

Le palais d'Akhetaton est silencieux. Nefertiti vient d'apprendre la disparition du fils du roi du Hatti qui devait la retrouver pour l'épouser. Le moment est, en effet, venu pour elle de prendre un nouvel époux capable de remplacer Akhenaton, trop tôt disparu. « C'était ma seule chance de sauver mon trône, se dit Nefertiti. Aucun Égyptien ne me semble digne d'être pharaon. Comment ce prince étranger a-t-il pu disparaître ? A-t-il été enlevé par ce fourbe d'Horemheb ? Ay a-t-il agi contre moi alors qu'il a été pendant longtemps mon allié ? »

Nefertiti fait aussitôt appeler sa fille.

— Ankhsepaton, j'ai pris une décision capitale, lui dit-elle. Puisque tous les éléments s'opposent à mon mariage, tu vas épouser un Égyptien et tu gouverneras à ses côtés.

Ankhsepaton montre sa stupéfaction.

— Je n'y ai pas été préparée. Vous m'avez [illegible] un pitoyable couple.

— Non, car je dirigerai le pays à votre place.

— Qui sera mon époux ? demande Ankhsepaton.

— J'ai pensé à Tout Ankh Aton*.

* Tout Ankh Aton a effectivement épousé la fille de Nefertiti, [illegible] fils d'Akhenaton.

I

Le palais d'Akhetaton est silencieux. Néfertiti vient d'apprendre la disparition du fils du roi du Mitanni qui devait la retrouver pour l'épouser. Le moment est, en effet, venu pour elle de prendre un nouvel époux capable de remplacer Akhenaton trop tôt disparu. « C'était ma seule chance de sauver mon trône, se dit Néfertiti. Aucun Égyptien ne me semble digne d'être pharaon. Comment ce prince étranger a-t-il pu disparaître ? A-t-il été enlevé par ce fourbe d'Horemheb ? Ay a-t-il agi contre moi alors qu'il a été pendant longtemps mon allié ? »

Néfertiti fait aussitôt appeler sa fille.

— Ankhsepaton, j'ai pris une décision capitale, lui dit-elle. Puisque tous les éléments s'opposent à mon mariage, tu vas épouser un Égyptien et tu gouverneras à ses côtés.

Ankhsepaton montre sa stupéfaction.

— Je n'y ai pas été préparée. Nous ne ferons qu'un pitoyable couple.

— Non, car je dirigerai le pays à votre place.

— Qui sera mon époux ? demande Ankhsepaton.

— J'ai pensé à Tout Ankh Aton [1].

1. Tout Ankh Aton a effectivement épousé la troisième fille de Néfertiti. Il serait le fils d'Akhenaton.

— Et pourquoi ne l'épouserais-tu pas ? Il est beau et intelligent.

— Il est surtout très jeune ! Beaucoup trop jeune pour moi. Les Égyptiens risquent de ne pas accepter cette différence d'âge.

— Tu as peut-être raison...

Néfertiti sait qu'elle peut en réalité manœuvrer Tout Ankh Aton comme elle l'entend. Ankhsepaton le connaît depuis de nombreuses années. Tout en étant le fils d'une femme du harem, il a suivi les cours des filles d'Akhenaton, s'est initié aux habitudes du palais.

— En voilà un qui sait ce qu'il veut ! se plaît à dire Néfertiti. Que penses-tu de lui ?

Ankhsepaton ne sait que répondre. Comme elle le connaît depuis l'enfance, elle ne ressent pour lui que de l'amitié.

— L'amitié peut se transformer en affection et en tendresse, la rassure sa mère. Combien de femmes ne connaissent-elles pas leur mari avant le mariage ?

Tout Ankh Aton accepte aussitôt les conditions que lui propose Néfertiti. Le mariage est donc célébré en grande pompe dans la ville que Néfertiti a fait construire, la belle cité d'Akhetaton. Tous les hauts fonctionnaires applaudissent et se réjouissent. Seuls les prêtres d'Amon manifestent leur mécontentement. Néfertiti a, en effet, ordonné la destruction de toutes les statues du dieu thébain. Elle a également fait marteler en tous lieux les noms d'Amon et de sa parèdre Mout.

— Ne vous inquiétez pas, leur dit Horemheb, l'ancien général d'Akhenaton. Néfertiti ne gouvernera pas longtemps. J'en fais mon affaire !

Tout Ankh Aton est si jeune et si influençable que le général songe tout autant que Néfertiti à le mettre sous sa coupe.

— Nous réhabiliterons bientôt la divinité

principale de Thèbes, leur confie-t-il. Ce roi encore adolescent et son épouse n'imposeront plus longtemps le dieu Aton dans cette ville maudite ! Tout Ankh Aton se désintéresse de la religion. Il redoute toutes les révoltes. Il suffira que vous, prêtres d'Amon, montriez votre mécontentement pour que Tout Ankh Aton prenne votre parti.

— Et Ankhsepaton ? Sa mère l'a élevée dans le culte d'Aton. Elle lui a toujours demandé de vénérer ce seul dieu. Que représente Amon pour elle ?

— Ankhsepaton suivra son mari là où il ira.

Les prêtres n'osent lui demander quels sont ses plans.

Horemheb confie une tâche à son complice Ay : il lui conseille de parler chaque jour à Tout Ankh Aton de l'époque heureuse où Amon régnait en maître divin à Thèbes.

Ay est suffisamment savant pour lui raconter toute l'histoire de l'Égypte depuis sa création. Il insiste sur les exploits de Thoutmosis III le grand conquérant, évoque le règne de la pharaonne Hatchepsout qui se disait fille d'Amon. Tout Ankh Aton découvre un univers inconnu. Ainsi donc les Égyptiens croyaient autrefois à de très nombreuses divinités. Le dieu Amon était plus vénéré qu'Aton !

Un jour, Ay, en qui Tout Ankh Aton a toute confiance, lui confie ses craintes.

— Pharaon ne peut régner sans les prêtres. Si tu n'adoptes pas leurs croyances, tu perdras ton trône. Change déjà ton nom qui évoque le dieu usurpateur. Ils t'acclameront. Veux-tu que je leur parle ?

Tout Ankh Aton n'ose s'entretenir avec Néfertiti de leur conversation. En revanche, il en fait part à sa femme qui est encore plus étonnée que lui.

— Je savais le clergé d'Amon hostile à mes parents. Mais celui d'Aton a plus de poids. Nous saurons contrecarrer les plans des prêtres rebelles. Ma mère n'acceptera jamais de renier Aton. Elle a elle-même fait découvrir cette divinité Soleil aux Égyptiens et je doute qu'elle renonce à sa ville créée en l'honneur d'Aton.

Comme il n'envisage pas de régner sans consulter chaque jour Néfertiti, Tout Ankh Aton renonce d'abord à ce projet. « Ay oubliera cette idée », se dit-il naïvement. Mais il ignore qu'un complot se trame en coulisses. Horemheb gagne chaque jour de plus en plus de fonctionnaires à sa cause. Néfertiti qui se méfie des traîtres le met en garde. Pour montrer son pouvoir, elle fait marteler de nouvelles images de Mout, déclenchant par là même un mouvement de révolte à Thèbes.

— Que m'importe cette idée ! proteste-t-elle lorsque sa fille lui rapporte les propos du peuple. La capitale de l'Égypte est Akhetaton et elle le restera ! Si les Thébains refusent d'adorer Aton, je ferai détruire leur ville !

Ankhsepaton croit difficilement ce qu'elle vient d'entendre.

— Toute la cour est ici, répond-elle en tentant de calmer sa mère. Thèbes n'a plus aucune puissance. Que redoutes-tu ?

— Tout, ma fille ! Absolument tout ! s'exclame Néfertiti. Ton mari et toi êtes-vous donc assez naïfs pour ne pas comprendre les inimitiés et les complots ? Ils existaient déjà quand ton père était en vie. Depuis sa mort, ils se sont multipliés. Le trône d'Égypte est un enjeu trop important pour qu'Horemheb et ses partisans ne souhaitent pas nous supplanter.

Néfertiti s'arrête de parler. C'est la première fois qu'elle évoque le nom d'Horemheb lié à d'éventuels complots. D'ordinaire, elle préfère rester vague et parler d'« ennemis de l'ombre ».

— Ainsi donc tu sais qu'Horemheb ne te sera pas fidèle si l'Égypte entre en guerre demain...

— Ma fille, Horemheb prendra la tête de l'armée égyptienne s'il le faut et si le territoire d'Aton est en danger. Mais, en période de paix, il est plus redoutable que le serpent. Quant à Ay, je suis peinée d'apprendre que mon plus proche conseiller est sur le point de me trahir. Je n'ai jamais accordé la moindre confiance au général. En revanche, Ay me paraissait sincère. Il a autrefois souhaité mon mariage avec Aménophis IV qui est devenu Akhenaton.

Ankhsepaton a encore les traits ronds de l'enfance. Son visage poupin aux joues rondes, sa petite bouche parfois boudeuse et ses yeux innocents la rendent agréable à regarder. Elle a pour ses sœurs beaucoup d'affection et goûte encore aux joies des réunions familiales, chaleureuses et enjouées. Son père ne les avait jamais bridées. Autrefois, elles entraient sans se faire annoncer dans la salle d'audiences et venaient déposer un baiser sur la joue du pharaon devant des ambassadeurs attendris.

Il leur arrivait aussi de monter sur le char de leurs parents enlacés devant le peuple rassemblé et de saluer la foule comme des reines. Néfertiti leur avait appris le métier de princesse. Elles étaient devenues obéissantes et instruites. Mais Ankhsepaton n'avait hérité de Néfertiti ni son courage ni sa force de caractère. « Je sens que le pouvoir m'échappe », commence à se dire l'ancienne épouse royale.

***

Néfertiti se sent chaque jour de plus en plus esseulée. Indécis, Tout Ankh Aton subit les conseils d'Ay. Finalement, Horemheb va trouver le pharaon et lui dit sans ménagement qu'il doit quitter la ville au plus tôt.

— Une révolte va éclater d'un moment à l'autre. Pars pour la ville de Thèbes, Horus d'or. Pars sans te retourner ! Ne préviens pas Néfertiti. La Grande Épouse n'a plus sa place sur le trône et ses conseils sont néfastes. Sauve ta vie et celle de ta femme !

Tout Ankh Aton, qui finit par adopter le nom de Tout Ankh Amon dès cette troisième année de règne, n'hésite pas longtemps. Il commence à apprécier le dieu Amon dont on lui vante les qualités. Il informe le soir même son épouse.

— Nous quittons définitivement Akhetaton. Les fonctionnaires partiront demain. Horemheb se charge de les réunir et de les envoyer à Thèbes, la ville du vrai dieu. Aton n'est qu'un dieu importé. Le dieu Amon va manifester sa colère si nous ne rentrons pas demain à Thèbes !

— Rentrer ? lui répond Ankhsepaton. Mais de quoi parles-tu ? Nous sommes nés ici ! Nous avons grandi dans cette ville ! Pourquoi irais-je vivre ma vie terrestre là où sont enterrés les pharaons ?

— Parce que nous allons perdre le trône si nous ne nous plions pas aux volontés du peuple !

— Depuis quand le peuple égyptien dirige-t-il ce pays ?

— Et les prêtres ?... Pense aux prêtres ! Sans eux que ferons-nous ?

Ankhsepaton exige d'en parler à sa mère. Mais Tout Ankh Amon préfère garder ce départ secret.

— Je n'ai plus aucune confiance en l'ancien pouvoir. Partons demain ! Horemheb conduira lui-même le cortège de hauts fonctionnaires jusqu'à Thèbes !

En manque d'arguments, Ankhsepaton finit par accepter. Elle a pourtant l'impression de trahir sa mère, ce qui la met mal à l'aise. Néfertiti à toujours montré à ses filles une grande affection. Les membres de la famille d'Akhenaton étaient si proches que leur entourage pouvait apprécier leur complicité étalée en public. Que de souvenirs Ankhsepaton garde des jeux avec ses sœurs et sa mère ! Elle admire encore la Grande Épouse royale. La belle Néfertiti reste un modèle. Toutes les Égyptiennes imitaient, autrefois, ses coiffures et ses tenues. La reine avait lancé la mode des parures aux couleurs vertes. Son port altier et son long cou, souvent mis en valeur par une haute coiffure, étaient enviés de toutes les femmes.

Ankhsepaton est consciente qu'elle n'acquerra jamais sa dignité ni sa grandeur.

Tout Ankh Amon se précipite dans le bureau des archives. Il ordonne de sortir tous les documents et se met en devoir de les trier.

— Que fais-tu ? lui demande Ankhsepaton en le rejoignant pour lui apporter de l'aide.

— Je compte bien emporter avec nous les archives du passé !

— Mais comment transporteras-tu ces milliers de briques d'argile ? Que peuvent bien te faire ces messages écrits en cunéiformes ?

— Tu oublies que j'apprends cette langue qui reste la plus utilitaire pour nos échanges avec l'Asie !

— Mais ces briques sont classées dans deux grandes salles ! Tu n'auras pas le temps de les lire toutes avant demain !

— Je laisse de côté celles dont les affaires ont été réglées par mes prédécesseurs. Mais certains documents me seront indispensables pour mieux comprendre la politique menée dans notre pays. Comment Thoutmosis III en est-il arrivé à faire de l'Égypte cet immense empire ? Comment le protéger ? Qui sont nos vassaux et nos alliés ? Les gouverneurs choisis parmi les autochtones sont-ils fidèles à l'Égypte? Ne complotent-ils pas derrière notre dos?

Ankhsepaton s'empare d'une brique et tente de lire le message qu'un de ces vassaux a autrefois envoyé à la cour égyptienne :

« Je suis l'humble serviteur de Pharaon et je dirige mon pays le mieux possible. Je ne suis que le sable que tu foules au pied, le sabot de ton cheval, le coussin de ta tête, la planche de ton tabouret. Je me roule dans la poussière à tes pieds, Soleil. Je te donne des bœufs, des oies et des femmes pour ton harem. »

— Voilà qui est clair! s'exclame Ankhsepaton. Ces chefs ont beau conserver leurs dieux et leurs coutumes, ils honorent tous Pharaon et Amon! Les tributs ne leur semblent pas excessifs. Ils savent qu'en échange nous leur assurons la paix.

— Horemheb devra me dire si des successions sont prévues en Syrie. Je choisirai moi-même les nouveaux dirigeants à partir de ces archives.

— Pourquoi ne pas envoyer des Égyptiens pour gérer ces régions soumises?

— Cela reviendrait très cher. Ces vassaux se font sans cesse la guerre entre eux. Ils ont besoin de nous. Regarde le nombre de lettres envoyées pour réclamer des archers ou des instructeurs! Ils ne nous trahiront jamais!

Le responsable des archives, le chef du sceau et un Babylonien à barbe frisée se joignent bientôt à eux.

— Aidez-moi à déchiffrer ces signes, leur demande le roi. Mettez en tas les briques que je conserve et attachez-les ensemble. Un serviteur pourra, dès ce soir, les placer sur un char prévu à cet effet.

Ankhsepaton s'approche pour tenter de lire ce que Pharaon a sélectionné.

— Il s'agit des traités d'alliance, lui dit-il. Celui avec les Hittites qui prévoit des mariages princiers et des obligations de secours. Le roi hittite s'est engagé à ne pas envahir l'Égypte et Pharaon lui a tenu le même discours au sujet de la terre hittite. Je veux absolument entretenir de bonnes relations avec l'Asie. Horemheb m'en a convaincu. Ces pays nous apportent les matières premières qui nous manquent.

— Mais ils sont bien contents de trouver nos vases et nos bijoux! Prends garde à tous ces commerçants qui s'installent hors d'Égypte en vendant notre monnaie d'échange!

— Je n'hésiterai pas à les faire mutiler!

Pharaon laisse le chef des archives préparer les tas de briques. Puis il se rend au bureau de la correspondance.

— Le plus grand malentendu fut sans doute celui qui opposa le roi du Mitanni et Aménophis III, soupire Tout Ankh Amon. Quand la princesse Néfertiti arriva en Égypte, le roi du Mitanni n'avait toujours pas reçu son or! Ah! voilà ce que je cherchais.

Tout Ankh Amon se penche sur les écrits des envoyés du roi.

— Cette correspondance va me renseigner sur le caractère de nos voisins. Qui mieux que ces ambassadeurs pouvait connaître la face cachée de nos rivaux ou de nos alliés?

— J'ai souvent entendu mon père raconter les exploits de ces hérauts, dit Ankhsepaton. Ils ont arrangé bien des affaires entre les peuples d'Asie. Tu as raison, tout cela peut nous être utile. J'aurais tant aimé que ces ambassadeurs nous suivent à Thèbes!

— Il ne faudra pas compter sur eux mais nous aurons leurs écrits... Et voilà aussi les rapports des messagers du roi. Nous connaîtrons la vie quotidienne à la cour dans ses moindres détails et surtout l'intérêt des expéditions que les rois ont organisées ! Je vais aussi savoir comment ils s'y sont pris pour exploiter les mines d'or et pour ouvrir de nouvelles carrières.

II

Le lendemain, un long cortège quitte la ville en direction du sud. Les nobles emportent leur plus beau mobilier, leurs bijoux et leurs coffres à vêtements. Les serviteurs chargent le tout sur des chariots. Tout Ankh Amon monte dans le char d'Horemheb avec son épouse et se laisse guider jusqu'à l'embarcadère. Là, ils s'installent tous sur le magnifique bateau qui avait amené, quinze ans auparavant, Akhenaton dans sa nouvelle ville. Les voiles ont été pliées. Les rameurs luttent contre la brise pour remonter le fleuve. Derrière le navire royal suivent les bateaux des nobles.

— Nous n'arriverons pas avant cinq jours, dit Pharaon à son épouse. Où souhaites-tu faire étape ?

— Là où Horemheb l'aura décidé. Je ne connais pas l'Égypte.

Le roi lui non plus n'a jamais parcouru son pays. Il découvre des monts abrupts et déserts, les montagnes plus douces de la chaîne arabique. Le long du fleuve, les paysans cultivent leurs champs de maïs, d'avoine ou de blé.

Le navire royal n'en finit plus de croiser des barques de pêcheurs, des bateaux luxueux de riches Égyptiens, des chalands aux mâts immenses et à la voile gigantesque sous laquelle les hommes d'équipage s'encouragent. Certains transportent des armes ou des jarres de nourriture, d'autres du vin, des cèdres du Liban, de l'huile, des sapins de Syrie. Les chargements les plus surprenants sont ceux qui regroupent des bœufs, des ours, des éléphants, des chevaux, des singes et des taureaux.

— Ils vont à Thèbes ! leur apprend Horemheb. Ces animaux sont destinés au palais d'Aménophis III que vous allez habiter. Regardez ces larges barques qui s'enfoncent dans l'eau. Elles transportent du bronze, du plomb et du fer. Elles aussi se dirigent vers Thèbes.

— Mais elles arriveront après nous, constate Ankhsepaton.

Tout Ankh Amon la regarde. Elle ne paraît pas mélancolique. Aurait-elle déjà oublié sa mère et sa famille ?

— Je devine tes pensées, lui dit Ankhsepaton. Mais je suis tellement séduite par cette terre qui s'étale devant mes yeux, par ces monts infinis, par ces champs fertiles, par ces couleurs et cette lumière que je me laisse bercer par le chant des dieux. Écoute l'eau du fleuve qui vient s'échouer sur la proue du navire. On dirait qu'elle murmure. Et tous ces temples que l'on discerne sur les rives. Aucun n'a été bâti en l'honneur d'Aton !

— Vous ne voyez plus ceux qui ont été détruits, répond Horemheb. Et pourtant, ils étaient nombreux !

Le cinquième jour, le navire royal poursuit sa course entre des rives qui sont parfois plus étroites. Le roi et la reine peuvent suivre des yeux les marins qui déchargent leurs marchandises, des caravanes qui longent le Nil, des ouvriers qui réclament leur salaire. Puis la rive

Est devient plus verte. Sycomores, figuiers, acacias se succèdent. Tout Ankh Amon tourne la tête de l'autre côté.

— La Vallée des Morts ! s'exclame-t-il.

Tous deux contemplent les monts arides sans dire un mot. Ils savent que leurs ancêtres ont été enterrés derrière ces monts rosis par Rê.

— Regarde !

Ankhsepaton vient d'apercevoir les premiers pylônes du temple de Karnak. Tout Ankh Amon tourne de nouveau la tête vers la rive des vivants.

— Le temple d'Amon, leur explique Horemheb.

— Et là ?

— Celui de Louxor également dédié à Amon.

Le couple royal a du mal à croire ce qu'il voit.

— Comment aurais-je pu imaginer qu'Amon avait des temples plus majestueux que ceux d'Aton ? dit Tout Ankh Amon. Ainsi donc, Amon est bien le dieu des dieux !

— N'en doute plus, Roi tout-puissant, lui dit Horemheb. Regarde ce peuple qui est venu t'acclamer. Tous ces Thébains vénèrent Amon et n'ont jamais accepté le nouveau dieu imposé par Néfertiti !

Le long des allées bordées de sphinx et de béliers, entre les temples de Louxor et de Karnak, courent soixante-dix mille habitants tous plus heureux les uns que les autres. Certains sont venus des villages voisins. Le roi et la reine sont accueillis avec des chants d'allégresse par les prêtres rassemblés qui acclament Tout Ankh Amon, l'appelant « Horus d'or ».

L'armée est également réunie. Dans des chars lancés au galop, conduits par des nobles au poignard doré attaché à la ceinture, mille javelots ont été rassemblés pour de futurs concours.

Tout Ankh Amon descend de son navire et salue la charrerie puis il contemple les troupes d'hommes à pied. Les officiers s'avancent et portent les chasse-mouches devant Pharaon. Les archers brandissant leurs carquois de couleur encadrent les fantassins noirs vêtus de pagnes.

— Vois comme ils t'aiment et te vénèrent, lui dit Horemheb. Jamais personne ne t'a autant adulé. Ici, tu ne régneras pas sous la tutelle d'une femme ! Les Thébains t'appellent Tout Ankh Amon. Adopte définitivement ce nom et laisse celui qui fait référence à Aton. Il n'est pas digne d'un pharaon tel que toi !

Tout Ankh Amon monte sur l'estrade qu'Horemheb a fait construire à son intention. Il s'assoit sur un trône rutilant d'or protégé par des fantassins. Des musiciens font résonner leurs tambours et leurs sistres. Quelques prêtres rasés, habillés d'une peau de panthère, montent alors sur l'estrade et promènent un encensoir devant Tout Ankh Amon. Le peuple thébain, qui ne l'a jamais vu et qui découvre en ce roi un adolescent malhabile, est suspendu à ses lèvres. Horemheb se place derrière le trône et souffle à Tout Ankh Amon les paroles qu'il doit prononcer.

— Je suis votre pharaon, Horus d'or, leur dit-il, le plus grand de tous. Les dieux m'ont donné le pouvoir...

— Amon ! clament les Thébains.

— Oui, Amon ! reprend Tout Ankh Amon, et c'est la raison pour laquelle vous m'appellerez désormais Tout Ankh Amon ! Qu'on modifie mes cartouches en conséquence !

Les prêtres s'agenouillent et bénissent Pharaon.

— Un cortège au temple de Karnak est prévu, lui glisse Horemheb. Que la Grande Épouse royale s'y rende en ta compagnie.

Tout Ankh Amon accepte et invite sa femme à faire comme lui. Ankhsepaton ne sait que répondre. Elle est éblouie par le décorum et l'organisation du cérémonial. Elle reçoit avec émotion les fleurs qu'on lui offre et comprend à cet instant qu'elle est la Grande Épouse royale de l'Égypte.

Bientôt, des danseurs viennent encadrer le couple royal. Les prêtres préparent les sacrifices. Devant le temple d'Amon s'est rassemblée une foule immense.

Grisé par un tel accueil, Tout Ankh Amon a oublié Néfertiti et sa suite. Il jubile.

— Sa Majesté est satisfaite ? lui demande Horemheb.

— Absolument ! Tout cela me plaît, répond le jeune pharaon.

Le temple de Karnak est lui aussi transformé en gigantesque lieu de fête. Pendant plusieurs jours, on va célébrer le retour du roi dans la ville d'Amon.

Le roi arrive devant la porte et se laisse asperger d'eau lustrale.

— Je te purifie avec cette eau qui t'assurera Vie, Santé, Force, lui dit un prêtre.

Pharaon doit revêtir les vêtements légers appropriés à la cérémonie qui va suivre. À sa ceinture est suspendue une queue de chacal. Puis les prêtres se courbent devant lui en lui présentant les attributs du pouvoir, le fouet, le crochet et le sceptre.

— Notre roi portera désormais la barbe d'or des pharaons !

— Mais j'ai déjà reçu ces honneurs, souffle Tout Ankh Amon à Horemheb.

— Tu vas être aujourd'hui couronné devant Amon. Laisse-toi conduire.

Tout Ankh Amon avance dans une vaste salle où le reçoivent deux prêtres ayant revêtu les costumes d'Horus et de Seth, dieux de Haute et de Basse-Égypte. Ils placent sur la tête du jeune souverain la couronne blanche et la couronne rouge, symboles des deux Égyptes.

— Te voilà roi du Nord ! déclare Horus.

Et Seth réplique :

— Tu règnes également sur le Sud !

Le lotus et le papyrus, plantes des deux régions de l'Égypte, sont offerts à Pharaon.

— Que les deux terres soient à tes pieds pour que tu règnes sur la Nubie, l'Éthiopie et tous les pays dominés par l'Égypte ! Que soient unis le lotus et le papyrus pour toi, Seigneur créateur. Plaines et monts sont sous tes pas à jamais !

Puis Tout Ankh Amon est conduit devant le *naos* du dieu Amon. Impressionnés, le pharaon et son épouse attendent que la porte s'ouvre. Alors apparaît une statue en bois, peinte en or et décorée de pierres précieuses. Le dieu est assis sur un large fauteuil tel Pharaon.

— Tu vas étreindre le dieu, dit le grand prêtre. Je te transmets la vie, la paix et la santé. Le dieu te donne toutes les terres, toutes les montagnes, tous les fleuves. Repète après moi : « Tu m'as tout donné : mon trône, mon royaume. Je t'offrirai toujours ce qui te plaît. »

Pharaon redit ces paroles sacrées puis il porte le lotus, l'encens et l'eau à Amon. Il embrasse enfin la divinité devant Ankhsepaton qui ne peut retenir ses larmes.

— Tiens, dit encore le grand prêtre. Pare le dieu de ces bijoux avant que l'on ne referme le *naos*.

Le roi s'exécute et se prosterne devant Amon.

Aussitôt s'élève une gigantesque clameur. Les prêtres apportent les offrandes tandis que Tout Ankh Amon, grisé par la cérémonie, entonne un air en l'honneur d'Amon. Ankhsepaton glisse sa main dans la sienne et chante avec lui.

III

Néfertiti jette avec violence son miroir sur sa table. Elle considère le départ de sa fille comme une trahison. Akhetaton est devenue en quelques jours une ville déserte, abandonnée des plus grands fonctionnaires de la cité. Seuls quelques habitants errent encore dans les rues, n'osant laisser leur maison et leur champ.

Néfertiti ne quitte pas le palais. Son sculpteur Thoutmès vient la voir chaque jour et l'encourage.

— Pars pour Thèbes, toi aussi, Reine des deux Égyptes ! Tu gouverneras ainsi aux côtés de tes enfants !

— Tout Ankh Amon n'est pas mon fils ! Ce petit fanfaron a osé emmener ma fille avec lui dans la ville du dieu ennemi d'Aton ! Jamais je ne partirai d'ici !

Thoutmès qui aime la reine depuis longtemps la supplie encore une fois de l'écouter.

— Horemheb enverra des hommes pour te tuer ! lui dit-il.

— Qu'il essaie ! Je l'attends ! Aton le punira.

— Éloigne-toi au moins de cette ville si tu ne consens pas à aller à Thèbes...

— Je vais réfléchir. Mais je préfère mille fois mourir ici plutôt que de fuir des traîtres. Si j'étais un homme, j'aurais mobilisé une armée. Celle-ci est aux mains d'Horemheb. Il me faut donc supporter mon destin. Pourquoi Ankhsepaton m'a-t-elle trahie, elle aussi ?

Thoutmès continue à peindre sa reine pendant de longues heures chaque jour. Il n'en finit plus d'admirer sa beauté et sa grâce. Les filles de la cour regrettent l'absence d'Ankhsepaton. Elles apprennent non sans surprise que la nouvelle Grande Épouse royale est adulée en Haute-Égypte. Les colombes nichant dans les sycomores et les figuiers roucoulent dans les cours désertées. Le silence est tel qu'on entend l'eau des fontaines retomber dans les vasques. Les magasins et le sanctuaire du palais, immense, ne sont même plus surveillés par les scribes. La porte imposante et blanche du palais est hermétiquement fermée.

Aucune activité dans les fabriques de verre des bords du Nil ; aucune âme dans les ateliers des dépendances royales. Les trois voies pavées qui suivent le fleuve ne vibrent plus sous les roues des chars. Répartis dans toute la ville, les temples consacrés au Soleil sont vides. Même les rayons de Rê qui colorent le calcaire et le granit des murs du palais semblent bien pâles.

Combien de promenades Akhenaton a-t-il fait avec sa femme et ses filles dans les jardins du palais ! Dans ces oasis de paix embaument encore des arbres fruitiers devant une immense colonnade. Des lotus et des nénuphars flottent sur le lac aménagé par Akhenaton. Autour, des cabanes de canards bordent l'eau trouble sur laquelle Néfertiti et son époux ont maintes fois navigué, loin des regards, s'interrogeant sur Aton et sur leur politique, se serrant amoureusement l'un contre l'autre.

***

À Thèbes, Horemheb et Ay se sont chargés d'organiser la vie du couple royal. Les ambassadeurs ne s'arrêtent plus à Akhetaton. Ils reçoivent même des instructions, dès leur arrivée en Égypte, pour ne pas adresser de cadeaux à Néfertiti. Certains la croient morte. On finit par l'ignorer. Chaque soir, un banquet est organisé en l'honneur des invités du couple royal. Horemheb veut faire savoir à tous les pays que le dieu Amon a retrouvé sa place de dieu des dieux en Égypte. La nouvelle se répand aussi vite que celles du dieu messager. Les Égyptiens qui ont quitté les derniers Akhetaton trouvent une habitation à Thèbes. Néfertiti se retrouve seule, dépourvue d'amis et d'escorte.

Désormais, tous les Égyptiens acclament Amon aux quatre-vingt mille serviteurs, aux trois mille statues, aux quatre cent mille animaux, aux quatre mille jardins, aux quatre-vingts bateaux et aux cinquante-cinq villages. On ne compte plus l'or, l'argent et le cuivre du clergé.

— Rassure-toi, Horemheb, dit le roi à son général. Aton a tué la ville de Thèbes mais nous saurons la reconstruire. Les biens d'Amon ont été volés ! Nous les lui rendrons ! Les sanctuaires ont été détruits et les champs abandonnés ? Nous les remettrons en état ! Les herbes envahissent les terres divines ? Nous les arracherons ! Les enfants jouent dans les enclos sacrés et dans les magasins ? Nous leur apprendrons à respecter Amon ! Akhenaton, le père de la Grande Epouse royale, a tenu à mettre de simples paysans au service d'Aton afin d'être obéi ! Il a modifié le nom des fleuves, des villes, des hommes pour rappeler en tous lieux la prédominance d'Aton. Il a donné l'exemple en se faisant appeler « Le glorieux Aton ». Mon épouse porte encore un nom rappelant Aton.

J'en ai changé. Je ne me nomme plus « représentation vivante d'Aton » mais « image d'Amon ». En Nubie se trouve la ville de Geniaton, en Moyenne-Égypte celle d'Akhetaton, à l'Est celle d'Ikhoutaton. Tous les peuples se sont pliés aux volontés d'Akhenaton. Ce temps est maintenant révolu !

Tous les soirs se multiplient bientôt les festins. Tout Ankh Amon fait aménager la salle de réception du palais thébain sur le modèle de celle d'Akhetaton. Une vingtaine de colonnes soutiennent le toit. Sur une mosaïque séparant le sol en deux parties égales, figurent des prisonniers et des Asiatiques ennemis de l'Égypte. Le pharaon peut ainsi, chaque soir, les fouler aux pieds. Dans quelques bassins apportant de la fraîcheur nagent plusieurs variétés de poissons tandis que des oiseaux volent sur les murs au milieu d'une étonnante végétation. Toutes les décorations sont gaies, lumineuses, colorées. Tout Ankh Amon veut faire du palais triste de Thèbes un lieu de réjouissances et de fêtes.

Étendu chaque soir sur un lit en briques surmonté d'un dais, Tout Ankh Amon écoute les chanteuses, admire la souplesse des danseurs et donne des ordres aux flabelligères qui éventent le couple. Chacun choisit des mets avec des piques dorées avant de les porter délicatement à ses lèvres. Tout le monde boit abondamment ce vin grec spécialement offert à Pharaon par des ambassadeurs hellènes. Les chants rappellent l'amour de pharaon pour sa jeune épouse : son cœur qui bat dès qu'il la voit et ses bras qui s'ouvrent pour l'embrasser aux sons des harpes, des flûtes et des luths. Des acrobates pénètrent dans la salle en faisant des pirouettes tandis que des servantes versent de la bière dans les coupes argentées.

Les soirées se terminent tard. Les lendemains

de festins, Tout Ankh Amon et Ankhsepaton montent sur leur char doré. Les enfants courent derrière eux en les appelant par leur nom. Aucun garde ne protège Pharaon qui aime prendre des bains de foule. Tels Néfertiti et Akhenaton amoureusement enlacés, le nouveau couple royal visite les ateliers et les meilleurs artistes de Thèbes.

— Je ne regrette qu'un homme d'Akhetaton, reconnaît Tout Ankh Amon toutes les fois qu'il pénètre dans les magasins thébains. Il s'agit du grand Thoutmès. J'aurais aimé qu'il vînt avec nous à Thèbes pour mouler ton visage. Au lieu de quoi, il doit encore peindre celui de Néfertiti. Son art si proche de la réalité, qui rend les personnages tellement vrais, n'est égalé ici par aucun artiste.

— Jamais Thoutmès ne quittera ma mère. Il préférerait mourir à ses côtés plutôt que de la trahir !

— Est-ce vraiment une trahison de réhabiliter Amon ?

Chaque matin, Tout Ankh Amon tient aussi à s'arrêter avec son épouse aux fabriques de verre et d'émail. Il y choisit des vases aux décors géométriques ou aquatiques avant de se rendre chez l'orfèvre où il commande des poignards au manche finement travaillé.

— Personne n'égalera jamais les artistes d'Akhetaton, tu as raison, soupire Ankhsepaton à chaque fois que les objets sont livrés au palais.

Boucliers, épées, jambières, aiguières, vases sont pourtant décorés avec goût mais aucune pièce n'atteint la perfection des objets fabriqués dans la ville de Néfertiti.

Le couple royal aime également errer par les rues de Thèbes jusqu'au coucher du soleil. Pharaon rend ensuite hommage à Amon. Aidés de leurs serviteurs, le roi et la reine gagnent la cour du palais. Assistés du grand prêtre, Tout Ankh Amon et Ankhsepaton donnent des offrandes aux dieux tandis que des enfants jouent du luth et que les courtisans restent prostrés au sol, le visage dans la poussière. Tous portent trois plumes d'autruche dans leur perruque. Tout Ankh Amon fait parfois des sacrifices d'animaux pour honorer Amon.

— Aton préfère les fleurs et les senteurs. Amon aura des béliers et des oies, déclare-t-il volontiers.

Continuant sa progression à travers les salles du palais, le couple royal s'arrête devant un portique à colonnes placé devant un pylône gigantesque. De cette porte pendent des drapeaux. Après avoir traversé une petite cour, Tout Ankh Amon entre dans un sanctuaire où se dresse une statue d'Ankhsepaton. Il peut enfin se diriger vers une autre colonnade abritant les bustes de la famille royale et atteindre les gradins d'un petit théâtre. Un autel se trouve au centre de l'emplacement réservé aux acteurs ou aux orateurs. Plusieurs enfants agitent des sistres et des cymbales autour de l'autel. Pharaon purifie ses vêtements. Il puise ensuite dans une jarre de la graisse qu'il présente à Amon. Le prêtre lui tend des corbeilles de fruits et des couronnes de fleurs. Puis commencent les sacrifices. Des odeurs d'encens et de viande grillée montent vers les cieux. Les sacrifices terminés, le couple part en promenade, s'échangeant des promesses amoureuses.

— Nous sommes si jeunes, dit un jour Tout Ankh Amon à Ankhsepaton. Crois-tu que nous sommes capables d'assumer notre fonction à notre âge ? Mieux vaudrait nous en remettre à Horemheb.

— Hatchepsout a régné à douze ans. Nous en avons quinze !

Ankhsepaton n'a qu'une confiance limitée dans le général.

— Je tremble d'amour pour toi, ajoute-t-elle. Nous mêlons nos corps la nuit comme le vin se mélange à l'eau et comme le parfum se répand dans une maison. Ta voix m'enchante. Je n'ai pas envie de te perdre. Dirigeons tous les deux ce pays sans en référer ni à Horemheb ni à Ay...

Tout Ankh Amon n'ajoute rien mais il juge bien ambitieux les projets de son épouse. Si les honneurs le flattent, il ne se sent pas prêt à assumer de telles responsabilités.

— Tu ne sembles guère convaincu, remarque Ankhsepaton.

— Nous en reparlerons.

Mais Tout Ankh Amon prie chaque jour Amon pour qu'il accorde une longue vie à Horemheb, persuadé que rien ne peut se faire sans le général.

IV

Quelques semaines après son installation à Thèbes, Pharaon se rend dans la Maison de Vie tenue par un grand prêtre. Il consulte les registres et s'étonne de ne rien voir sur le mariage du couple royal.

— J'ai pourtant fait acheminer jusqu'ici les archives d'Akhetaton après les avoir triées !

— On ne m'a rien donné, affirme le prêtre. Quand as-tu fait venir ces documents jusqu'à Thèbes ?

— Lorsque nous avons quitté pour toujours la ville d'Akhetaton, dit le roi avec humeur. Où sont donc passées ces briques ? Certaines auraient dû être déposées ici ; les autres devaient être rangées au palais.

— Crois bien, honorable roi, que je les aurais soigneusement classées si l'un de tes fonctionnaires me les avait remises.

Tout Ankh Amon envoie aussitôt son scribe au palais.

— Vérifie si les archives d'Akhetaton sont bien parvenues à Thèbes et viens me donner ta réponse au plus vite.

Le scribe s'incline devant lui et lui promet de revenir avant l'heure où le soleil chauffe le plus la Vallée.

— Et où se trouve le rapport des prêtres de Karnak ? Aucune ligne ne mentionne mon couronnement. J'ai pourtant reçu le pschent royal dès mon arrivée à Thèbes !

— Rien n'a été fait pour le moment, lui explique le prêtre. Quant aux événements d'Akhetaton, nous ne les écrivons jamais dans les livres thébains.

Ne sachant s'il doit s'en offusquer, le roi consulte Horemheb qui lui explique combien les prêtres d'Amon étaient hostiles à tout ce qui se déroulait en Moyenne-Égypte.

— Nous n'allons tout de même pas nous remarier pour que tout soit répertorié dans les livres ! dit le roi. Tout a été scrupuleusement noté à Akhetaton. Reprenons les registres de cette ville !

— Ce n'est pas si simple. Quel prêtre acceptera de se rendre auprès de Néfertiti pour lire et recopier les archives ? Nous allons tenter de tout mettre à jour.

— Mais que sont devenues les briques que j'avais ordonné de transporter ?

— Les serviteurs qui devaient les embarquer ont dû les oublier.

— Je les punirai ! Ces archives nous auraient été précieuses.

Horemheb parcourt lui-même les registres de la Maison de Vie sous le regard attentif du prêtre. Puis il prend un calame et note les naissances, les mariages, les donations qui ont été faites dans la famille royale depuis l'époque où elle a quitté Thèbes.

— Ces documents doivent être mis à jour par des prêtres, déclare le roi. N'abuses-tu pas de ton pouvoir ?

Mais les membres du clergé qui ont rejoint le pharaon l'encouragent à continuer. Aussi Horemheb écrit-il avec beaucoup d'application :

« Ce jour, Tout Ankh Amon entra dans le temple et se dirigea vers sa future femme Ankhsepaton devant les prêtres rassemblés, gardiens des droits matrimoniaux.

« Elle reçut le bien qu'il avait promis de lui donner. Le prêtre d'Amon... »

Horemheb hésite.

— Nous mentons en écrivant ceci, dit-il. Je n'aime pas cela. Il s'agissait du clergé d'Aton, non du vrai dieu.

Mais le roi insiste pour qu'il continue.

... « Serviteur du pharaon prospère, à qui Amon seul a donné le pouvoir, les unit. Il a été demandé à Tout Ankh Amon : "Est-ce que tu aimeras Ankhsepaton comme femme et mère chargée de te donner un héritier ?" Lui a répondu : "Je lui transmets mes biens avec mon amour. Si j'aime un jour une autre femme, si je commets un adultère, je lui céderai mes biens. Que le dieu me préserve d'un tel comportement ! Je transmettrai à mes enfants toutes mes richesses et tout ce que je recevrai par héritage de mon père ou de ma mère."

« Cet acte est signé devant témoins par deux prophètes. »

— Des témoins ? demande le roi. En faut-il vraiment ?

— Nous nous en passerons. En revanche, nous devons convaincre deux prophètes d'Amon d'apposer leur signature en bas de ces pages.

— Qui pourrait accepter alors que je me suis marié dans un temple d'Aton ? Je revois encore tous les nobles rassemblés dans leur plus belle robe d'apparat avec leurs pierreries autour du cou ! Nous étions entourés des membres de la famille royale, de Néfertiti plus parée que jamais, de sa sœur rutilante de bijoux ! Qui l'a oublié ?

— L'important est que tu aies répondu à

Ankhsepaton : « Tu es ma femme et je suis ton époux pour toujours. » Les prêtres d'Aton ont placé la couronne sur ta tête. On t'a donné des intendants, les servantes les plus efficaces et les plus belles, des femmes pour agrandir ton harem. Devant le peuple témoin, tu as pris la couronne dans tes mains et tu l'as montrée à tous. C'est un procès-verbal rédigé à Akhetaton qui a conclu ton couronnement. Tout le monde le sait ! Des copies de cet acte ont été envoyées à tous les fonctionnaires du royaume ! Qui ignore tout cela ?

— Tu as raison, Horemheb. L'important n'est pas le passé mais l'avenir. J'ai été adopté par les prêtres d'Amon. Je gouvernerai à Thèbes. Il est normal que cet acte figure dans ce registre même s'il restera dans celui d'Akhetaton tant que Néfertiti veillera sur lui.

Horemheb réussit sans peine à trouver deux prophètes conciliants à qui il offre des présents. L'affaire conclue, le roi se précipite au palais pour l'annoncer à Ankhsepaton. Il manifeste encore des impulsions d'adolescent qui amusent le peuple et son entourage. Oubliant les briques perdues d'Akhetaton, son cœur bat à tout rompre. En se laissant conduire au palais, il admire l'ampleur du temple de Karnak, ses larges et hauts piliers, ses pylônes et les obélisques taillés dans les carrières d'Assouan qui élèvent leur pyramidion en électrum vers le ciel immuablement bleu. L'or et l'argent mêlés resplendissent sous les rais puissants.

Tout Ankh Amon suit des yeux ces aiguilles impressionnantes qui font le lien entre la terre et le ciel, entre les humains et les dieux. Quelques arbres ombragent les paires de béliers qui vont rejoindre le temple de Louxor, constituant le dromos[1] du dieu Amon. « Moi aussi, je fêterai Amon comme le faisait autrefois Hatchepsout ou Thoutmosis III, se dit Tout Ankh Amon. Nous suivrons la barque divine du dieu jusqu'aux temples de la Vaste Prairie où sont enterrés mes ancêtres. Nous acclamerons Amon dans son sanctuaire et chacun pourra alors rendre hommage à ses chers disparus. »

Ankhsepaton ne voit pas revenir le roi sans joie. Elle abandonne les suivantes à qui elle distribuait ses ordres et se précipite dans les couloirs du palais comme une enfant prête à se jeter dans les bras de son père. Les ambassadeurs qui attendent une audience du roi et les fonctionnaires convoqués par Pharaon sourient d'un tel enthousiasme. Certains se demandent, toutefois, si le couple royal est suffisamment expérimenté pour gouverner un pays. Ay, qui a déjà servi bien des pharaons et qui était apprécié par Aménophis III, fait aussitôt taire les commentaires. Il prouve ainsi, avant même que les rumeurs ne courent, que, si le roi est jeune, ses conseillers l'entourent efficacement.

— Enfin te voilà ! s'exclame Ankhsepaton en venant accueillir son mari.

Mais Ay s'interpose.

— Sa Majesté est attendue, dit-il. Il ne faut surtout pas qu'elle oublie que demain sera un jour mémorable car le vice-roi de Nubie recevra son titre. Le vénérable Houy doit arriver d'un moment à l'autre. Sa Majesté ne doit pas faillir à sa grande tâche[2].

— Tu as raison, Ay. Toutefois, je voulais auparavant donner des ordres pour me faire représenter sur les murs de Karnak et de Louxor en train d'honorer Amon. Je me suis

1. Allée bordée de sphinx.
2. La fonction royale.

rendu compte que tous les pharaons qui avaient vénéré ce dieu tout-puissant y figuraient.

— N'est-ce pas un peu prématuré ? Lorsque tu auras fêté le dieu pendant plusieurs jours, nous pourrons alors commémorer l'événement...

— Soit ! Prévois donc une date pour ces réjouissances ! Je te promets de recevoir tous ces ambassadeurs quand il fera moins chaud. Houy sera largement honoré. J'ai prévu ce soir un festin en son honneur. Mais je souhaite avant me reposer auprès de ma femme. Fais patienter ces envoyés des pays alliés...

Bien qu'Ay soit irrité par une telle réponse, le roi se tourne vers Ankhsepaton et lui dit :

— Je dois t'apprendre une nouvelle qui te réjouira. Allons dans nos appartements. Le reste attendra !

Ankhsepaton joint ses deux mains sur sa poitrine et le supplie de parler.

— Tu le sauras dans un instant, dit le roi en congédiant ses gardes.

Tout Ankh Amon éprouve pour Ankhsepaton beaucoup d'affection. Parce qu'il l'a côtoyée sur les bancs de l'école, il l'a d'abord considérée comme une amie qui partageait ses jeux. Il a ensuite appris qu'elle était sa demi-sœur mais combien d'enfants devaient l'être dans le harem ! Maintenant, il ressent pour elle un sentiment plus profond. Il aime sa spontanéité et sa fraîcheur.

Tout Ankh Amon s'assoit sur un tabouret à pieds de fauve. Il porte un pagne court qui laisse dénudé son nombril. Ses sandales d'or brillent. L'uræus lui confère une majesté indiscutable malgré son jeune âge. Il claque des doigts pour appeler son serviteur.

— Vois le scribe qui m'a accompagné tout à l'heure, lui dit-il. Il possède quelque chose pour la Grande Épouse.

Simplement vêtu d'un pagne blanc, le serviteur s'exécute. Il rapporte bientôt un bouquet de fleurs imposant.

— Bien ! Dépose-le aux pieds de la reine ! dit-il en souriant.

Ankhsepaton s'en empare et hume chaque fleur longuement.

— Fais-les mettre dans l'eau et viens près de moi. J'aime quand tu répands sur ma chevelure de douces senteurs.

— Laisse-moi avant ôter cette coiffe, dit Ankhsepaton. Le disque solaire et les plumes hautes m'encombrent. Je rêve de ne plus porter ces parures lourdes !

— Mets-toi à l'aise, Ankhsepaton, et assieds-toi sur ce coussin. Je dois te parler.

Ankhsepaton dénude sa poitrine et vient s'asseoir aux pieds de Pharaon. Elle a seulement gardé son pectoral, un magnifique collier de turquoise et de cornaline qui recouvre ses seins. Tout Ankh Amon observe son corps svelte et mince à travers le pan de sa robe ouverte.

Autour d'eux, des sistres posés sur des coffres en bois les protègent du mauvais œil. De grands coffres en ivoire contiennent leurs bijoux et leurs biens.

La flamme de quelques bougies placées dans des lampes en or ramenées d'Akhetaton dégage une fumée odorante.

Ankhsepaton se lève et s'empare d'un petit flacon à parfum en or déposé sur une table d'électrum.

— Moi aussi je veux partager avec toi les senteurs de l'amour, dit-elle à Pharaon.

Puis elle prend un éventail doré, décoré de pierres précieuses, et rafraîchit doucement Tout Ankh Amon avant de répandre sur ses membres et sur ses cheveux un onguent parfumé.

Tout Ankh Amon subit ses caresses avec

délices puis il glisse sa main dans celle de son épouse et l'entraîne vers le fond de la pièce où se trouvent deux lits en bois doré. La reine s'étend sous la représentation de la déesse hippopotame Thouéris et le roi sous l'image du lion. Une suivante éteint les hautes bougies et en allume une petite placée dans une coupe en forme de nénuphar. Puis elle se retire.

— Ton ventre sent le lotus et ta poitrine l'enfant qui vient de naître. Sache qu'aujourd'hui, j'ai fait inscrire dans les livres sacrés de Thèbes notre union et les liens qui nous rassemblent. Nos vœux ne figurent plus désormais dans la seule ville d'Akhetaton mais dans celle du dieu Amon.

Ankhsepaton l'embrasse avec effusion.

— Voilà donc la nouvelle que tu voulais m'apprendre, lui dit-elle. Je comprends pourquoi tu ne souhaitais pas t'exprimer devant des étrangers. Cette union nous concerne avant tout même si elle fut arrangée par ma mère.

— Je le pense aussi et je la remercie d'avoir fait ce choix.

— Je t'attends, lui dit Ankhsepaton en se blottissant contre lui. Ne vois-tu pas comme mon cœur palpite et comme mon corps s'offre au tien ? Inutile d'interroger ce fils divin au dos voûté d'Ay ou le commandant en chef des armées Horemheb. Nous n'avons besoin ce soir ni de scribe royal ni de prince héritier des royaumes pour prendre une décision...

Tout Ankh Amon éclate de rire.

— Ne préférerais-tu pas avoir dans ton lit le beau Horemheb aux conseils pertinents, le grand triomphateur de Syrie, le général d'Aménophis III ?

— Certainement pas ! Puisqu'il a fait construire son tombeau à Memphis, qu'il aille y vivre et nous laisse en paix ! Horemheb a créé

Akhetaton. C'est lui qui en a soufflé l'idée au roi et qui l'a encouragé à adopter Aton comme dieu suprême. Aujourd'hui il revient vers Amon. Je n'ai aucune confiance en lui. Il a toujours pris le vent pour arranger ses affaires. Je me souviens de la manière onctueuse dont il parlait à ma mère pendant son règne ! Il était le premier à l'acclamer lorsqu'elle est arrivée du Mitanni ! Il a encouragé Aménophis III à en faire la première dame du harem avant qu'elle ne devînt l'épouse d'Aménophis IV. Ay lui-même n'a-t-il pas favorisé cette union ?

— Je n'ai pas envie de parler ce soir d'un brillant général qui a su combattre mieux que personne les ennemis de l'Égypte. Je ne suis en désaccord avec lui que sur un point : je compte bien faire enterrer dans la Vallée des Rois mon père Akhenaton et personne ne m'en empêchera. Je veux aussi que sa mère, la vénérable, l'admirable Tiyi, habite la Vaste Prairie.

Ankhsepaton le regarde, atterrée.

— Es-tu devenu fou ? Jamais ma mère n'y consentira !

— Mais Néfertiti ne vivra pas éternellement à Akhetaton. Tiyi et Akhenaton ne méritent-ils pas cet honneur ?

— Si, bien sûr...

— De toute façon, tu vas être satisfaite : Horemheb a décidé de partir pour l'Est. Il a, hier, réuni notre flotte et fait remplacer les belles proues des bateaux en forme de béliers et de taureaux par des éperons auxquels aucun navire ne résistera !

— Évoquerais-tu une guerre ?

— Non, rassure-toi. Horemheb souhaite seulement contrôler la situation et montrer aux peuples d'Asie que malgré le changement de pharaon l'Égypte demeure le pays le plus prospère de la Méditerranée. Horemheb rapportera bien aussi quelques vases ou quelques femmes de Babylone... Il est le roi de la Verte Étendue [1] !

La reine se redresse sur un coude. Elle n'approuve guère ces dernières paroles.

— Des Babyloniennes ? Pour ton harem ? Il est déjà bien fourni !

— Tu restes la femme que je préfère, tu le sais. Horemheb a décidé de repartir en Syrie. Il estime que le pouvoir de l'Égypte doit être renforcé.

— Nous allons être tranquilles. Voilà une bonne nouvelle ! murmure Ankhsepaton en s'abandonnant à son époux.

***

Dès le soir même, Tout Ankh Amon fait connaître aux prêtres d'Amon sa décision de faire enterrer les momies d'Akhenaton et de Tiyi à Thèbes. Ceux-ci se montrent tout d'abord étonnés d'une telle requête.

— C'est impossible ! déclare finalement le grand prêtre. Akhenaton était un hérétique !

— Et si je reconnaissais ses fautes, m'accorderiez-vous ce que je demande ?

Les prêtres se consultent longuement.

— Dans ce cas, finit par dire le grand prêtre, tu devras, Pharaon tout-puissant, établir un décret gravé dans le granit de Karnak précisant clairement que tu vas relever les ruines des monuments d'Amon, que tu vas éloigner le mensonge de Haute et Basse-Égypte et que tu rétabliras la Vérité.

— J'accepte, dit aussitôt Tout Ankh Amon.

— Mais ce n'est pas tout. Nous voulons qu'Akhenaton, qui a humilié notre clergé pen-

1. La Méditerranée.

dant quinze ans, soit puni à son tour. Pour que nos enfants se souviennent de ses actes odieux, ajoute dans ton décret qu'Akhenaton a ruiné les sanctuaires, qu'il a persécuté Amon, que le pays est devenu décadent sous son règne, que les dieux se sont détournés de l'Égypte, qu'il laissait le peuple mourir, qu'il détruisait les statues divines jusqu'à ce que tu arrives pour rétablir le vrai dieu.

Tout Ankh Amon s'apprête à répliquer que le peuple égyptien n'a jamais souffert de la faim sous le règne d'Akhenaton mais il ravale sa salive et préfère se taire.

— Ce silence signifie-t-il que tu n'es pas d'accord avec nous ? demande le prêtre, le regard noir.

— Si, par Horus, répond le pharaon à contrecœur. Je suis d'accord et je vais faire établir ce décret.

V

Après avoir rédigé le décret qui lui tient à cœur, le pharaon attend l'issue de la réunion qui rassemble les hommes des provinces. Il sait que ces délégués traitent en toute liberté des décisions de Pharaon et il espère bien les contenter.

— Puis-je donner le signal du début des festivités de ce soir ? suggère Ankhsepaton en le rejoignant dans son bureau.

— Houy est-il arrivé ?

— Depuis longtemps.

— Je préfère attendre que les délégués des provinces aient terminé leurs délibérations. Le mois prochain se déroule leur grande assemblée et les sujets traités influenceront inévitablement notre politique. Nous devons tenir compte de leur avis.

— Les trois vizirs commencent à s'impatienter, déclare Ankhsepaton. Celui de Basse-Égypte est allé se rafraîchir. Il prétend que son voyage a été deux fois plus long que prévu. Les bateaux en provenance de Memphis n'avançaient pas et ses rameurs manquaient d'énergie.

— Il se plaint constamment. Je préfère notre grand vizir de Haute-Égypte. J'ai le temps d'aller voir Ay. Il doit avoir achevé ses comptes. Il m'a assuré que le trésor royal était important et qu'il surveillerait les moindres sorties d'argent dans les premiers mois de notre règne à Thèbes. Les Thébains n'ont pas payé d'impôts depuis longtemps. Nous n'allons pas les accabler mais ils doivent comprendre que verser une part de leur récolte à Pharaon équivaut à servir Amon.

— Le grand vizir se trouve-t-il auprès des délégués ?

— Oui. Il a fini de superviser la répartition des terres et nommé plusieurs fonctionnaires dont les pères ont exercé la même charge avant eux. Il m'a transmis les rapports qu'il a reçus, hier, des provinces. Tout paraît calme.

Ankhsepaton défroisse sa jupe d'un geste brusque. L'enthousiasme de son époux l'irrite parfois.

— Es-tu contrariée ? lui demande Tout Ankh Amon à qui rien n'échappe.

— Je me méfie aussi de ce grand vizir qui vient lui-même contrôler si les arbres du parc sont correctement coupés. Ne trouves-tu pas qu'il pousse le zèle un peu loin ?

Le pharaon enveloppe les épaules de sa femme d'un bras protecteur.

— Pourquoi vois-tu le mal partout ? Tu me dis pis que pendre d'Horemheb et maintenant tu n'épargnes pas le grand vizir.

— J'ai tellement vu de complots ourdis dans l'entourage de ma mère, répond la Grande Épouse. Je redoute tout le monde et soupçonne tous ceux qui convoitent le pouvoir...

— Le grand vizir souhaiterait-il ma place ?

— Lui peut-être... Ay et Horemheb à coup sûr !

Le soleil couchant éclaire les murs du palais en briques recouvertes de boue séchée.

— Cette réunion se prolonge. Nous allons nous rendre dans la salle de réception. Les délégués nous rejoindront. Faisons-le savoir au grand vizir.

Protégés par leurs gardes, Tout Ankh Amon et Ankhsepaton avancent dans leur tenue d'apparat. La reine, petite et menue, au visage tendre, ressemble à une poupée, le roi à un adolescent rempli de rêves à qui l'on vient d'offrir son premier pagne d'homme. Leurs couronnes majestueuses paraissent aussi hautes que leur taille. Les plumes qui s'en détachent viennent frôler les sphinx qui ornent les corridors.

Certaines salles du palais auxquelles on accède par un dédale de couloirs, peu décorées, donnent sur de vastes pièces un peu froides où domine le bois peint de couleur rouge. Passé ces salles sans agrément, les portes ornées de malachite et de lapis-lazuli brillent de tous leurs feux et s'ouvrent sur des murs peints de scènes charmantes. Là, des femmes tendent des offrandes au dieu. Sur le sol de mosaïques, des vautours couvrent les monts de leurs ailes déployées.

Ankhsepaton fait ouvrir sur leur passage les petites chambres de leurs invités donnant sur des jardins. Les lits placés sur des briques sont recouverts de nattes et de coussins colorés. Quelques chambres possèdent leur salle de bains aux murs agrémentés de scènes champêtres.

— Tout est en ordre, dit la reine. Vous pouvez refermer !

Des balcons où ils se trouvent maintenant apparaît la ville de Thèbes avec ses maisons et ses monuments.

— À cette heure, la cité doit grouiller de monde, dit Tout Ankh Amon. J'aime flâner dans ces rues envahies par les marchands de vin et d'étoffes.

— Tu y penseras une autre fois. Voilà les gardiens des bijoux et des vêtements, le chef du bétail, le responsable de l'entrepôt à fruits, le ministre des grains et le gardien des armes. En ce moment, il ne doit pas avoir beaucoup de travail. Horemheb a emporté tous les boucliers, les lances et les arcs ! Il ne faudrait pas que Thèbes soit attaquée. Nous n'aurions plus d'armes pour nous défendre !

Ils sont interrompus par Ay qui vient les chercher d'urgence.

— Les amis uniques de Pharaon, les responsables des paroles royales, les chefs des loisirs du prince, les hommes chargés de la sécurité et les prêtres patientent tous devant la salle de réception.

Pharaon fait aussitôt appeler son fabricant de perruques et les chefs des huiles parfumées.

— Dites aux manucures, aux coiffeurs, aux maquilleurs et aux masseurs d'être tous là, à mon réveil, demain matin ! La reine aura besoin des mêmes services. Quant aux trois cents femmes du harem et à leurs enfants, je veux les voir apprêtés et parfumés ! Qu'elles laissent leurs bouffons et leurs nains dans leurs appartements et qu'elles agrémentent de leur beauté les moments rares que nous allons passer pour la promotion de Houy.

— J'avoue préférer aller chasser ou promener mes bassets, souffle le pharaon à la reine qui pouffe de rire. Ces banquets et ces honneurs m'ennuient.

Entre les colonnes de la salle de réception, les courtisans attendent, debout, leur roi. Ils discutent avec des ambassadeurs, des généraux ou des nobles thébains. Ay, chargé du protocole, réclame le silence. Chacun se place selon son rang.

Tout Ankh Amon entre dans la pièce. Il porte un diadème et croise sur sa poitrine un crochet et un sceptre d'or et de pierreries. Tout le monde se prosterne, le nez contre le sol. Pharaon va s'étendre sous un dais et invite la reine à faire de même. Puis il autorise ses invités à se relever. Quelques-uns viennent alors implorer son aide.

— Dans les pays de l'Est, certains chefs refusent de payer leur tribut aux Égyptiens. Ils nous contraignent à faire de même. Si tu n'envoies pas des troupes là-bas, des révoltes vont éclater !

Le pharaon les rassure.

— Le général Horemheb est sur place. Il réglera vite la question !

Un autre le supplie de l'écouter. Il emploie des ouvriers qui se plaignent de manquer de grain.

— Ils ont pourtant été payés. Le vizir peut en témoigner mais ils mangent en quinze jours la totalité de leur salaire de céréales si bien qu'ils n'ont plus de quoi se nourrir jusqu'à la fin du mois !

— Qu'y puis-je ? Donne-leur davantage de céréales !

— C'est impossible. Une fois mes impôts payés, il ne me resterait pas suffisamment de grains pour vivre.

Tout Ankh Amon regarde Ay. Celui-ci répond à la place de Pharaon.

— Vous n'avez pas payé d'impôts pendant plusieurs mois. Aujourd'hui, il est temps de participer à la restauration des temples détruits. Amon vous le rendra ! Utilise moins d'ouvriers, gère ton domaine d'une autre façon. Les autres y arrivent. Pourquoi pas toi ?

— Et maintenant, assez de plaintes ! déclare le roi. Ce soir est réservé aux loisirs ! Houy, viens à côté de moi ! Demain sera un grand jour pour toi. Moi qui suis le roi justicier et qui donne ma sentence auprès du grand prêtre, moi qui punis les coupables et qui protège les innocents, je te ferai demain vice-roi de Koush. D'ici là, festoyons et buvons ! Houy va devenir le personnage le plus puissant du royaume après Pharaon ! Pour la première fois, l'étiquette n'est plus de mise ! Pharaon festoiera à côté de la reine et de ses suivantes.

Houy, qui est vêtu d'un habit de lin blanc, s'avance vers Pharaon qu'il salue dignement. Les femmes restent suspendues à ses paroles et à sa voix suave. Ses yeux noirs percent l'obscurité. Son vêtement entrouvert laisse apparaître un torse musclé et bronzé sur lequel rutile un large pectoral.

Son père se place derrière lui à côté d'autres fonctionnaires de Koush et du grand prêtre.

Agacée par les minauderies des femmes du harem, Ankhsepaton oublie bientôt ces tracasseries en voyant le bel Houy. Le père de celui-ci semble aussi lumineux que le futur vice-roi de Koush. Son époux fait pâle figure à côté de ces deux hommes aux épaules carrées et d'une grande distinction. Les serviteurs égyptiens, au corps presque nu et fragile, paraissent ridicules dans leur pagne fin face à ces hommes à la peau luisante et aux muscles saillants.

Après les formules d'usage, un messager s'avance. Il porte une longue robe bariolée aux manches brodées. Ses petits yeux roulent sous ses sourcils taillés. Sa barbe carrée enveloppe le bas de son visage maigre et ridé. Suivent les invités de Koush en robe plissée, coiffés d'une perruque de couleur, surmontée d'une couronne plate et dorée, puis les habitants de régions lointaines à la peau noire. Des boucles d'oreilles pendent des deux côtés de leur visage et des plumes multicolores paraissent surgir de leur perruque verte.

Le pharaon remarque l'intérêt qu'Ankhsepaton porte au chef de Koush. Il lui demande de détourner son regard vers la vaisselle que l'on apporte et les bouquets d'iris, de roses et de nénuphars.

— N'est-ce pas les fleurs que tu préfères, celles que ta mère offrait à Aton ? Te souviens-tu de ces bouquets qui jonchaient chaque soir le sol de notre chambre ?

— Pourquoi me poses-tu cette question, souverain suprême, répond Ankhsepaton en rougissant. Je ne peux oublier ces délicatesses propres à ta grande bonté.

Les serviteurs s'empressent autour d'eux. Ils ont allumé des bougies qui éclairent à peine les chevelures sombres des femmes présentes. Dans la pièce fraîche dominent les senteurs des cônes qui commencent à fondre. On entend, entre deux éclats de rire, le murmure des fontaines qui coulent sans cesse.

Un défilé de jeunes femmes presques nues, le bout des seins peints, apporte les mets : graines d'anis, de sésame, hors-d'œuvre pimentés. Les plats sont merveilleusement présentés. D'autres femmes plus âgées servent les vins et la bière. Arrivent alors les viandes : sur des plats d'argent décorés de pétales de fleurs des cailles farcies, des oies, des ragoûts agrémentés de légumes de toutes les couleurs.

— C'est la première fois que les femmes dînent en compagnie des hommes, dit le roi à son épouse.

— Et j'en suis fière, répond Ankhsepaton, les yeux brillants.

— J'ai vu que tu n'étais pas indifférente aux paroles de mon voisin originaire de Koush.

Ankhsepaton ne comprend pas l'allusion. Mais, face au regard noir que lui lance son époux, elle rougit puis se tourne vers la femme du futur vice-roi de Koush intimidée par tant de fastes.

Les musiciennes viennent alors s'asseoir devant les convives pour leur jouer un air de luth, de double flûte ou de harpe. Elles chantent des refrains connus tandis que le roi mange du bout des doigts des morceaux de melon frais tout en ne quittant pas Ankhsepaton du regard.

Alors que l'on sert enfin les fruits et que des acrobates rentrent en exécutant maints tours étonnants, un serviteur apporte dignement une momie miniature. Pharaon tient à respecter la tradition. Il réclame le silence.

— C'est ainsi que nous serons lorsque nous aurons franchi les portes du domaine d'Osiris pour devenir à notre tour de petits osiris. Profitez-en pendant qu'il est temps ! Amusez-vous ! Buvez ! Délectez-vous et riez !

Après de nouvelles acrobaties, le roi se lève et demande à son épouse de faire comme lui. Tous deux se dirigent vers les trônes installés au fond de la pièce. Les invités vont défiler chacun à leur tour devant le souverain pour le remercier. Les serviteurs reçoivent l'ordre de faire entrer les animaux domestiques. Ils sont nombreux et courent bientôt dans toute la pièce, provoquant des rires ou des cris. Des singes bleutés s'emparent de quelques fins de plats et croquent des fruits. D'autres grimpent sur les perruques des dames et tirent de toutes leurs forces sur les cheveux, faisant tomber les cônes et les diadèmes. Le fauve d'Ankhsepaton entre au milieu des cris.

— Taisez-vous ! ordonne le roi. Isis est dressée. Vous ne risquez rien sauf si vous lui faites peur !

L'animal va se coucher docilement aux pieds de sa maîtresse.

— Poursuivez jusqu'à l'aube les festivités si vous le souhaitez. Pharaon vous accueille en son palais comme si vous étiez chez vous. Mais n'oubliez pas, demain, de venir dans la grande pièce des honneurs qui se trouve près de la salle des festins. Nous honorerons l'aimable Houy, ici présent, au moment où le soleil se lève. De même que Rê nous fait revivre chaque jour en nous redonnant énergie et vitalité, de même, Houy naîtra à sa nouvelle fonction !

Tous se courbent devant le roi qui se retire en compagnie d'Ankhsepaton. Quand le couple royal sort de la pièce, la reine ne peut manquer de s'étonner de la décision du roi.

— Jamais encore tu n'as quitté un festin avant l'aube, dit-elle. Tu finis souvent ces soirées avec l'une de tes femmes secondaires...

— Tu seras alors ravie d'apprendre que je préfère mon épouse, répond Tout Ankh Amon en brandissant vers elle la croix de vie qu'il tient encore à la main.

— Le ton de ta voix fait trembler mon cœur. As-tu quelque chose à me reprocher ? Par Isis, déesse de l'amour, parle ! Je n'aime pas les sous-entendus et ne les comprends pas.

— Que penses-tu du pharaon d'Égypte ? demande Tout Ankh Amon en se plantant devant sa femme.

Les gardes s'arrêtent et les regardent tous deux en restant impassibles. La reine les observe, gênée.

— Ce n'est peut-être pas l'endroit pour en parler...

— Parce que tu as honte ? Je veux que tu répondes à mes questions clairement. Que penses-tu de moi ? M'aimes-tu ? Me trouves-tu à ton goût ? Suis-je beau et séduisant aux yeux des Égyptiennes ?

Ankhsepaton sourit.

— Voilà bien l'orgueil des hommes ! dit-elle. Je jugeais Pharaon au-dessus du commun des mortels. Or, tu me parles comme un simple particulier inquiet des sentiments que sa femme éprouve pour lui. Tu seras toujours pour moi le Soleil et le dieu. Je n'ai pas le droit de te juger. Je m'y refuse et je ne le peux. Personne ne t'égale. Tu es né pour dominer tout être et toute chose. Je l'ai appris et l'ai accepté.

— Mais tu ne réponds pas à mes questions...

— Oh si, par Horus d'or que tu incarnes ! Réfléchis bien à ce que je viens de te dire et tu comprendras que j'ai raison. Pharaon illumine le pays de sa beauté, de sa puissance et de ses dons innombrables.

VI

Le Pharaon monte sur l'estrade. Il ne porte pas de sandales. Son pagne royal en lin est simple en comparaison de sa double couronne. Il tient le fléau et le crochet. Une croix de vie a été posée sur ses genoux.

Ay ouvre les portes de la salle. Houy s'avance et se prosterne sans dire un mot. Malgré les agapes de la nuit, il a les yeux aussi vifs et la peau aussi tendue que la veille. Ses hommes se couchent sur le sol. Ay dit alors d'une voix solennelle propre à la circonstance :

— Je te donne l'attestation de Pharaon qui te transmet en ce jour le pouvoir sur une terre lui appartenant. Tu devras rendre compte de tes actes à lui et à lui seul.

— Pharaon est le maître. J'accepte ce papyrus qui me fait devenir vice-roi de Koush.

Houy se relève et prend les plumes symboles de Mâat, déesse de justice et de paix. Puis il fait signe à son père et à son frère d'avancer. Le roi les salue et leur donne des titres à tous deux.

Le défilé de présents des habitants d'Asie peut commencer : il en a fini avec Houy. Les chefs embrassent la poussière pour saluer Pharaon en lui souhaitant Vie, Santé et Force. Ils sont encadrés d'hommes barbus vêtus d'une longue jupe de couleur. Ils apportent sur des plateaux d'argent des colliers, des métaux précieux, du lapis-lazuli, des vases en albâtre.

Le roi pousse quelques exclamations de joie lorsqu'un cheval superbe est introduit dans la pièce. Il descend de l'estrade et vient le caresser, lui flatter l'encolure.

— Il est beau. Je veux le monter moi-même, dit-il. Dès demain, je chasserai avec lui.

— Je te le déconseille, lui répond l'Asiatique. Il faut le dompter sinon tu risques de te rompre le cou !

Satisfait de voir le roi dans de si bonnes dispositions, le nouveau vice-roi de Koush annonce, lui aussi, ses présents. Des hommes revêtus de peau de panthère, de larges boucles aux oreilles, s'avancent, le port altier. Les plumes de couleur qui ornent leur perruque s'agitent à chaque pas.

— Salut, Roi des deux Égyptes, disent-ils en chœur. Transmets-nous le souffle de vie.

Certains lui tendent des anneaux en or et tirent une panthère par une laisse.

— La reine va être enchantée de ce cadeau, dit Tout Ankh Amon en admirant l'animal tandis qu'entre la reine de Koush coiffée d'une perruque verte.

Deux esclaves portent la litière où se prélasse la reine. Un dais assombrit encore davantage son visage. Sa couronne, formée de dizaines de branches dorées, s'écarte sur sa tête comme une fleur qui s'ouvre. Plusieurs serviteurs l'aident à descendre. De très jeunes esclaves, le nombril nu, remettent en place les plis de son vêtement blanc.

Ay donne alors l'ordre de faire défiler des animaux impressionnants par leur grandeur et leur rareté. Girafes, fauves, singes se succèdent. Blasé par ce genre de dons, le roi les regarde avec amusement et les confie à Ay.

— Qu'on les place dans les étables et dans les parcs. Je vous remercie pour ces marques d'attention. Allez retrouver vos sœurs et vos mères pour leur annoncer ce qui vient de se dérouler.

Impatient de rejoindre Ankhsepaton avec qui il a passé une nuit agréable, le roi fait refermer les portes. Le soleil illumine les jardins d'une lumière blanche presque aveuglante. « Il fait très chaud mais j'ai envie de chasser sur ce cheval fougueux que l'on vient de m'offrir », se dit le roi.

— Qu'on prépare mon arsenal de chasse ! dit-il en se dirigeant vers ses appartements.

Il rejoint la reine qui se prélasse encore au lit, heureuse de ne pas avoir d'obligations. Il se couche à son côté et lui raconte le déroulement de la cérémonie.

— Dès que Rê descendra derrière les monts, je partirai chasser avec Wanou.

— Wanou ?

— Oui, ce cheval qu'on m'a offert.

— Il s'appelle Wanou ?

— Je lui ai donné ce nom que porte l'un des esclaves du vice-roi de Koush. Ne trouves-tu pas qu'il lui va bien.

Ankhsepaton éclate de rire.

— S'il ressemble à ce serviteur, pourquoi pas ?

— Il ne lui manque que les boucles d'oreilles ! réplique le roi en enlaçant sa jeune femme. J'ai condamné nos appartements...

⁂

Quand le soleil se met à dorer le sommet des monts, le roi place son carquois sur son épaule et monte sur son char. Dans la cour, les palefreniers se sont réunis pour brosser son cheval. Il l'attelle à son char pendant que les porte-éventails agitent leurs palmes autour de lui. Une dizaine de chars ont été préparés pour les courtisans. Des fantassins, armés de lances, suivent le cortège.

Le roi aime la chasse aux canards, au lion, à l'autruche. Mais il veut, en ce jour, transpercer lui-même la poitrine d'un fauve avec sa lance. Il est conscient que les Asiatiques sont des hommes versatiles et qu'il sera certainement amené à faire la guerre. La chasse lui sert d'entraînement.

Pharaon traverse le fleuve. À cette heure agréable, les nobles se promènent dans les rues, admirant les bijoux et les étoffes vendus par des marchands loquaces. Les familles boivent de la bière sur leurs terrasses. Ceux qui reconnaissent Pharaon l'acclament.

Le cortège passe devant les temples d'Amon et atteint les limites de la ville. Là, les maisons en briques sont plus ordinaires. Un sycomore ombrage souvent une basse-cour. Des chiens efflanqués reniflent des ordures. Les tonnelles sont recouvertes de vigne.

— Voici le verger! dit le chef des fantassins en venant se mettre à la hauteur de Pharaon.

Le roi manifeste le désir de s'y arrêter. Ay lui a fait un rapport satisfaisant sur la récolte annuelle qui a permis d'obtenir plus de trois cents litres de vin, près de trois mille litres de grenadine et un millier de sacs de grenades. Partout poussent avec bonheur les sycomores, les pommiers, les dattiers, les caséiers, les palmiers, les amandiers et les figuiers. Sur les mares s'ébrouent des canards verts et noirs au milieu des lotus. Des tourterelles roucoulent sur les bordures en pierre d'Assouan. Près des chadoufs au mouvement de balancier, grâce auxquels les jardiniers puisent de l'eau avec des seaux, le potager est tout aussi riche d'endives, de fenugrec, de concombres ou d'oignons.

Pharaon ne s'attarde pas. Il croise bientôt les dernières bâtisses des Thébains aux champs plus étendus qui surveillent leurs roues hydrauliques. Ne reste plus que le Nil sur les rives duquel les paysans coupent des tiges de papyrus pour les faire griller. Les étangs se multiplient. Quelques barques de pêcheurs, à moitié cachées par les roseaux, dérangent à peine les ibis, les hérons et les grues. Armés d'un harpon, les pêcheurs espèrent ramener des brochets. Le roi fait signe aux fantassins.

— Lancez vos boomerangs dans ces marais dès que les oiseaux s'envoleront, leur dit-il. Vous en ramènerez bien un ou deux volatiles !

Le roi prend plaisir à admirer leur adresse. Lui-même est habile à ce genre de tir. Puis il lance son cheval au galop. Les paysans affairés dans les champs de blé détournent à peine le regard pour le voir passer. Les cultures deviennent rares. Le sable remplace les terres fertiles. Les cailloux giclent sous les sabots de son cheval. Il arrive bientôt en plein désert.

Pharaon s'arrête net face à la montagne rose.

— Taisez-vous ! Nous approchons du point d'eau où les bêtes sauvages viennent se désaltérer. Si elles nous entendent, nous rentrerons bredouilles. Mieux vaut progresser en silence et lentement.

Le roi suit un défilé dominé par des falaises abruptes et encombré d'éboulis.

— Les responsables des meutes ont-ils été prévenus ? demande le roi au chef des fantassins.

— Bien sûr, Maître. Ils nous attendent non loin d'ici.

Pharaon se réjouit de retrouver ses chiens. Le responsable des piqueurs, les lanceurs de javelines, les rabatteurs, les responsables des chiens sont réunis. Ils ne bougent pas. Ils sont tellement silencieux qu'on les dirait de cire.

Le chef des chiens vient au-devant du roi et le salue.

— Ne perdons pas de temps, dit celui-ci. Avançons !

Les chiens-loups et les lévriers suivent le défilé en haletant. Les chasseurs les tiennent en laisse et ont bien du mal à les retenir. Sentant le danger, des gazelles, des antilopes et des chacals détalent à toute vitesse. Des lièvres viennent s'engouffrer, apeurés, sous les pattes des chevaux... Tout Ankh Amon entoure sa taille de ses rênes puis il prend une flèche dans son carquois. Un simple trait atteint un lièvre que lui rapporte un chien. Bientôt s'amoncelle un véritable butin. Le roi fait isoler les animaux blessés.

— Vous les ferez soigner. Amon n'a pas souhaité qu'ils meurent. Nous les épargnerons. La reine les chérira. Nous approchons de la caverne du Val. Allons saluer les chasseurs de gazelles ! Je désespère de trouver aujourd'hui un lion dans ce désert.

— Maître, depuis que ton vénérable ancêtre Aménophis III a chassé les fauves de ces régions, il faut aller au-delà de ces monts pour trouver quelque lion. Les chasseurs prennent plutôt des hyènes ou des autruches...

— Et pourtant Aménophis a tué plus de cent lions !

Mais comme si les dieux avaient décidé de contenter Tout Ankh Amon, un lion à la crinière rousse apparaît en haut de la falaise. Les chiens aboient et se précipitent aussitôt dans sa direction.

— Lâchez-les ! crie le roi.

Les animaux parviennent à rejoindre le lion qui tente de s'en débarrasser. Le pharaon bande son arc et décroche une flèche meurtrière.

— Je l'ai touché ! dit-il en descendant de son char. Venez avec moi !

Puis il s'approche de l'animal agonisant et lui enfonce sa lance dans la gueule.

— Heureusement que la reine n'était pas là aujourd'hui ! Elle aime m'accompagner près des marais pour me voir tuer les oiseaux mais elle qui adore les fauves aurait fondu en larmes !

— Maître, le soleil se couche, le prévient le chef des chiens. Tu as accompli un magnifique exploit.

— Tu as raison ! Mettez ce lion sur un char et rentrons ! Le vice-roi de Koush et sa famille repartent demain pour leur royaume. Il me faudra me lever tôt ! Ces obligations m'irritent.

En retraversant le fleuve ce soir-là, Tout Ankh Amon songe à Horemheb. « Quand reviendra-t-il ? Que fait-il loin d'ici ? Les peuples asiatiques paient leurs tributs. Tout est calme dans cette partie du monde. Les rapports que j'ai reçus le prouvent. Pourquoi Horemheb s'attarde-t-il ? » Les conseils de prudence de la reine lui reviennent alors à l'esprit. « Aurait-elle raison de me mettre en garde ? »

Mais Pharaon est trop épuisé pour réfléchir davantage. Il se contente de se laisser bercer par la fraîcheur des eaux qui montent du Nil gris où plusieurs barques glissent doucement, embarcations de jeunes amoureux ou de notables en quête de quiétude.

— Cette nuit m'apportera un repos mérité ! dit-il au responsable des fantassins. Le cheval de Koush m'a porté chance !

— Sans nul doute, Majesté, lui répond l'homme en riant.

Tous les chasseurs sont contents de rentrer. Chacun recevra du gibier en échange de sa peine. Quand ils arrivent au palais, le ciel est presque noir. Seules quelques étoiles timides tentent une percée dans l'obscurité.

Ankhsepaton vient, comme à son habitude, au-devant du roi.

— Regarde ! lui dit-il avec fierté. Un lion !

La reine fait une moue dégoûtée. Elle détourne le regard.

— Tu m'avais pourtant promis de ne pas t'attaquer à un fauve !

— Mais Pharaon chasse les lions, non les gazelles. C'est bon pour les simples Thébains de jeter des filets dans une mare en attendant le passage des antilopes. Tu ne voudrais pas que je lance les cordes qui entravent les animaux pour capturer des autruches ?

— Pourquoi pas ? L'important n'est-il pas de prouver son adresse ?

— Et sa force ! Quand je combattrai en Asie, je devrai être courageux et fort !

La reine le complimente malgré tout. Elle le prend par le bras et l'entraîne à l'intérieur.

— Viens... J'ai fait préparer pour mon roi un repas délicieux. Nous mangerons ce butin une autre fois !

— Je suis fatigué, lui dit le roi. Mes jambes ne me portent plus.

— Mais le désert a dû aviver ta soif et l'effort ouvrir ton appétit.

— Je le reconnais volontiers.

— Alors, prends donc un bain, fais-toi masser et viens me rejoindre. Tu ne seras pas déçu.

Le roi, qui ne songe qu'à aller s'étendre, préfère cependant contenter la reine. « J'aurais bien profité d'une jeune femme du harem que m'a envoyée le vice-roi de Koush, se dit-il. Elle est frêle et craintive. Je suis sûr qu'elle ne connaît rien à l'amour. »

Tout Ankh Amon se jure de remettre ce projet au lendemain.

— Il serait temps que ma femme ait conscience qu'un roi fréquente assidûment son harem, dit-il. Trois cents femmes m'attendent. Je ne m'en priverai pas !

VII

Tout Ankh Amon se rend avec joie dans son harem en cette fin de journée agrémentée d'une brise légère. Ankhsepaton a tenté de l'en dissuader sans conviction, se soumettant comme les autres épouses royales aux coutumes de la cour.

Le harem se trouve juste à côté de ses propres appartements. Il lui arrive parfois d'entendre par les fenêtres ouvertes les rires et les plaisanteries de ces épouses secondaires jeunes ou mûres. Toutes sont différentes. Certaines viennent d'Asie, d'autres de pays barbares. Quelques-unes, rares, sont égyptiennes.

Malgré ses dix-sept ans et la fougue de sa jeunesse, Tout Ankh Amon n'a pas été attiré jusque-là par les plaisirs de la volupté. Ankhsepaton se montre attentionnée et aimante. Les tracasseries des femmes du harem l'ennuie. La plupart intriguent ou manigancent. Toutes sont jalouses les unes des autres. Les enfants qu'elles ont avec le pharaon créent mille problèmes d'éducation.

Dès que Pharaon pénètre dans le harem une dizaine de jeunes filles presque nues viennent l'accueillir. Elles portent des voiles transparents et sentent le parfum. Toutes les pièces du harem embaument. Dans les chambres, des musiciennes chantent l'amour et les désirs. Deux femmes entourent aussitôt Pharaon de leurs caresses et lui proposent du vin.

— Viens t'asseoir près de nous, Grand de Bonté, nous t'attendions depuis longtemps. Pourquoi ne viens-tu pas nous visiter plus souvent ?

Pharaon se laisse guider sans répondre. Mais il est tout de suite attiré par une adolescente assise dans le fond de la pièce, les pieds repliés sous elle, qui n'est même pas venue s'incliner devant lui. Intrigué, il s'étend sur une natte recouverte de coussins soyeux et se laisse parfumer puis masser. Plusieurs femmes portent à ses lèvres des mets fondants et savoureux. Elles lui présentent des coupes de vin grec en se gardant de les laisser vides un seul instant. Une Asiatique au teint très mat embrasse ses chevilles ; une autre caresse ses épaules. Pharaon ne peut pourtant détacher son regard de la belle inconnue réfugiée dans sa solitude et sa mélancolie. Il la regarde intensément. Sa longue chevelure ébène brille sous la lueur jaune de la bougie, son corps est fin et élancé. « On dirait une gazelle », se dit le roi étourdi par les effets de l'alcool.

— Reste avec nous cette nuit, lui glissent dans l'oreille les femmes qui l'entourent. Nous saurons te faire plaisir et répondre à tous tes désirs. Nous parlerons ensuite dans le jardin. Tu goûteras aux mets délicieux que nous avons choisis pour toi. Nos bouches sont plus rouges que les cerises du verger. Donne-nous aussi des richesses et des terres. Tu en seras d'autant plus aimé.

Le roi rougit sous les déclarations enflammées d'une belle brune au sang chaud. Elle cherche à l'attirer, renverse doucement sa tête pour lui voler un baiser. Mais une Asiatique au tempérament de feu l'éloigne d'un geste brusque. Une querelle serait née entre les deux femmes si Pharaon n'y avait mis aussitôt un terme.

— Restez toutes les deux auprès de moi. Je ne chasse pas non plus les autres. Un pharaon ne saurait se contenter de dix femmes. Il lui en faut mille ! Apportez du vin de palmier et de la liqueur. Que le Kémi coule dans nos gosiers. Buvez, vous aussi !

Pharaon regarde de nouveau l'adolescente dont les yeux perdus dans le vague semblent contempler l'infini du ciel par la petite fenêtre de la chambre. Écoute-t-elle les couplets amoureux de la chanteuse ? Se languit-elle pour quelque amant perdu ? « Elle ressemble aux femmes si belles et si pudiques du harem d'Amon, se dit Pharaon. Comme elles, je la verrais bien agiter le sistre ou le fouet pour faire fuir le mauvais œil. Comme elles, elle se livrerait sans retenue à la divinité alors que l'amour vulgaire ne l'intéresse pas. Pourtant les amantes du dieu ont le droit de se donner à qui les veut ; elles en reçoivent sans honte de l'argent jusqu'à ce qu'elles trouvent un riche et vieux mari. Cette jeune fille serait-elle de cette trempe ? Ne suis-je pas le dieu et n'ai-je pas droit comme Amon à quelque hiérodule ? »

— Tu sembles distrait, remarque la belle brune qui se fait appeler Ismet. Nous ne te plaisons pas ?

Le roi lui sourit et pousse un profond soupir. Il ferme les yeux et se contente de dire qu'il vit un rêve.

— Mais je ne suis pas venu là pour manger, ajoute-t-il en refusant cette fois la datte que l'Asiatique approche de sa bouche.

Il se laisse aller sur le dos et contemple les murs aux décors turquoise. Des oiseaux volent au-dessus des lotus. Des antilopes jaillissent d'un bosquet. Des poissons nagent dans les flots transparents. Des musiciennes entièrement nues jouent du luth. Par la porte entrouverte, il aperçoit plusieurs lits recouverts d'étoffes en lin délicat. La responsable du harem entre alors dans la pièce et se jette aux pieds de son souverain.

— Majesté ! Tu ne m'as pas informée de ta visite !

Tout Ankh Amon se redresse sur un coude et la rassure.

— Calme-toi ! Tout va bien, laisse-nous et ne te préoccupe de rien !

Comme la femme se relève et s'apprête à réprimander l'adolescente toujours aussi rêveuse, le pharaon lui fait signe de n'en rien faire.

— Laisse-nous, répète-t-il. Et ordonne à une vingtaine de filles de venir nous rejoindre.

Comme deux enfants en bas âge crient dans la pièce à côté, la responsable se précipite pour ordonner le silence. Tout Ankh Amon les regarde avec tendresse.

— Qui souhaites-tu ce soir ? demande-t-elle encore au roi. Des épouses secondaires ou des filles du harem récemment ramenées par le général Horemheb de ses campagnes ?

— Des filles jeunes qui n'ont jamais connu l'amour avec Pharaon et des femmes au corps encore ferme mais suffisamment expérimentées. Le surveillant qui conduit les femmes à l'amour saura les choisir. Je préfère l'œil avisé d'un homme.

— Il est absent, dit, gênée, la responsable. Puis-je interroger le chef des chanteurs, sous-responsable du gynécée ?

— Bien sûr ! Du moment que tu ne demandes pas l'avis des eunuques !

Bientôt arrivent de nouvelles femmes tout aussi empressées que les précédentes. Nues, le corps rasé, les yeux peints, la bouche carmin, elles apportent avec elles des senteurs troublantes.

— Veux-tu jouer au jeu de damier ? demande l'une d'entre elles.

— Pourquoi pas ? Mais quel est l'enjeu ?

— Nous !

— Soit ! répond le pharaon. À condition que le jeu se termine vite !

Il lance des osselets en l'air tandis que les nouvelles arrivées disposent sur le damier les pions à tête de chacals et de loups. Pendant ce temps, l'Asiatique continue ses caresses. Il lui dit dans un souffle :

— Va chercher cette fille là-bas...

— Laquelle ? Amina ?

— Oui.

L'Asiatique s'exécute à contrecœur.

L'adolescente dérangée dans ses rêveries tourne négligemment la tête vers son aînée. Elle se lève, soumise et stoïque. La résignation se lit sur son visage.

— Tu as oublié de me saluer, lui dit Pharaon en fronçant les sourcils. Sais-tu qui je suis ?

— Oui, Majesté, répond la jeune fille en embrassant ses pieds. Fais de moi ce que tu voudras.

Étonné d'une telle soumission, le roi l'interroge sur ses origines.

— Le grand général Horemheb aimé des dieux m'a faite prisonnière. Depuis je vis dans ce palais.

— Es-tu heureuse ici ? Tu as des biens, des bijoux, de beaux vêtements. Des serviteurs...

— Oui, Majesté. Je le suis.

Peu convaincu, Pharaon lui demande d'être franche.

— En réalité, mon pays me manque. Je ne suis pas malheureuse ici mais je souhaiterais tellement revoir mes plaines et mes champs ! J'habitais au bord de l'Euphrate. Mon père avait des bêtes et des terres. Il était très respecté dans notre ville. Je ne sais ce qu'est devenue ma famille.

— Tiens ! Regarde ces chiffres sur les osselets ! Peux-tu avancer mes pions ? demande le roi comme s'il n'avait pas entendu la réponse de l'adolescente.

Amina s'exécute. Elle craint, toutefois, que le roi ne se désintéresse de son sort.

— Douce Amina, avais-tu un fiancé dans ton pays ? demande encore le roi en repoussant gentiment les autres femmes.

L'adolescente rougit.

— Je l'avais deviné. Tu pleures sur ton fiancé plus que sur ta famille. N'ai-je pas raison ? Hathor a brûlé ton cœur...

— Oui, maître.

— Alors, viens avec moi. Je vais t'emmener dans un endroit qui te fera oublier ta tristesse. Bois cette coupe de vin !

Comme Amina refuse — elle ne boit jamais d'alcool —, le roi insiste.

— Je suis Pharaon et tu vas m'obéir pour ton bien. Bois ce breuvage que nous allons adoucir avec du miel.

Les autres femmes se précipitent pour verser du miel dans le vin.

— Bien ! dit le roi en la regardant boire. Et maintenant, tu vas continuer de boire jusqu'à ce que je t'arrête !

Le roi fait remplir trois autres coupes puis il lui demande de le suivre.

— Partons pour un endroit de rêve où tu vas retrouver l'amour...

Les autres femmes, un peu déçues, les

laissent sortir sans ajouter un mot. Le roi se dirige alors vers l'une des mares. Il emprunte une barque et rame jusqu'à un petit kiosque.

— Où allons-nous ?

— Là où personne ne nous verra. Tu y seras plus à l'aise. Que connais-tu de l'amour ?

Amina baisse les yeux.

— Belle Amina, tu charmes les étoiles et Pharaon. Je ne veux que ton bonheur.

— Mon père m'a appris que l'amour ne se partage pas, répond timidement Amina. Or, je ne suis dans ton harem qu'un pion digne de figurer sur ton damier royal. Qui aimeras-tu demain ? Peut être attendrai-je un enfant de toi et toutes les femmes tenteront de le faire périr pour imposer le leur à tes yeux !

— Ta jeunesse ne t'a rien fait perdre de ta lucidité. Sache que j'aime la Grande Épouse royale Ankhsepaton et que je pourrais me contenter de ses caresses. Cependant, les voluptés sont chères à mon cœur. Elles n'ont aucune prise sur mes sentiments. De même que je bois ou mange des mets délicieux, j'embrasse des corps doux et parfumés. Mais, au réveil, lorsque le roi reprend son rang, ces plaisirs oubliés n'existent plus. Pharaon ne sait même pas avec quelles femmes il a connu du plaisir. Toutes se ressemblent. Toutes se parent pour le roi. Toutes passent leur temps à le satisfaire. Certaines espèrent que je choisirai un jour l'un de leurs fils pour le mettre sur le trône si je n'ai pas d'enfant.

— Tu reconnais donc volontiers que j'ai raison, Maître des deux Égyptes.

— Oui, répond le roi en lui caressant les cheveux et en lui demandant de s'étendre près de lui. Et pourtant, me croiras-tu si je t'avoue que tu m'as plu dès que je t'ai vue, que ta timidité et ta réserve m'ont charmé, que je trouve ton corps nu plus pudique que celui d'une femme habillée de la tête aux pieds ?

— Mon inexpérience éveille tes sens. Lorsque tu auras connu avec moi les feux de l'amour, tu m'abandonneras. Plus jamais tu ne viendras me visiter et je languirai dans une petite chambre du harem.

— Peut-être, répond franchement le roi. Mais aujourd'hui je ressens pour toi ce que je n'ai jamais éprouvé pour aucune épouse secondaire.

— Même pour la Grande Épouse royale ? demande un peu vite Amina.

Comprenant l'incongruité de sa question, l'adolescente embrasse les genoux du souverain.

— Excuse ma spontanéité. Je n'ai pas réfléchi avant de parler. Quelle injure pour la digne Ankhsepaton, l'élue de ton cœur ! Me pardonneras-tu ?

— Cette fois, je ne répondrai pas. Mais fais bien attention à ce que tu diras. La Grande Épouse royale est incomparable. Elle est Mout lorsque je suis Amon.

Pharaon s'abandonne cependant aux timides baisers d'Amina qui cherche à se faire pardonner son audace. Il l'attire bientôt contre lui, hume ses cheveux, plonge son visage dans sa chevelure noire où se glissent ses doigts audacieux.

— Ta peau est si douce... On dirait celle d'un fruit. Comme il est bon de la sentir contre mon corps. Tes lèvres sentent la pomme et tes bras la rose.

Mais le roi n'en dit pas plus. Bientôt leurs soupirs mêlés se fondent avec les gémissements des feuillages qui étreignent le kiosque et avec les petits cris des oiseaux de nuit qui ouvrent leurs ailes aux nouveaux occupants.

VIII

Tout Ankh Amon finit par rejoindre Horemheb au Mitanni car Ankhsepaton lui conseille chaque jour de contrôler les activités du général. Mais quand il rejoint l'armée égyptienne, le pharaon ne peut que constater ce que lui a rapporté Horemheb. Malgré les promesses de fidélité des chefs venus le saluer à Thèbes, certains peuples menacent de se révolter contre l'Égypte ou de se soulever les uns contres les autres.

Tout Ankh Amon livre quelques combats pour remettre les vassaux de son pays dans le rang puis il rentre à Thèbes, laissant le général manœuvrer et achever ce qu'il a commencé. Il préfère s'occuper des constructions qu'il s'est promis de réaliser à l'égal de ses prédécesseurs.

— Les dieux t'ont envoyé de mauvaises pensées, dit-il à son épouse. Horemheb combat contre des peuplades belliqueuses qui ont besoin d'une leçon !

Ankhsepaton n'est qu'à moitié convaincue de l'honnêteté du général.

Dès le lendemain, Tout Ankh Amon donne des ordres pour agrandir le temple de Louxor, achever les sanctuaires de Thoutmosis III à Karnak et faire ériger une statue colossale à son effigie.

Bientôt, des blocs de granit et d'albâtre énormes arrivent à Karnak sur des barges solides. De nouveaux piliers s'élèvent vers les cieux. Les ouvriers travaillent sans relâche. Émerveillés par les énormes rondins de pierre qui constituent les colonnes du temple, les Thébains viennent constater chaque jour l'avancée des travaux et en discutent dans les rues ou sur les places des marchés.

Pendant des mois, Thèbes œuvre pour le prestige du dieu Amon et de Pharaon. Un matin, le chef de chantier se présente au palais. Il est las mais réjoui. Un sourire éclatant illumine son visage.

— Les constructions de Louxor et de Karnak sont achevées, dit-il au roi. Elles sont en tous points conformes à ce que tu voulais !

Le roi fait aussitôt préparer son char. Il se précipite jusqu'au Nil et embarque prestement sur son navire. Sans quitter la rive opposée des yeux, il tente de discerner parmi les obélisques, les pylônes et les colonnes, les monuments qui resteront les siens dans la postérité. Quand il arrive à Thèbes, les habitants l'acclament et se prosternent. Le roi presse ses gardes. Il souhaite entrer le plus vite possible dans les temples et voir ses réalisations.

Le chef de chantier le guide et, chaque fois, Pharaon remercie Amon et lui assure qu'il a fait exécuter ces travaux pour lui. Le chef de chantier se précipite pour lui donner des grains d'encens.

— Je les jetterai le jour de l'inauguration officielle, répond Pharaon.

— Grand Seigneur, dépose, dès aujourd'hui, ces grains dans les temples, conseille le grand prêtre de Karnak. Tu en remettras d'autres le jour où l'on fêtera ces monuments à la gloire d'Amon.

Le prêtre lui tend également une canne et une massue. Pharaon les dresse vers le temple en disant :

— J'attribue ces réalisations à mon maître !

Puis il lève les bras vers le ciel et s'exclame :

— Honorez le sanctuaire d'Amon ! Que sa barque aille éternellement vers son petit temple avant de gagner l'autre rive !

Le grand prêtre en profite pour se glisser derrière le roi et croit le moment venu de lui parler.

— Pharaon tout-puissant, le clergé d'Amon est mécontent.

Tout Ankh Amon s'étonne. N'a-t-il pas agi en écoutant attentivement les conseils du clergé depuis des années ? N'a-t-il pas mis un terme aux actes odieux d'Aménophis IV ? N'a-t-il pas tenté de réparer les erreurs de son prédécesseur ?

Mais le grand prêtre tend le bras en direction du temple d'Aton, le seul qui ait été construit à Thèbes.

— Il faut ordonner sa démolition sinon les prêtres d'Amon le brûleront !

Tout Ankh Amon accepte mais il se révolte lorsqu'Ay le rejoint et lui propose de marteler tous les cartouches d'Akhenaton.

— Il fut tout de même Pharaon ! dit-il. Tu l'as servi ! Tu t'es enrichi grâce à lui !

— Je le reconnais mais les temps ont bien changé. Écoute mes conseils... Fais aussi marteler tous les tombeaux des nobles qui ont osé servir Akhenaton !

— Si tu avais rejoint l'au-delà et que ta tombe se trouve dans la Vaste Prairie, aimerais-tu la voir détruite ?

Ay baisse les yeux.

— Hélas, je ne puis raisonner ainsi. Tu dois préserver ton pouvoir et mon devoir est de t'y aider. Si j'avais rejoint l'au-delà avant que tu ne régnasses et si un Pharaon avait jugé bon de marteler mon nom pour le bienfait de l'Égypte, je l'aurais accepté des fins fonds du domaine d'Osiris !

Tout Ankh Amon ne répond rien. Il s'attend à ce que le grand prêtre ait une dernière exigence. Mais il sait aussi ce qu'il lui dira.

— Les statues d'Akhenaton... commence Ay.

— Eh oui, ces magnifiques statues qui ornent le temple de Karnak, poursuit le roi. Je n'y toucherai jamais et quiconque osera y porter les mains sera jeté aux crocodiles aussi longtemps que je vivrai !

Le grand prêtre jette un regard soucieux à Ay. Comment le clergé va-t-il accepter cette décision du souverain ?

— En échange, dit Pharaon, je consens à faire graver sur les murs du temple le décret que je vais dicter à mon scribe devant le clergé rassemblé.

Le roi fait signe à son scribe d'avancer tandis que le grand prêtre informe les autres membres du clergé.

— Écris ! dit le roi pendant que son scribe s'assoit en tailleur à ses pieds à l'ombre d'un sycomore. Le roi a fait construire des monuments pour tous les dieux. Il a fait élever des statues, bâtir des sanctuaires, organiser des cultes pour que les divinités fussent inondées d'offrandes. Il a été plus généreux que tous ses ancêtres. Il a fait prêtres des notables thébains et des hommes célèbres. Il a fourni du travail aux prisonniers. Il a enrichi les temples d'électrum, d'or, de turquoise, d'huiles, d'encens, de vêtements en lin fin. Le roi a placé sous sa protection les danseuses et les chanteuses qui se produisaient au palais. Ainsi purent-elles œuvrer pour les dieux.

— Gloire au pharaon ! clament enfin les prêtres d'Amon. Faisons-lui sculpter une statue en granit ! Que le roi soit célébré par une fête gigantesque dont les murs de Louxor garderont le souvenir !

*
**

Quelques jours plus tard, Pharaon embarque avec la reine sur un navire en argent et en or. Des têtes de bélier, animal d'Amon, ornent la proue et la poupe, resplendissantes de pierres précieuses. Le roi a revêtu sa plus belle tenue. Il porte le pschent lourd. Sa poitrine est recouverte de larges colliers. Son habit en lin immaculé éclate de blancheur.

Quand la barque arrive à Thèbes, le grand prêtre entonne un chant louangeant Amon et Pharaon. Les musiciennes jouent des sistres. Les soldats rentrés la veille dans la ville en fête s'alignent devant le roi. Horemheb les salue. Le peuple crie son nom. Le souverain lève alors sa main pour se faire entendre.

— Bonne nouvelle ! Nos troupes ont rapporté des butins d'Asie ! Le trésor royal est renfloué ! Je ne veux plus entendre parler de grèves cette année ! Tous les Thébains seront exonérés d'impôts !

Une immense clameur accueille ces paroles inespérées.

— Est-ce bien raisonnable ? demande Ay. Le peuple thébain n'était pas habitué aux impôts. Je pensais le contraindre dorénavant à plus de discipline. Tu encourages les mauvaises habitudes.

Le roi le toise de toute sa hauteur.

— Ay, tu n'es que conseiller et je suis Pharaon. Tu discuteras lorsque je te le demanderai !

Vexé, Ay se place aussitôt derrière le roi en promettant bien de se venger. Comment supporterait-il, lui le bras droit d'Aménophis III, de recevoir des ordres d'un petit d'homme au visage émacié et déjà maladif ?

La barque d'Amon est placée sur le fleuve. On apporte la statue du dieu que l'on place délicatement sous un dais. L'embarcation navigue doucement vers le temple de Louxor sous les acclamations de la foule.

Tout Ankh Amon accompagne le dieu Amon jusqu'au temple. Il se place devant le *naos,* attend que les prêtres y disposent la statue puis il donne l'encens et le lotus au dieu avant d'évoquer les éléments.

— Laisseras-tu Amon dans son petit temple pendant les fêtes ? lui demande doucement Ankhsepaton qui honore également le dieu.

— Non. Amon va retourner dans son temple de Karnak en suivant le dromos. Mais nous déposerons des offrandes pour lui chaque jour.

— Je suis fière de toi, lui dit la Grande Épouse royale.

— Comment ne pas être touché par la démesure lorsqu'on entend de telles clameurs ?

— Prends garde, mon Aimé.

À cet instant, Pharaon regarde le soleil et semble pris de vertige.

— Vite ! Sa Majesté va s'évanouir ! crie le grand prêtre.

Le médecin personnel du roi se précipite.

— Le Soleil est trop chaud aujourd'hui, avance Ankhsepaton, inquiète, en se penchant sur le corps allongé de son époux.

— Pharaon ne redoute pas le soleil. Il s'en nourrit, répond le médecin à la tête rasée.

— Une salle de médecine se trouve juste derrière le temple, dit un prêtre. Transportons le roi jusque-là. Ce sera plus confortable. Il n'a pas tout à fait perdu connaissance.

— Regardez ! Sa Majesté a bougé les yeux ! s'exclame la femme du médecin royal qui, contrairement à ses collègues, a eu l'autorisation de se marier.

— Que le fils de Ménès m'inspire, dit le médecin. Un mauvais souffle a dû rentrer par ses narines ! Montre-moi le chemin du laboratoire. Je vais préparer une potion de lait et de miel.

Le roi se relève légèrement.

— Inutile ! dit-il. Aidez-moi seulement à me redresser. Je ne suis qu'étourdi.

— On ne s'évanouit pas sans raison, dit le médecin en insistant pour qu'il prenne quelques potions.

— J'ai mal aux yeux. Sans doute ai-je trop regardé Rê !

— Il te faut, Majesté, une fumigation d'encens et d'huile pour chasser ces boursouflures autour de tes paupières. Le cuisinier te préparera ce soir du foie d'âne. Mange-le cru sans assaisonnement !

Le roi ne s'attarde pas. Il finit par rentrer au palais et consulte tous les médecins. Chacun se concerte, fait des diagnostics, propose des mixtures plus étranges les unes que les autres. Il faut ensuite réunir les ingrédients recommandés par ces savants.

— Le roi soigne déjà sa stérilité, murmure Ankhsepaton au médecin-chef. Combien de médicaments va-t-il ingurgiter ? J'en prends moi-même pour tenter d'avoir un enfant et ces potions ne sont guère agréables ! Malgré tout, je ne parviens pas à vomir si bien que notre sorcier m'a assuré que je n'aurai jamais de fils !

En quelques jours, le pharaon perd du poids. Ses joues se creusent. Ses jambes ont du mal à le porter. Son front ruisselle toute la journée.

— J'ai tellement chaud, dit-il à la reine en la priant de rester à son chevet.

Il se met à tousser sans cesse. La reine passe des nuits blanches à prier Amon d'aider le roi.

— Qu'a-t-il fait ? Il t'a rendu ta majesté. Il a construit des temples en ton honneur ! Pourquoi souffre-t-il ?

Les médecins multiplient les cataplasmes de lait de femme enceinte, de venin de serpent et d'excréments d'animaux. Les exorciseurs essaient les méthodes les plus étonnantes sur le corps du pharaon.

Curieusement, ces paroles magiques calment sa toux et sa fièvre.

— La bouche de Pharaon respire mieux ! se glorifie le sorcier. Ses dents retrouvent leur éclat !

Ankhsepaton pleure de joie.

— Je n'espérais plus, lui dit-elle en l'embrassant.

— Mais ne suis-je pas immortel ? lui rappelle le roi. Même si je quittais cette terre, je vivrais éternellement !

— Je préfère sentir la douce chaleur de ta peau, répond Ankhsepaton en essuyant ses larmes et le khôl qui a noirci ses joues.

— Sa Majesté veut-elle que je la remaquille ? propose une suivante.

— Non, laisse-moi car je crois bien que je pleurerai toute la soirée de bonheur !

À cet instant, un messager s'introduit dans la pièce.

— Que veux-tu ? lui demande sévèrement Ankhsepaton. Ne vois-tu pas que tu déranges le roi ? Tu travailles dans le harem, n'est-ce pas ?

— Oui, dit le scribe en se prosternant. Je dois remettre ce mot à Pharaon...

Sa voix tremble. Le roi tend alors la main vers lui.

— Donne et laisse-nous, dit-il. Que signifie ceci ?

Ankhsepaton lui propose de lui lire le message. Le roi le lui laisse sans résister.

— Je n'ai pas encore la force d'en prendre connaissance.

Ankhsepaton déroule alors le papyrus et lit lentement d'une voix claire :

— « Amina pour Pharaon, Horus d'or, mon Maître. » Qui est Amina ?...

— Une femme du harem, répond le roi.

— Et depuis quand te souviens-tu du nom des femmes du harem ? Tu les as toujours méprisées !

Ay s'approche de la Grande Épouse royale et la réconforte.

— L'important n'est-il pas que Pharaon se rétablisse ? demande-t-il. Il est en pleine santé. Grâce aux femmes du harem, nous savons maintenant qu'il n'est pas stérile...

Ankhsepaton maudit Ay de le lui rappeler.

— Il n'a jamais eu qu'un fils avec une épouse secondaire !

— C'est suffisant pour nous donner la preuve de sa virilité, répond Ay. Maintenant qu'il va aller mieux, vous devez songer aux héritiers de la couronne ! Qu'importe les autres femmes !

— Sans doute, dit Ankhsepaton. Mais les années passent et les dieux ne favorisent pas notre union.

— Cela viendra. Fais-moi confiance. Vous étiez si jeunes !

Au mot « confiance », Ankhsepaton a un petit rire nerveux.

— Mon père m'a appris à ne jamais faire confiance à personne ! répond-elle en quittant la pièce. Je reviendrai voir mon époux quand je pourrai enfin lui parler en tête à tête.

IX

Seul dans sa chambre, Pharaon tente de reprendre des forces en ingurgitant des dizaines de tisanes. Il ne fait que passer de sa fenêtre à son fauteuil mais il garde espoir.

À son réveil, il s'approche de son petit coffret à correspondance et relit le message que lui a envoyé Amina.

— Quelle jeune fille étrange ! Elle n'a peur de rien. Elle ne redoute même pas les fureurs de mon épouse !

Il déchiffre les hiéroglyphes.

— « Amina te salue et s'inquiète de ta santé. Vie, Santé et Force pour Pharaon. Qu'il vive éternellement et le plus longtemps sur terre car Amina attend un enfant de lui et l'aime déjà... »

— Je vais la visiter, dit Pharaon en appelant l'un des chambellans. Après tout, cela fait des jours et des jours que je ne suis pas allé voir mes femmes. Elles me remonteront le moral.

En apprenant ses intentions, le médecin se précipite.

— Roi, tu n'y penses pas ! Songerais-tu à l'amour alors que tu peux tout juste te lever ?

— Pharaon a des forces insoupçonnées, répond le roi en souriant. Rassure-toi ! Je ne me rends pas au harem pour passer une folle nuit avec mes femmes. Je veux seulement humer les parfums qui les entourent et me vautrer dans leurs coussins.

— C'est différent, répond le médecin soulagé. Je préfère toutefois accompagner Sa Majesté.

— Si tu y tiens ! Mais je te demande de garder pour toi tout ce que tu entendras !

Le médecin le promet et fait habiller le roi.

— Il te faut des habits amples pour pouvoir respirer. Ta poitrine semble oppressée.

— Et mon ventre paraît en ébullition !

Le roi se laisse conduire dans les appartements de ses épouses dont il entend les voix graves d'une porte à l'autre.

— D'habitude, elles rient aux éclats, remarque Pharaon.

— Mais elles connaissent ta maladie et s'inquiètent pour ton sort.

— Et le leur... Je vais voir Amina. Il s'agit d'une jeune fille extrêmement belle. Demande-la à la responsable du harem.

Le médecin s'exécute. La jeune fille se présente aussitôt devant lui. Elle a relevé ses cheveux en chignon et maquillé ses yeux. Son ventre est encore plat.

— Pharaon m'honore de sa visite, dit-elle en se jetant à ses pieds. Je n'en espérais pas tant !

— N'était-ce pas l'objet de ta requête ?

— Je n'aurais jamais osé demander quelque chose à Pharaon !

— Mais je sais lire entre les lignes. Tu m'annonces une heureuse nouvelle. Voilà des jours que je n'en avais pas eu une meilleure. Nous donnerons à cet enfant les plus beaux objets, les vêtements les plus fins ! Il sera comblé autant que sa mère. Que désires-tu ? Veux-tu un domaine à toi, des serviteurs, un étang pour te promener en barque ?

Le médecin s'étonne de tant de générosité

pour une simple fille tout juste arrivée dans le harem royal.

— Tu sais ce que je veux, répond la jeune fille en tenant les pieds du roi enserrés entre ses bras.

— Je crains que tu n'exiges trop et que tu ne puisses jamais l'obtenir. Je t'avais prévenue !

— Les liens du mariage ne comptent pas à mes yeux. Je songeais seulement aux sentiments. Ta présence me comble. C'est tout ce que je souhaite.

Elle le regarde soudain, consternée.

— Comme tu as maigri, Majesté ! Je voudrais tant te soigner, appliquer sur ton corps les onguents que ma mère préparait...

— Ta mère ?

— Oui. Elle savait soigner mieux que quiconque.

Le roi donne aussitôt des ordres pour qu'Amina soit emmenée au laboratoire du palais.

— Mais tu n'y songes pas, Roi puissant ! clame le médecin.

— Oh si ! Les médecins m'ont-ils guéri ? Non ! Seul le sorcier m'a soulagé mais je suis loin d'être guéri et j'ai confiance en Amina. Que risque Pharaon à essayer d'autres drogues ?

— Certaines peuvent être contre-indiquées !

— Nous verrons bien !

Malgré les protestations des médecins réunis, Amina se fait conduire dans les pièces secrètes où seuls les savants ont accès. Mais avant même qu'elle ne commence à lire les manuels de sa mère, le roi s'évanouit. Il est aussitôt reconduit dans sa chambre. La toux reprend, plus forte que les jours précédents.

— Amon se venge, dit Ay. Il n'a jamais pardonné à Akhenaton de l'avoir trahi ! Il se venge à travers son successeur.

Horemheb tient le même langage, comme s'ils préparaient tous deux les prêtres à la perte inévitable du roi.

— Si Amon a décidé d'agir, rien ne pourra l'arrêter !

Le sorcier arrive au palais.

— N'ôte pas le cœur du roi ! dit-il en s'adressant au mal du souverain. Rends-lui l'usage de ses membres. Ne jette pas un filet autour de son corps !

Mais rien n'y fait. Tout Ankh Amon réclame sans cesse Ankhsepaton.

— Je sens qu'Amon me punit, dit-il. Ay a raison. Je vais donc disparaître pour le bien-être de l'Égypte. Sinon, le dieu se vengerait sur tout le pays !

Ankhsepaton souffre. Elle a les yeux secs mais son cœur se serre. Elle supplie les dieux de soulager son époux. Son visage d'adolescent est encore si pur ; ses yeux sont encore si tendres ; ses mots sont encore parfois si naïfs. Mais la course nocturne de Tout Ankh Amon est déjà commencée. Il s'inquiète de son tombeau.

— Osiris m'attend, dit-il dans un dernier souffle. Je suis satisfait d'habiter bientôt dans la Vaste Prairie !

Ankhsepaton sanglote. Le peuple pleure en apprenant la triste nouvelle. Le clergé est consterné. Seuls Ay et Horemheb donnent des ordres pour la momification du roi, programmant tout à la lettre comme ils l'ont toujours fait. Rê fait un dernier clin d'œil au prince avant de se coucher. Il le rejoindra bientôt dans un Autre Monde.

Pendant les soixante-dix jours nécessaires à la momification, Ankhsepaton veille son époux ou accomplit les rites traditionnels. Elle pleure près du lit d'apparat et réfléchit. Ay se présente comme le successeur de Tout Ankh Amon.

Comment pourrait-elle, si jeune et si inexpérimentée, tenir le rôle qu'a autrefois endossé Hatchepsout ? Une seule solution se présente à ses yeux : épouser un prince avant que ne s'achèvent les semaines précédant l'enterrement de Pharaon.

Malgré sa peine, Ankhsepaton trouve le courage d'écrire au roi hittite.

« Accorde-moi l'un de tes fils. Il régnera sur l'Égypte à mes côtés. Je lui offre la meilleure des places : celle de Pharaon ! Si tu es d'accord, envoie vite ton fils à Thèbes. Il doit arriver avant que Pharaon ne rejoigne sa tombe. »

S'il reçoit le message à temps, le roi des Hittites se méfie. Au lieu de lui envoyer un fils, il répond, tergiverse.

« Pourquoi ne maries-tu pas ton propre fils ? tu dois bien être mère d'un héritier ! »

— Il ne me croit pas, finit par conclure la reine. Je vais lui envoyer une dernière lettre mais je crains qu'il ne soit trop tard.

Elle le supplie alors d'ajouter foi à ses propos. Son mari est mort et elle n'a pas de fils. Le seul moyen de sauver son trône est d'épouser un prince suffisamment âgé pour régner sur l'Égypte. Le roi des Hittites doit répondre le plus tôt possible à son appel.

Malheureusement, Ankhsepaton attend en vain la réponse du roi et le retour de son messager. « Où est-il passé ? A-t-il été victime d'un attentat ? Les intrigues continuent..., se dit-elle. Comme au temps de ma mère... Mais je suis moins forte qu'elle. À quoi lui ont servi sa fierté et sa superbe ? Elle est morte abandonnée de tous, seule comme une reine maudite. »

Cependant, Ankhsepaton reprend espoir. Les ateliers du pays connaissent alors une activité exceptionnelle. On veut orner la tombe de Pharaon et lui donner un mobilier à la hauteur de sa bonté. Les jours consacrés à la préparation de l'enterrement se multiplient. Bijoux, vases, meubles, armes fabriqués avant la mort du pharaon rejoignent d'autres objets ciselés avec amour.

Le peuple vient fidèlement crier devant les portes du palais : « Va vers l'Occident, domaine d'Osiris, va vers l'Occident, toi qui fus bon et rejetas l'injustice ! » Même les prêtres d'Amon ont oublié leurs reproches. Ils joignent leurs plaintes à celles des paysans.

Le jour des funérailles demeurera longtemps présent dans le souvenir des Thébains. Le long cortège de jarres de vin et de bière, de pots pleins de nourriture n'en finit plus. Il est suivi des porteurs de flacons à parfum, des responsables des fleurs, des animaux, des pièces magnifiques — tabourets, lits de parade, fauteuils, trônes. Colliers, masques en or, sceptres, vases canopes complètent magnifiquement l'ensemble.

Le sarcophage est tiré sur un char par deux taureaux blancs que précède un prêtre revêtu d'une peau de panthère. Le peuple pleure derrière Ankhsepaton qui achève son règne avec celui de son jeune mari. Les pleureuses se frappent la poitrine et s'arrachent les cheveux.

Le cortège se dirige d'abord vers le Nil avant de gagner la crique de la Vallée des Rois dominée par le sommet où habite la déesse du silence. « Ay et Horemheb ont tellement hâte de s'emparer du pouvoir qu'ils n'ont pas jugé bon de faire dresser une chapelle devant la tombe de mon mari », se dit Ankhsepaton.

La célébration de l'ouverture de la bouche qui permet à Tout Ankh Amon de voir son âme libérée pour qu'elle connaisse toutes les joies de l'au-delà se fait à l'extérieur, contrairement aux habitudes. Les taureaux blancs sont sacrifiés dès qu'Ay a purifié la momie. Le grand prêtre crie en levant les bras comme s'il était possédé :

— À ton double, au dieu Osiris juste de voix !

— Jamais Pharaon ne mourra, disent les courtisans. Il vivra éternellement car il était bon !

Deux prêtres portent alors le sarcophage à l'intérieur de la tombe, descendant les marches avec peine. Ankhsepaton lève les yeux vers le ciel. Elle y suit du regard l'âme de son mari qui s'est envolée et renaît.

— Sois heureux, lui dit-elle.

***

Bien que de petite dimension, la tombe de Tout Ankh Amon est ornée de peintures magnifiques. Une fresque retrace la procession funéraire du roi, une autre la cérémonie de l'ouverture de la bouche faite par Ay. Ay dépose lui-même la momie de Tout Ankh Amon dans l'un des sarcophages en quartzite rose. Les prêtres placent tout autour des arcs, des flèches et des éventails. Un second sarcophage orné d'hiéroglyphes est recouvert d'un voile noir.

Tout autour de ce sarcophage furent étalés maints objets : des bâtons en bois décorés d'ivoire et d'or et des cannes ornées d'inscriptions rappelant que le roi a coupé lui-même le bois dont elles sont faites...

Autour des troisième et quatrième sarcophages ont été ajoutées des rames pour guider Pharaon sur sa barque de l'au-delà; une oie en bois; le vase à parfums du couple royal; une jarre à maquillage; des poignards; des stylets; des bouquets de fleurs; des chars aux rayons d'or; le fauteuil du roi dont le dossier présente une scène de Pharaon avec son épouse. Deux statues en bois peint représentent enfin Pharaon.

Il semble que le fils du roi hittite fut assassiné par des nobles lorsqu'il parvint à Thèbes. Ankhsepaton ne fit plus parler d'elle après la mort de Tout Ankh Amon. Peut-être fut-elle victime d'un complot du harem. Ay régna cinq ans avec son épouse, la nourrice royale Ti. Horemheb devint ensuite pharaon et adula Amon. Il fit effacer tous les cartouches de Tout Ankh Amon et graver les siens à sa place. Horemheb fit également marteler sur les murs de Karnak tout ce qui rappelait les règnes d'Akhenaton et de Tout Ankh Amon.

Horemheb réorganisa l'Égypte. Il fut très populaire et fut enterré, lui aussi, dans la Vallée des Rois après avoir eu une tombe à Memphis et une autre à Akhetaton (la moderne Tell el-Amarna).

Mais, curieusement, alors qu'Horemheb considérait, à juste titre, Tout Ankh Amon comme un adolescent fragile qui n'avait pas eu le temps de s'affirmer, la postérité avait décidé de faire du trop jeune pharaon au règne insignifiant l'un des pharaons les plus connus de l'histoire ! Ay y contribua malgré lui grâce au précieux mobilier qu'il fit déposer dans sa tombe et le martelage ou la destruction des images de Tout Ankh Amon ne purent faire disparaître les luxueux objets qui entouraient son sarcophage.

La tombe de Tout Ankh Amon fut découverte par Howard Carter en novembre 1922. Après des années de recherches dans la Vallée des Rois, alors que celles-ci allaient s'achever, un ouvrier remarqua une marche en pierre. Deux portes murées se présentèrent bientôt aux yeux de l'archéologue et du propriétaire de la concession, lord Carnarvon. Ces murs portaient les sceaux de la nécropole et de Tout Ankh Amon. Le 24 novembre, Carter et lord Carnarvon parvinrent à faire un trou dans la seconde porte et découvrirent le trésor du roi : environ 3 500 pièces magnifiques. La tombe de Tout Ankh Amon est la seule à avoir été retrouvée intacte.

La momie reposait dans le premier sarcophage.

Séthi II et Taousert

Le Nouvel Empire
des pharaons de la XIXe dynastie

Environ 1301-environ 1187/1186 avant J.-C.
(Les dates sont hypothétiques et approximatives)

Ramsès Ier
Séthi Ier
Ramsès II
Merenptah
Amenmosé (1202-1199 ?)
Séthi II (1202-1196)
Siptah (1196-1190)
Taousert (1196-1188)

Le Nouvel Empire :
des pharaons de la XIXe dynastie

(environ 1301-environ 1187/1186 avant J.-C.
Les dates sont hypothétiques et approximatives)

Ramsès Ier, [illegible] la ville du delta [illegible]
Séthi Ier [illegible] la tête de [illegible]
Ramsès II [illegible]
Mérenptah [illegible] Ramsès II [illegible]
Amenmès (1203-1199?) [illegible]
Séthi II (1202-1196) [illegible]
Siptah (1196-1190)
Taousert (1196-1187) [illegible]
[illegible]

[illegible]

I

Pi-Ramsès, la ville du dieu Seth, était en joie. Un roi venait de prendre la tête du pays. Il se nommait Séthi II. Certains se souvenaient de ce jour où Ramsès II avait fait de Pi-Ramsès le lieu de résidence des rois. Ils ne cessaient de l'évoquer sur la place du marché ou sous les portiques.

Séthi II aurait pu choisir de résider à Thèbes. Il avait promis d'y embellir les monuments et d'y être enterré. Il aurait pu aussi opter pour Héliopolis, la ville de Rê, mais il en avait confié les temples à des prêtres avertis. La ville du dieu Seth l'avait séduit. Il s'y promenait le souvenir éclatant de Ramsès.

Le palais de Pi-Ramsès brillait de tous ses feux. Les salles de réception, ornées de fresques colorées, étaient en proie à une agitation inhabituelle. Déjà, les murs portaient, joints à ceux de Ramsès II, les cartouches de Séthi II. Des bâtiments administratifs et religieux alentour montaient des chants et des exclamations de joie.

Dans le port de la ville, les bateaux arrivaient en grand nombre. Là, les petites maisons de pêcheurs, modestes mais agréablement parées, avaient pris un air de fête. Les Égyptiens y sortaient leurs plus belles parures en buvant à la santé du roi.

Dans ses appartements aux sols recouverts de scènes champêtres, le nouveau pharaon Séthi II se recueillait devant les divinités. Il ne voyait pas les oiseaux bleus ni les poissons qui ornaient les murs de la pièce, pas plus qu'il ne sentait les bouquets de fleurs qu'on lui avait offerts. Des paniers de pain, de viande séchée, de raisins, de figues, d'aromates et de légumes avaient été alignés dans la pièce. Il en montait des odeurs fruitées et parfumées.

Séthi II honora les dieux Amon, Rê et Ptah. Il venait de passer une journée éprouvante, celle qui lui donnait officiellement le trône d'Égypte.

— Je contrôle aussi les oasis du désert, dit-il tout bas en faisant une sorte de bilan. Pourtant, Siwah me paraît encore dangereuse. Mes prédécesseurs ont su mater ses habitants. Une garnison s'y trouve en permanence. Parviendrai-je moi aussi à entretenir avec ces oasis des relations commerciales favorables ? Grâce à elles, nous possédons du sel, de l'ocre, du natron et du vin en abondance. J'irai moi-même à Oxyrhynque vérifier si les champs sont correctement cultivés, car les caravaniers y passent constamment. Je ferai contrôler les pistes. Je rencontrerai aussi en Nubie les chefs de garnison, les gouverneurs des principales villes et les responsables. Je réussirai peut-être à mettre fin aux révoltes qui sévissent souvent dans cette région.

Mais Séthi II se posait mille autres questions. Serait-il à la hauteur de son illustre ancêtre Ramsès II ? Merenptah, le treizième fils de Ramsès II, qui avait succédé à son père, n'avait guère eu le temps de faire ses preuves. Il était déjà âgé lorsqu'il avait pris le pouvoir. Pendant les dix ans où les Égyptiens l'avaient acclamé comme pharaon, il avait su cependant protéger l'Égypte des invasions libyennes et des révoltes nubiennes. Séthi II saurait-il au moins l'égaler?

Le pharaon n'avait pas entendu le dignitaire Amenmosé approcher. Sa lourde couronne lui fit pencher la tête. Aussi des serviteurs se précipitèrent-ils pour la lui ôter.

— Après tant de festivités, son poids écrase ma tête. Garder le visage impassible et le port altier avec cette double couronne est un exercice redoutable dont je me passerais bien.

Avec sa tenue d'apparat et le sceptre royal, Séthi II semblait avoir acquis plus de dignité. Il paraissait moins gauche qu'à l'accoutumée. Il resta un instant silencieux comme s'il assistait de nouveau à toutes les phases de cette journée mémorable qui avait vu la consécration d'un nouveau pharaon. Le réveil par les prêtres, le discours au peuple, les sacrifices aux dieux, les épreuves physiques, que d'épisodes importants de sa vie en une seule journée! Pris dans ses pensées, il sursauta en entendant Amenmosé lui parler.

— Je me demande si j'ai bien fait de choisir le dieu Seth pour me représenter, lui dit le pharaon indécis. C'est un dieu fourbe et cruel. Isis sut autrefois le duper mais il a vaincu Osiris. Ce nom de Séthi me portera malheur. Les Égyptiens redoutent de sortir les jours où il s'est illustré. Ils portent sur eux des amulettes pour l'éloigner.

— Il fallait y penser avant, répondit le sage Amenmosé qui se moquait parfois des décisions de son maître. Un premier Séthi a déjà régné. Que peut-il t'arriver de fâcheux? Seth est détesté à Thèbes alors qu'il est vénéré ici.

— Les jours anniversaires de sa lutte contre

Osiris sont considérés comme néfastes. Les pharaons n'osent même pas quitter le palais !

— Tu oublies que Seth l'a emporté, qu'il est fort et que nul ne lui résiste ! Tu seras aux yeux de ton peuple un homme indomptable. Tu seras comme lui le maître des manifestations du ciel les plus redoutables, des orages, des éclairs, de la foudre !

Amenmosé s'amusa de son regard effrayé.

— Encore faut-il assumer ces fonctions et être à la hauteur d'un dieu aussi puissant que Seth ! dit-il. Sinon, une telle puissance employée à mauvais escient peut entraîner un désordre que réprouverait Mâat.

— Amenmosé, je peux bien te l'avouer, à toi qui es mon fidèle conseiller, j'ai souvent beaucoup de mal à prendre une décision. Mérenptah avait au moins su choisir son dieu. Ptah est plus populaire que Seth.

— Cesse de te poser des questions, Maître des deux terres. Tu es maintenant Pharaon tout-puissant, Horus d'or. Les Égyptiens te vénéreront quel que soit ton nom. Les habitants de Pi-Ramsès se réjouiront que tu te sois placé sous la puissance de Seth. Les autres l'oublieront bien vite. Il te faut gouverner le mieux possible, construire comme Ramsès II, combattre si nécessaire les ennemis de l'Égypte et préserver ses terres.

Le fils de Séthi II [1] entra. Il traînait la jambe et paraissait éprouvé par la longue journée qu'il avait dû passer debout.

— Où est la grande Épouse Taousert ? demanda Séthi II qui ne pouvait se passer du soutien et des conseils de sa femme.

— Elle nous rejoint, répondit Siptah avec las-

1. Siptah était peut-être le fils d'Amenmosé et de Tiâ son épouse.

situde en se laissant tomber dans un large fauteuil. Qu'il est dur de régner ! Les obligations sont multiples. Je préférerais rester au lit et me prélasser plutôt que de me lever à l'aube pour écouter des cours ou apprendre quelque langue.

En cet instant, Amenmosé se disait que le monde était mal fait. Lui qui rêvait de régner entendait des paroles qui lui écorchaient les oreilles.

— Ma douce Taousert est très populaire et si pleine d'aménité ! soupira Séthi II.

— Peut-être, répliqua sèchement Amenmosé. Mais je suis également de sang royal. Ne l'oublie jamais. Nous sommes de la même famille !

Siptah se leva en portant la main à sa jambe gauche. « Jamais nous n'en ferons un conquérant, se dit Amenmosé. Comment pourra-t-il un jour succéder à son père ? Il faudrait que Séthi ait d'autres fils... »

La belle reine Taousert entra alors dans les appartements royaux. Elle portait encore sa tenue de cérémonie, une longue tunique en lin fabriquée dans les ateliers du palais. Un lourd gorgerin en turquoise et en cornaline ornait largement son cou. Des bracelets assortis entouraient le haut de ses bras. Ses chevilles à peine visibles étaient entourées d'une fine chaîne d'or. Elle portait une coiffe magnifique qui ne raidissait pas son port naturellement altier.

Taousert était aussi fière que Séthi II était gauche. Maîtresse femme, rien ne lui échappait. Elle écoutait et observait tout, se révélait un excellent conseiller. Amenmosé jalousait souvent sa place auprès du roi. Il la considérait parfois comme une rivale redoutable. Les ruses qu'il employait avec Séthi II n'avaient aucune prise sur elle. Plus fine et plus intelligente, elle entourait son époux d'un halo protecteur. Les fonctionnaires et les conseillers la redoutaient.

Elle avait pris en main l'éducation de Siptah, son beau-fils, et veillait à ce que ses professeurs fussent intransigeants. Car elle était aussi exigeante envers les autres qu'envers elle-même. Les Égyptiens aimaient sa grande bonté, sa générosité et son humanité.

Pourtant, en cet instant, Amenmosé, qui se disait volontiers petit-fils de Ramsès, trouva Taousert bien fragile dans sa robe moulante. « Comment une femme aussi mince pourrait-elle contrecarrer mes plans ? Je sais que je régnerai un jour. Séthi II n'est pas à la hauteur. Siptah restera toute sa vie un pauvre boiteux. Les dieux m'ouvrent les portes du pouvoir. »

Comme si elle avait compris ses pensées, Taousert le regarda droit dans les yeux et attendit qu'il baissât le regard. Elle se méfiait de cet être trop présent qui ne quittait jamais Pharaon en lui laissant croire qu'il était indispensable.

Amenmosé ragea en se sentant rougir. Il avait le crâne rasé comme les prêtres et portait une peau de bête sauvage. Ses cils noirs et longs lui donnaient un air de tigre prêt au combat. Il se plaça toutefois en retrait quand le chancelier Baÿ entra. Taousert lui accordait toute sa confiance. La reine versa elle-même du vin au pharaon. Quand elle lui tendit la coupe, Amenmosé vit briller son bracelet d'argent où le couple royal était représenté. Il en éprouva du dépit. « Je dois me montrer patient. Un jour viendra où les Égyptiens seront à mes pieds. Merenptah était si différent de mon père ! Mais mon père aurait dû régner ! Il aurait su repousser les Libyens avec plus de panache. »

Comme Séthi II réclamait le silence, tous les conseillers et les serviteurs se retirèrent. Taousert en profita pour attirer Baÿ dans le bureau voisin.

— As-tu remarqué avec quelle audace Amenmosé nous observe ? Je n'aime pas cet homme. Il me paraît fourbe. Comment faire comprendre à mon époux qu'il lui est hostile ?

— Garde-toi plus encore du Syrien Taou. Tous deux sont conscients des limites de ton époux et de la faiblesse physique de Siptah.

Taousert prit la défense de Séthi II. Elle n'appréciait guère que l'on critiquât son mari. Elle aimait sa douceur et son calme.

— Je n'ai plus l'âge de porter les boucles d'oreilles en or ornées de grenades en pierre que l'on m'a autrefois offertes. Je saurai assister Pharaon comme le firent autrefois des femmes fortes telles que Néférou-Sobek ou Hatchepsout.

Comme Baÿ s'apprêtait à répliquer, elle le lui interdit d'un geste.

— Mieux vaut un pharaon pacifique et humain qu'un conquérant assoiffé de pouvoir, dit-elle. Bois dans ce calice en forme de lotus blanc au nom de Séthi II.

Baÿ ne put retenir un soupir. Il se demandait comment une reine si fine, si cultivée avait pu tomber amoureuse d'un homme aussi insignifiant que Séthi II. L'amour avait sans doute ses mystères et la déesse Hathor les cultivait volontiers.

— Nous aurons une fille, ajouta Taousert. C'est indispensable pour renforcer le pouvoir de Siptah qui n'est pas mon fils. Je n'ai pas beaucoup d'estime pour ce garçon paresseux. Mais il pourrait ainsi épouser notre fille. Le pouvoir de notre famille s'en trouverait renforcé.

— Cela me paraît indispensable, répondit Baÿ.

— Je vais maintenant m'occuper des princesses qui constituent le harem de Pharaon.

— Méfie-toi de leurs enfants.

— Elles convoiteront toutes le trône d'Égypte

pour leur fils, je le sais. Mais je dois vérifier si leurs terres sont bien gérées, si leurs biens sont protégés et si leurs enfants ont une bonne éducation. Pharaon y tient.

— Reine, écoute-moi. Je sens autour de vous mille complots. Après le règne du puissant Ramsès II, les rois qui lui succèdent ont bien du mal à s'affirmer. Le pouvoir risque de s'affaiblir. Les conseillers peuvent en profiter pour s'insurger, comploter, trouver une faille et prendre le pouvoir.

— Je crois que Séthi II saura gouverner et punir les infidèles. Amon le guidera et lui ouvrira les yeux.

— Je le souhaite, Maîtresse des deux pays. Sache pour ma part que je serai toujours à tes côtés.

— Merci Baÿ. Je suis heureuse en ce jour. Séthi II me comble. Je bénis chaque jour les dieux de l'avoir pour époux.

C'était sa façon personnelle de congédier le chancelier. Elle longea le couloir orné de statues impressionnantes et de colonnes papyriformes et pénétra discrètement dans l'une des petites pièces carrées où il lui arrivait de méditer et d'écrire. Une fenêtre donnait sur le jardin de palmiers. Des milliers d'oiseaux chantaient sur les palmes sans se montrer.

— Je savais que tu viendrais me rejoindre, lui dit une femme âgée et calme.

— Ne t'avais-je pas demandé de m'attendre ici ?

— Rê finit sa course et j'ai patienté longtemps. La cérémonie s'est prolongée. Je pensais que tu m'avais oubliée et que tu te reposais auprès de ton cher époux.

— Je le ferai juste après notre entretien. Toi qui es capable de prédire l'avenir, de retrouver des objets égarés, de distinguer les amis des ennemis et de soulager les maux, tu vas me donner ton avis.

— Je te sens très soucieuse.

— Je le suis. En réalité, la journée s'est bien déroulée et j'étais heureuse pour Séthi mais j'entends trop de discours qui lui sont hostiles.

— S'ils viennent de ses ennemis, inutile de les écouter.

— Malheureusement, Baÿ en qui j'ai une entière confiance, vient de me tenir le même langage. Baÿ est le grand chancelier du pays qui gouverne par son intelligence. Parce qu'il vient d'Asie, il est parfois très pertinent et devine les êtres mieux que quiconque. Il doute de la capacité de Séthi à gouverner. Or, tu m'as appris bien des contes et des sagesses qui me permettent aujourd'hui de guider ma vie. Je ne trouve aucun dicton pour me montrer la voie. L'amour paralyse et fascine comme le cobra. Il ôte le jugement. Serais-je devenue la proie de ce sentiment dont j'étais si fière ?

— Rassure-toi. Ton époux dégage une puissance bénéfique pour tous ceux qui l'entourent. C'est un homme exceptionnel, bon, serein, intelligent...

— Je décèle une hésitation dans ta voix... Je t'implore comme je le ferais devant Osiris. Dis-moi la vérité.

— Quand je consulte Thot, il m'inspire et je parle par ses yeux.

— Tu illumines les ténèbres qui m'entourent. Riche en magie, la déesse Isis te donne le don de comprendre. Elle qui sauva un jour un homme d'une piqûre de scorpion sent venir les animaux nuisibles comme les serpents ou les scorpions. Grâce à elle, le cobra permet des récoltes abondantes lorsqu'elle l'appelle.

— Le cobra au front de pharaon est également grand en voyance. Tu le porteras et il t'aidera. Puisque tu crains le pire, prends donc avec toi un texte protecteur. Ainsi dormiras-tu tranquillement toutes les nuits.

Taousert ne s'était pas encore assise. Elle se rapprocha de la vieille femme et lui prit les mains.

— Quel texte ? demanda Taousert. Je fais tout de suite appeler un scribe pour qu'il le note.

— Le dieu Khonsou prétend qu'il te préservera du crocodile, des serpents, des scorpions, des racontars, des injustices, des démons et des maux. Tes terres seront fertiles. Ton personnel, tes troupeaux, tes biens seront protégés. Aucune divinité n'agira contre eux. Khonsou te protégera dans tous tes voyages, sur le Nil, la mer ou sur terre. Tu n'auras jamais mal à la tête, à la langue ou aux yeux. Ton cœur, tes poumons, ton foie, tes reins et ton ventre seront en bonne santé. Qu'il ne t'arrive que des événements joyeux et que tout malheur te soit évité. Que toi et ton époux viviez longtemps !

Taousert cherchait à enregistrer toutes ces paroles. Elle les prononçait après la savante.

— Je les dicterai à ton scribe. Porte ce texte dans une amulette cylindrique autour de ton cou et tu seras protégée par Amon jusqu'à l'au-delà où Anubis t'ouvrira les portes de l'Éternité et où Osiris te trouvera juste de voix. Encore une remarque. Baÿ deviendra plus puissant que tu ne le souhaiterais. Sois prudente. Il donne déjà ses ordres sans ménagement aux chefs de la région. C'est un être impitoyable.

— Mais fidèle. Comment sais-tu tout cela puisque tu ne l'as jamais rencontré ?

— Je le vois très nettement en fermant les yeux. Il sera fidèle jusqu'à la quatrième année du pharaon qui succédera à Séthi II.

Taousert la regarda fixement, comme si elle avait du mal à croire ses paroles.

— Quel successeur ?

— Je ne le vois pas. Je ne connais pas son nom. Je ne sais quand il succédera à Séthi II mais Baÿ se trouvera encore à la cour lorsqu'il régnera. Jusqu'à l'an 4 de ce pharaon.

— Que se passera-t-il alors ?

La voyante se concentra de nouveau. Mais elle avoua dans un soupir :

— Je suis impuissante à le deviner. Peut-être rejoindra-t-il l'au-delà tout simplement, dit-elle en laissant Taousert déconcertée.

II

Amenmosé se précipita au chevet du roi qui venait de se réveiller. Il était toujours le premier à remercier Rê de lui permettre d'ouvrir les yeux sur un jour nouveau. Les membres de la famille royale et les serviteurs venaient aussitôt le rejoindre en s'émerveillant de cette journée illuminée par le soleil bienfaiteur.

Seul Amenmosé voyait le matin son maître sans perruque. La tête rasée, le visage encore bouffi de sommeil, Séthi II lui dictait des ordres.

— Voilà ta perruque et ton diadème, lui dit Amenmosé.

Un serviteur les disposa sur sa tête.

— Mon fils peut rentrer, dit Séthi II en ajustant sa coiffe. Dispose l'uraeus autour de mon diadème pour que le cobra nous protège contre le mauvais œil.

Séthi II parla longuement avec Siptah. Il lui donna son programme de la journée et lui imposa une heure de cheval.

— Tu sais bien que mon handicap physique m'interdit de monter, s'excusa Siptah. J'apprécie pourtant le cheval que tu m'as offert. Il est doux et docile.

— Fais-moi confiance, insista Séthi. Le

médecin t'a conseillé de l'entraînement. Si tu vis normalement, les dieux te redonneront l'usage de tes jambes. Tu marcheras comme tous les garçons de ton âge.

Siptah ne semblait guère convaincu.

— Ma chère Taousert ne vient donc pas me saluer ? s'étonna Séthi. Elle a préféré me laisser dormir en paix après une si longue journée.

— Oui, Seigneur, dit Amenmosé. La reine a jugé bon de dormir dans ses appartements.

— Ce qui ne lui est pas habituel... répondit Séthi en éclatant de rire. Mais je lui pardonne cette fantaisie.

Le pharaon se leva lentement et se dirigea vers sa salle de bains tout en continuant à dicter au scribe qui s'était installé près de son lit les lettres de remerciements qu'il voulait adresser aux rois alliés de l'Égypte. La reine et lui avaient reçu des dizaines de présents tous plus luxueux les uns que les autres.

— Va rejoindre ton professeur de langues, dit-il à son fils. Et toi, écris !

Plusieurs servantes presque nues s'occupèrent de sa toilette. L'eau tiède qui coulait le long de son corps le réveilla. Il choisit lui-même la myrrhe et la rose qui parfumeraient ses bras et ses épaules. Une adolescente d'une minceur étonnante l'aida à enfiler son pagne plissé et plaça sa large ceinture à boucle dorée.

— On voit que tu t'es chargé des hiéroglyphes qui ornent la boucle de ma ceinture, remarqua Séthi II en félicitant Amenmosé. Mon nom d'Horus d'or s'y étale en relief.

— Cette boucle est plus lumineuse et plus belle que la précédente. N'est-ce pas normal ? Tu es maintenant pharaon. Attache cette queue de taureau et ce devanteau à ta ceinture et mets ces sandales en fils d'or.

Séthi II plaça autour de son cou un collier fait de pièces d'or et de perles dont le fermoir était orné de fleurs en turquoise.

— Je préfère les fermoirs à tête de faucon, dit Séthi II en détaillant le travail du bijou.

— Mais ce cadeau vient de Nubie et tu dois le porter.

Séthi II tendit le cou. On devait l'entourer du lourd pectoral à plusieurs rangs de perles.

— Bien! dit-il au serviteur chargé des bijoux. Ne me couvre pas de bracelets. Pare juste mes chevilles.

Le serviteur s'exécuta sans dire un mot.

— Je peux maintenant recevoir les ambassadeurs.

— Avant, je te conseille de prendre connaissance du courrier et d'offrir un sacrifice à Amon. Écoute les prières du grand prêtre et ne délaisse pas les dieux.

— Tu as raison comme toujours, reconnut Séthi II. Lis-moi toi-même les lettres qui viennent d'arriver. Nous y répondrons demain matin. Mieux vaut faire attendre les ambassadeurs que les dieux. Je me demande, cependant, où se trouve Taousert. Elle aime se lever à l'aube pour écouter le chant des oiseaux et faire une promenade dans les jardins. Pourquoi me fait-elle languir?

Amenmosé exprima une moue de jalousie qu'il dissimula derrière un sourire crispé.

— Ne t'inquiète pas, roi tout-puissant, la reine est toujours à tes côtés.

— Je vais offrir à ta femme, la reine Tiâ, un poste digne de toi. Elle pourrait devenir la confidente de la Grande Épouse royale.

Amenmosé jugeait que l'épouse du petit-fils du grand Ramsès II méritait bien une telle fonction. Aussi se contenta-t-il de s'incliner pour remercier le pharaon sans rien ajouter.

S'il n'avait aucune chance de s'imposer à Pi-Ramsès, où les Égyptiens vénéraient Séthi II, Amenmosé avait de fidèles alliés en Nubie et à Thèbes. Certains prétendaient même que Séthi II n'aurait jamais dû régner et que la branche à laquelle Amenmosé était rattaché était plus prestigieuse que celle de Mérenptah.

Amenmosé rêvait déjà de faire marteler les cartouches de Séthi II [1]. Il désignait chaque jour au roi les fonctionnaires qu'il jugeait les plus incompétents mais qui étaient, en réalité, ses plus fervents serviteurs. Séthi II ne se retrouverait bientôt plus entouré que d'employés indifférents à son sort.

— Tiâ te servira le mieux possible, répondit Amenmosé. Mais je voulais t'entretenir d'une importante question. Le clergé de Thèbes n'est pas digne d'Amon.

— Pourquoi dis-tu cela ? demanda Séthi II. Les membres du clergé sont en place depuis de longues années. Ils assument leur tâche de père en fils depuis cinquante ans. Que leur reproches-tu ?

— Le culte d'Amon part à vau-l'eau. Renvoie ces incapables avant que le dieu ne se révolte contre toi et choisis d'autres prêtres.

Séthi II demanda quelques instants de réflexion. Mais il céda une nouvelle fois devant l'insistance et les arguments d'Amenmosé.

— Je préférerais en parler à Taousert avant d'agir. Elle adore Amon et se montre très attentive aux cultes qu'on exerce en sa faveur. Elle m'aurait prévenu si les prêtres étaient négligents... Je ne comprends pas...

— Crois-moi. Fais une agréable surprise à

1. Il est possible qu'Amenmosé ait réussi à s'imposer localement en Nubie et en Haute-Égypte pendant quelques années. Il aurait alors fait marteler les cartouches de Séthi II qui était reconnu comme le seul pharaon dans les autres régions d'Égypte.

ton épouse, la digne adoratrice d'Amon. Puisqu'elle se rend souvent à Thèbes, change les membres du clergé avant son prochain voyage. Elle trouvera une telle amélioration dans l'exercice des cultes qu'elle te bénira mille fois d'avoir agi.

Séthi II hésita encore. Puis il appela un scribe qui prit en note sa décision.

— Qui choisira les nouveaux prêtres ? demanda-t-il à Amenmosé.

— Je me charge, Roi tout-puissant, de renvoyer les incapables et de sélectionner les meilleurs prêtres de toute l'Égypte pour les installer à Thèbes.

— Qu'il soit fait ainsi et que tout soit notifié sur le papyrus. Scribe, tu le classeras ensuite dans les archives de la Maison de Vie.

Le fonctionnaire, déjà assis en tailleur, s'inclina.

— Ajoute aussi que je compte faire des aménagements à Karnak. Quand le cortège accompagne la barque d'Amon pour Louxor ou la Vaste Prairie, les stations ne sont guère nombreuses. Certaines sont endommagées. Qu'on les répare et qu'on les multiplie. Les porteurs ne sont pas des esclaves. Je veux enfin qu'un temple-reposoir soit construit devant le premier pylône de Karnak. Amenmosé ! Je compte sur toi pour réunir une équipe compétente ! Que le travail soit rapidement fait ! Amon n'attend pas. Tu me l'as toi-même rappelé !

— Bien sûr, Maître, ajouta Amenmosé, comblé.

Il venait d'obtenir ce qu'il désirait. Si les fonctionnaires et les prêtres thébains les plus dévoués au Pharaon étaient démis de leurs fonctions, personne ne soutiendrait plus désormais le nouveau roi.

— Puisque Taousert ne souhaite pas venir

me saluer, qu'on appelle la reine Sutaylé. Elle saura me changer les esprits. J'avoue, Amenmosé, que tes remarques au sujet des prêtres m'ont contrarié. Je te fais confiance et je suis peiné de leur attitude peu respectueuse à l'égard des dieux et de ma personne.

— Sutaylé est la plus belle et la plus douce des reines secondaires, l'encouragea Amenmosé. La Grande Épouse royale apprécie, elle aussi, sa compagnie.

— Elle comprendra donc que je recherche sa présence.

— Ménage cependant la susceptibilité des femmes, lui conseilla Amenmosé. Les Grandes Épouses acceptent les femmes secondaires de Pharaon parce qu'elles y sont obligées. Mais que ressentent-elles au fond de leur cœur ? Inutile d'informer Taousert toutes les fois que tu passes quelque moment agréable avec Sutaylé [1] !

Tous deux plaisantèrent sur la redoutable jalousie féminine qui n'épargnait aucune femme du harem.

*
**

Dans les jours qui suivirent, le fils de Mérenptah et d'Isisnofret crut bon de faire un bilan de la situation en Égypte. Vivement encouragé par son épouse, il convoqua ses conseillers qui délibérèrent sur le choix de la capitale royale. Fallait-il rester à Pi-Ramsès ?

— Je souhaite que le traité de paix signé par Ramsès II entre les Hittites et les Égyptiens ait force de loi. Mon père a aidé les Hittites accablés par la famine. Il leur a envoyé du blé cultivé dans le Fayoum.

1. Selon une autre version que celle évoquée précédemment, Siptah pourrait également être le fils de Séthi II et de Sutaylé.

— Mais tu dois te méfier, Maître, d'Ascalon, de Gezer et du pays de Koush. Ton père a dû mater des révoltes et montrer aux Libyens belliqueux quelle était sa puissance.

— J'en suis conscient, Taou, répondit Séthi II. De même que je connais la cruauté et les ruses de ces peuples venus du Nord que mon père a dû mettre au pas en l'an 5 de son règne. L'armée égyptienne a tué près de six mille soldats et nous avons fait dix mille prisonniers. Comment oublier une telle invasion ? Je revois les chefs ennemis défiler des entraves aux pieds devant mon père tout-puissant. Tous avaient la tête baissée. Tous suppliaient mon père de les épargner. Les scribes comptaient d'innombrables mains de soldats tués.

Quand le pharaon eut dressé le bilan de ses objectifs à l'extérieur et à l'intérieur du pays, il convoqua des architectes et des peintres. Son ton devint plus détendu. Il réclama même quelques musiciennes et une collation. Quittant son trône, Taousert l'invita à s'allonger sur un divan et à se détendre.

— Je te suis, lui dit Séthi avec une grande complicité dans le regard. Le temps de donner des ordres pour que mes conseillers boivent une coupe à ma santé après cette matinée de travail. Je les ai écoutés attentivement. Ils m'ont paru intelligents et pertinents. Je veux les encourager à me servir.

Des artistes remplacèrent bientôt les sévères fonctionnaires du palais. Le son d'une harpe monta vers les tentures. Le pharaon s'étendit sur un divan recouvert de soie à côté de son épouse.

— Je compte ouvrir des mines et exploiter nos carrières. Mon père a terminé le temple de Ramsès II à Hermopolis. Je vais faire achever la décoration. Quant au temple de Karnak, il ne sera pas dit que je n'apporterai pas, moi aussi, ma pierre à l'édifice. Un temple-reposoir sera construit dans la cour du temple et je vais revoir certaines constructions de l'édifice de Mout. Hatchepsout n'en a-t-elle pas fait un temple trop moderne ?

Taousert le contredit. Elle éprouvait une grande admiration pour cette reine qui possédait dans la Vaste Prairie le temple le plus original qui fût.

— Takat II n'aurait jamais avancé un tel argument, marmonna Séthi.

— Mais ta première épouse était docile comme toutes les Égyptiennes. Elle approuvait toutes tes paroles. N'est-ce pas parce que j'agis différemment que tu m'apprécies et m'écoutes ? As-tu une seule fois considéré les réflexions de Takat ?

— Non, je l'avoue.

Pourtant Taousert acceptait la concurrence d'une troisième femme que Séthi II aimait fréquenter. Il lui avait donné une terre et des domestiques. Elle s'occupait, aussi, ardemment du harem qu'il préférait, situé à l'entrée du Fayoum. Celui-ci représentait une ville faite de terrains privés appartenant aux femmes secondaires de Pharaon. Toutes les fois qu'il en avait l'occasion, le roi allait s'y détendre, pêchant dans le lac Karoun ou chassant dans les épais buissons.

— Je n'ai reçu aucune nouvelle du palais ni du harem, dit un matin Séthi II à sa femme. J'aime que tu t'y rendes plus souvent pour contrôler si tout s'y passe bien. La responsable se fait-elle obéir de toutes mes épouses en ton absence ? Je sais qu'elles te respectent et qu'elles t'aiment mais qu'en est-il lorsque tu te rends à Thèbes ? Je n'ai pas envoyé de scribes depuis très longtemps pour compter le cheptel de mes épouses. Je veux aussi que les terres soient exploitées le mieux possible. L'Égypte ne peut se permettre d'être négligente sur ce point et Pharaon doit donner l'exemple.

Taousert le rassura, un sourire malin aux coins des lèvres. Elle resplendissait de finesse et de subtilité. Séthi II acceptait tout ce qu'on lui disait sans broncher. Parce qu'il était naturellement influençable, Taousert était obligée d'être vigilante pour deux.

— Je crois que tes épouses me craignent plus qu'elles ne m'aiment. Mais n'est-ce pas le lot de toutes les femmes de Pharaon ? Elles souhaitent ma place et se réjouiraient de mon départ pour l'au-delà. Ne te laisse pas abuser. Toutes prient pour voir Siptah rendre des comptes à Osiris pendant le pèsement des actions. Elles pourraient ainsi espérer mettre un jour leur fils sur le trône.

— Mais je n'ai que peu de fils... Ramsès II en avait beaucoup plus !

— Tu en as suffisamment pour exciter les jalousies de ces dames, répondit Taousert sans vouloir le brusquer. Ne te trompe pas. Je ne les envie pas et je ne te reproche pas d'avoir un harem. Mais tu dois rester sur tes gardes...

— Tu sais combien Aménophis III et Tout Ankh Amon appréciaient le harem du Fayoum. Je ne veux pas le négliger. Partons dès demain pour Memphis.

Taousert vint se placer derrière lui et lui massa tendrement les épaules.

— Je t'ai réservé une surprise, lui dit-elle. Tu vas être étonné des aménagements que j'ai fait entreprendre au palais. Tu seras accueilli par des femmes cultivées et subtiles.

— Mais cela a toujours été le cas...

— Cette fois-ci, les femmes seront instruites. Elles joueront pour toi et chanteront mieux que personne. Je les ai choisies moi-même à Thèbes et les ai envoyées animer les fêtes que tu donnes au Fayoum.

Séthi II lui prit les mains et la remercia. La moindre attention le touchait, qu'elle vînt de son épouse ou d'un fidèle ami. Taousert ne se faisait aucune illusion sur ce qu'elle considérait comme de la faiblesse car elle savait qu'Amenmosé en profitait largement à son détriment.

— Comme tu es bonne et attentive, ajouta Séthi II en lui embrassant les paumes. Tu ne penses qu'à mon bien-être. Ainsi donc tu n'avais pas oublié mon harem mais tu t'en occupais à distance pour me réserver une surprise... Je ne veux cependant pas que mes épouses secondaires passent leur temps en loisirs. Elles ne doivent pas oublier que le tissage reste la principale activité du harem et que les produits qui sortent de nos ateliers sont si exceptionnels que toute l'Égypte les convoite...

— Toute l'Égypte ? Tu oublies nos alliés ! J'y ai placé des suivantes originaires des pays de l'Est qui réalisent très bien ce travail. Les musiciennes et les chanteuses que je veux te faire découvrir seraient très malhabiles dans ces ateliers alors qu'elles excellent dans le chant. Elles s'exercent chaque jour pour t'être agréables et tu ne seras pas déçu. Laisse-moi gérer ce domaine pour toi.

— Soit ! Horus guide tes choix. Ils ont toujours été parfaits. Les femmes qui fabriquent là-bas des produits de beauté ou des récipients de crème ont toujours démontré leur savoir-faire. Tous les pots qui arrivent dans notre salle de bains sont d'une finesse exceptionnelle.

— Et ils se vendent très bien à l'étranger. Toutes les coupelles en bois, en émail, en ivoire ou en verre coloré que mes servantes utilisent pour mes onguents, mes fards ou mes parfums connaissent beaucoup de succès auprès des dames de la cour.

— C'est bien ce que je disais. Tu es une déesse à toi toute seule. Que ferais-je sans tes précieux conseils ? Je ne réussirais pas à gouverner alors que tu m'apportes ton appui, ton réconfort...

Taousert hésita un instant puis elle lâcha en le regrettant déjà :

— Regretterais-tu pareillement les conseils d'Amenmosé ?

Séthi II leva les yeux vers elle sans comprendre. La tête ainsi penchée en arrière, il ressemblait à un enfant qui a commis une faute sans comprendre. Ses yeux juvéniles presque larmoyants amusèrent Taousert. Elle entoura son cou de ses mains blanches et douces enduites de crème parfumée.

— Ne prends pas garde à ce que je viens de dire. Je me suis mal exprimée. N'y pense plus.

— Mais Amenmosé ne te plaît pas. Je sens qu'il t'irrite parfois...

— Il nous espionne et s'immisce dans des affaires qui ne le regardent pas. Je n'aime pas son ton arrogant et sa façon de clamer partout qu'il est le petit-fils de Ramsès II. On dirait qu'il veut te chasser du trône pour prendre ta place !

— Je ne puis le croire. Amenmosé est très fidèle. Il m'est entièrement dévoué !

— Non, Séthi, Roi des deux Égyptes, Horus d'or, Souverain exceptionnel ; Amenmosé, je te le dis, n'est ni fidèle ni dévoué. C'est un arriviste, un opportuniste qui se sert de ta bonté et ricane sur la maladie de Siptah !

Taousert disait pour la première fois le fond de sa pensée. Elle en parut soulagée mais redouta la réaction de son époux. Celui-ci se contenta de lui caresser les mains qu'elle tenait toujours sur ses épaules sans ajouter un mot. C'était sa façon de lui démontrer qu'il ne lui en voulait pas.

III

Taousert n'aurait jamais imaginé passer des journées si agréables dans le harem du Fayoum. S'il fréquenta quelques favorites dont il faisait parer la chevelure d'une couronne de fleurs ou des Syriennes au front orné de tête de gazelles, le roi montra à Taousert beaucoup de tendresse et d'attention.

— Tu as été admirable avec mes épouses secondaires, lui dit le pharaon en la remerciant. Mais je me lasse vite de ces princesses trop jeunes qui veulent se montrer zélées en amour et qui vous blessent la chair. Elles sont semblables aux enfants en bas âge qui ne savent pas jouer avec les animaux et qui leur font du mal en ne souhaitant que leur bien-être. Donne les plus jeunes à de riches fonctionnaires du palais. Elles te béniront.

— Tes fonctionnaires aussi, répondit Taousert, l'œil pétillant.

— Reste avec moi et passons la soirée ensemble, proposa Séthi II la veille de leur départ en se montrant très pressant. Aucune femme n'égale ta douceur.

— Est-ce l'âge, grand pharaon, qui te fait parler ainsi ? Tu préférais avant la fantaisie et la rapidité. Laisse-moi finir mon travail et me préparer. Je te rejoindrai quand le soleil sera sur le point de disparaître en rougeoyant les monts du désert.

Taousert se dirigea d'un bon pas vers des pièces gardées par des portiers. Des fleurs et des tiges souples couraient sur la pergola qui inondait d'ombre les murs encore dorés par les rayons du soleil. À cette heure, les murs rosissaient presque. Taousert traversa le vestibule de la pièce principale entourée de colonnes fines aux chapiteaux en forme de fleurs. Elle passa dans toutes les petites salles en distribuant ses ordres.

– Que les enfants de Pharaon apprennent demain à chanter et à danser. Où se trouvent les professeurs ?

Partout, des serviteurs nettoyaient ou arrosaient les sols et les plantes. L'air se rafraîchit de quelques nuages d'eau bénéfique qui venaient mourir sur les décors des murs retouchés par les meilleurs artistes. Des papyrus jaillissaient des oiseaux sauvages convoités par les chasseurs à l'affût. Des troupeaux paissaient au milieu de la végétation du Fayoum. Des poissons de toutes espèces se frayaient un chemin au milieu des plantes aquatiques. Des oiseaux bleutés au long bec plongeaient leur tête dans les buissons à la recherche de quelque nourriture. Une symphonie de couleurs chatoyantes reflétait la grande richesse du Delta égyptien. Les portes étaient entourées de mosaïques turquoise. Jets d'eau, jardins, mares remplies de lotus, bassins ornaient les dalles du sol.

Taousert se pencha sur le lit de deux petites filles qui dormaient déjà. « Les enfants de la princesse Tabutu, murmura-t-elle. Elles quitteront bientôt ce palais. Pharaon est las de leur mère. Je vais la marier à notre scribe royal. Quelle union magnifique ! » Elle se prit alors à penser qu'elle n'avait pas d'enfant et qu'être mère devait apporter bien des joies.

— Il serait peut-être temps de concevoir un héritier ou une héritière qui épouserait Siptah, dit-elle tout haut en écoutant le souffle paisible des deux fillettes. Elles sont tellement belles avec leurs boucles brunes et leur peau aussi fine que celle de la caisse d'un luth.

Taousert contrôla l'intérieur des jarres qui se trouvaient dans un coin de la pièce. Puis elle ressortit et fit signe à un domestique d'approcher.

— Des boissons et de la nourriture dans la chambre de ces fillettes ? murmura-t-elle en fronçant les sourcils. Que signifie ceci ? Voulez-vous tous attirer dans cette pièce les rats et les serpents ? Tu sais pourtant que les jarres ornées de guirlandes bleues contiennent des céréales...

Le domestique s'excusa et s'empressa d'aller chercher de l'aide pour sortir les jarres de la pièce. Taousert souleva le couvercle de deux coffres en bois précieux incrusté d'ivoire et plaqué d'or. Des scènes de la vie quotidienne en décoraient le pourtour.

— Les vêtements sont propres et les bijoux soigneusement rangés. Mais ces plumes de pigeon prouvent que le sol n'a pas été nettoyé. Il faudrait toujours répéter les mêmes mises en garde !

Elle ramassa quelques plumes provenant des coussins du lit et les tourna entre ses doigts.

« Comment Pharaon ne serait-il pas attendri par de telles fillettes ? Même s'il se lasse de ses femmes secondaires, il doit aimer tous ses enfants. Je dois impérativement lui en donner. Le moment est bien choisi. Pharaon oublie ici tous ses soucis. Le médecin m'a dit que le climat est excellent pour concevoir. Le roi ne songe qu'aux loisirs et au plaisir. Ne le décevons pas. Quand il rentrera à Pi-Ramsès, il sera de nouveau accaparé par les ambassadeurs et les affaires extérieures. »

Elle jeta de nouveau un œil attendri vers les deux fillettes qui ronchonnèrent dans leur sommeil.

« En guidant Pharaon jusqu'ici, Amon m'a fait un signe. Il veut un héritier pour le trône d'Égypte au cas où Siptah ne puisse assumer ce rôle. »

Avant de rejoindre son époux, Taousert se rendit cependant dans la pièce des enfants royaux où dînaient les nourrices chargées de les éduquer. Elle les trouva de joyeuse humeur et fit aussitôt appeler la responsable. Celle-ci abandonna sa coupe de bière et se précipita vers la reine. Elle se jeta à ses pieds et lui reprocha de ne pas s'être fait annoncer.

— Je ne suis pas habillée décemment pour recevoir la Grande Épouse royale, lui dit-elle en rougissant.

L'ancienne nourrice, ronde et affable, avait une apparence qui reflétait son âme.

— Ta tenue m'importe moins que la discipline du harem et de la maison des enfants du roi, répondit fermement Taousert. Des fillettes dorment là-bas sans surveillance. Des jarres à provisions se trouvaient sans raison dans leur chambre. Vous jacassez si fort que l'on vous entend dès le vestibule. Est-ce un exemple pour les fils de Pharaon qui doivent recevoir une éducation stricte ?

— Non, sans doute, par Amon, répondit la grande mère, gênée. Mais les nourrices ont peu l'occasion de se distraire. La présence de Pharaon leur plaît. Aussi ont-elles décidé ce soir de fêter sa visite. Je ne pensais pas que cela porterait à conséquences...

— Ton objectif est louable mais la sécurité

des enfants du roi reste prioritaire. S'il leur arrive quelque chose, le roi te fera jeter aux crocodiles.

La grande mère se mit à trembler. Elle devint plus rouge encore qu'elle ne l'était à l'arrivée de la reine. Empêtrée dans sa tunique, elle ne parvenait pas à se relever. Taousert crut bon de la rassurer.

— J'apprécie ton travail, lui dit-elle.

— Nous choisissons comme nourrices les dames nobles les plus douces et les plus compétentes. Tous les précepteurs sont d'anciens militaires qui se sont illustrés aux côtés de Mérenptah, le compagnon de Rê.

— J'y veille. Mais je ne vois plus autour de moi que des petites sottes qui ricanent sans se préoccuper de ce qui les entoure. Aucune d'entre elles n'a remarqué ma présence. Elles boivent, elles mangent, elles plaisantent et racontent des blagues. Elles savent pourtant que je dois venir les voir.

À cet instant précis, l'une des femmes poussa précisément un cri strident en se précipitant à son tour vers Taousert. Un grand silence se fit dans la pièce. Les acrobates qui s'y produisaient disparurent par la porte entrouverte dans un bruissement de vêtements et dans un vacarme de crécelles.

— Il arrive aux Grandes Épouses royales de choisir ce lieu de paix, de gaieté et d'éducation pour accoucher, ajouta Taousert en haussant la voix pour que toutes les femmes l'entendissent. Je ne suis pas certaine de venir auprès de vous et de vous demander conseil ou assistance lorsque le moment sera venu...

Les dames approchèrent et la saluèrent humblement. Taousert décela quelques murmures.

— Elles se demandent si la Grande Épouse royale annonce qu'elle attend un enfant, lui dit la grande mère, un nouvel éclat dans les yeux.

— Tes prunelles brillent pour rien, répondit Taousert en retrouvant son sourire. Je comprends que cette nouvelle vous comblerait de joie mais elle est prématurée.

— Sache que tu ne saurais accoucher dans un meilleur endroit que celui-ci, dit la grande mère. Les déesses Hathor, la divinité grenouille et hippopotame t'assisteront comme nous. N'en doute jamais. Ce serait nous faire offense.

— Tu m'accompagneras demain au collège royal. Je veux me rendre compte des progrès qu'y font les enfants de nobles aux côtés des fils de Pharaon. On raconte à Thèbes qu'ils sont plus brillants qu'eux ! Le roi serait furieux s'il l'apprenait. En revanche, si le Delta rend les enfants royaux plus intelligents et plus savants, il s'en réjouira et moi aussi !

— Je dois, hélas, t'avouer, digne épouse, que les enfants de chefs étrangers ont de bien meilleurs résultats que nos princes ! Ils retiennent mieux les cours de morale et l'histoire de l'Égypte.

Taousert éclata de rire.

— Nos princes sont donc trop assistés dans leur petite enfance. Ils ne sont guère habitués à l'effort et deviennent paresseux dès l'adolescence !

— Je n'ai pas dit cela. Cependant, les enfants de chefs nubiens se débrouillent bien...

— Par Amon, voilà qui est étrange !

— S'ils combattaient aujourd'hui dans l'armée de Pharaon, ce serait les meilleurs soldats. Ils se montreraient peut-être plus dévoués que les propres fils du roi !

Taousert avait oublié ses reproches. Elle se joignit aux femmes et but de la bière en leur compagnie mais elle ne s'attarda pas. Une autre tâche l'attendait. Elle souhaitait aussi retrouver des moments d'intimité avec son mari. Ils se faisaient rares au palais et seul ce lieu enchanteur où les oiseaux s'envolaient des fourrés par milliers, où les animaux abondaient et où tout était fertile semblait propice à la fécondité, à la naissance et à la reproduction.

« Vraiment, se dit encore une fois Taousert, je suis persuadée qu'Amon n'a pas choisi pour nous cet endroit par hasard. » Puis elle laissa les femmes rassurées à leur douce soirée.

Les étoiles brillaient au-dessus d'elles dans la pièce à ciel ouvert. Elles scintillaient comme si elles participaient, elles aussi, à la fête ou si quelque dieu avait voulu se mêler incidemment à elles. Mais n'était-ce pas le cas ?

IV

Taousert n'attendit pas longtemps le diagnostic du médecin royal. Dès son retour à Pi-Ramsès, elle l'avait harcelé de questions. Elle voulait un verdict. Les nuits amoureuses qu'elle avait passées auprès de son époux avaient-elles été fructueuses ?

Comme le médecin n'osait s'avancer si tôt, elle convoqua une voyante renommée qui lui promit des arbres de la mer Rouge.

— Et le sexe de l'enfant ? insista Taousert pendant cette séance où chaque domestique apportait élixir et plantes aromatiques dans un défilé permanent.

La voyante commanda tout un arsenal de clous, de poupées en chiffon et de linges. Elle prononça des incantations à peine audibles et ferma longuement les yeux avant de déclarer :

— Seules les céréales parlent. Qu'on m'apporte de l'orge et du blé.

Taousert se montra agacée par tant d'indécisions. Elle allait congédier la voyante quand Amenmosé se fit annoncer.

— Qu'il attende ! dit-elle au serviteur.

— Pardonne mon audace, Reine des deux pays, dit Amenmosé en entrant, mais tes suivantes m'ont informé que tu n'étais pas dans une tenue indécente. Je me permets donc de franchir ce seuil pour te parler d'affaires graves.

Taousert le toisa de haut en bas.

— Comment oses-tu pénétrer ainsi sans en avoir reçu l'ordre ? dit-elle outrée. Sors immédiatement et attends que je te fasse appeler.

Amenmosé ravala sa bile. Il baissa la tête, attendit quelques instants et parut respirer profondément. Mais il ne bougea pas.

Taousert s'apprêtait à le congédier de nouveau quand le visage d'Amenmosé s'épanouit. Il observait les mixtures de la voyante qui ne cessait de l'observer.

— Reine très aimée, ne me dis pas que tu consultes cette voyante ! Aucun Égyptien ne lui accorde foi. Elle est vénale et stupide ! Ne te laisse pas abuser par ses fables...

— Que redoutes-tu, Amenmosé ? Qu'elle devine tes tristes desseins ?

— De quoi parles-tu, Souveraine chérie des dieux ?

— De ta volonté de monter sur le trône.

— Cette place me plairait en effet, je ne le cache pas. Mais Séthi II gouverne comme aucun autre roi ne le ferait. À sa place, je serais pitoyable.

— Ton discours a changé.

— Qui ne change pas est parfois stupide. Jamais je ne parviendrais à me faire aimer du peuple comme Pharaon.

Taousert demanda à la voyante de les laisser.

— Je te pardonne ton intrusion à condition que tu me dises très vite ce qui t'oblige à forcer ma porte.

Amenmosé s'inclina et parla debout devant elle.

— Je suis très inquiet pour la santé de notre pharaon. Il maigrit. Il n'apprécie plus les distractions. Le moindre bruit le fatigue.

— Il est vrai que la vie à Pi-Ramsès ne lui semble pas bénéfique mais si tu l'avais vu chasser au Fayoum, tu aurais été rassuré. Notre pharaon célébrera sa fête-sed et ses trois ans de règne.

Amenmosé se retira sans rien ajouter. Il savait ce qu'il voulait. Le séjour au Fayoum avait rapproché le couple royal.

⁂

Pendant sa grossesse, Taousert ne changea rien à ses habitudes. Elle consulta de nouveau sa voyante, pria les dieux et resta la conseillère de Pharaon.

— La Grande Épouse doit se reposer, dit un jour Amenmosé à son maître. Les mois passent et elle est trop active. Elle a accompagné une expédition au Sinaï. Elle assiste aux audiences. Sa place n'est plus ici mais dans sa chambre.

— Il est vrai que notre enfant va bientôt naître. Mais je n'ai jamais vu une femme aussi courageuse. Taousert ne se plaint jamais.

Amenmosé avait accru son pouvoir depuis le début du règne. Il se rendait indispensable. Il avait appris l'état de Taousert avec satisfaction. Lui et Taou se rencontraient souvent à l'insu de tous dans les jardins du palais lorsque Pharaon congédiait ses conseillers. L'un et l'autre s'inquiétaient de la mainmise de Taousert sur les décisions de Pharaon.

— Allons-nous laisser une femme diriger l'Égypte comme au temps d'Hatchepsout ? Je m'y refuse ! Siptah ne régnera jamais. Il n'en a ni les qualités physiques ni les capacités morales.

— La Grande Épouse attend un héritier, lui dit Taou. Pourquoi redouter l'avenir ? Cet enfant sera en bonne santé et il succédera à son père quand Amon l'aura décidé.

— Je ne vais pas laisser le destin me voler une place qui me revient ! Je suis le petit-fils du Grand Ramsès. N'est-ce pas suffisant pour régner ?

— C'est ce que tu prétends, répondit Taou.

— Comment oses-tu le mettre en doute ?

Mais les deux hommes se querellaient sans raison car non seulement Taousert avait supporté sans fatigue sa grossesse, mais elle tint à s'occuper elle-même de son fils dès sa naissance. Comme elle était moins présente auprès de Pharaon, Amenmosé accrut encore son influence sur le roi. Il lui préparait ses discours, parlait à sa place lors des audiences.

— Il serait bon que Siptah disparaisse, confia un jour Amenmosé à Taou. Les dieux lui ont envoyé maints handicaps. Il n'est pas fait pour régner.

— Tu oublies l'enfant de Taousert, répliqua Taou, effrayé par les sous-entendus de son compère.

— Ce n'est pas une fille. Elle n'épousera donc pas Siptah.

— Mais c'est un fils ! Un héritier qui succédera à son père et que sa mère prépare déjà à cette fonction !

Amenmosé éclata de rire.

— Un enfant si fragile... Les Égyptiens meurent souvent en bas âge. Tant de maladies courent dans notre pays...

— Que manigances-tu ?

— Rien. Je prétends seulement que cet enfant doit grandir avant de prétendre au trône.

Tel un pharaon, Amenmosé avait déjà entrepris de faire creuser sa tombe dans la Vallée des Rois. Il allait surveiller l'avancée des travaux et tançait les ouvriers qui lésinaient au travail. Certains préféraient avancer la décoration de la tombe de Séthi II plutôt que d'aménager celle d'Amenmosé. Taou reprocha à Amenmosé son empressement.

— Ne dit-on pas que Baÿ espère lui aussi avoir un jour sa tombe près de celle de Taousert alors qu'il n'est que scribe royal ?

— Conseiller de la reine, rectifia aussitôt Taou.

— Il est vrai que la reine lui donne chaque jour un nouveau titre. À croire qu'il deviendra pharaon avant moi !

— Tes allusions sont déplacées.

— Baÿ ressent une grande affection pour Taousert. Il la couve des yeux. Je suis sûr qu'il donnerait sa vie pour sauver la sienne. Et si nous le convainquions qu'il fait fausse route ?

Taou préféra ne pas répondre. Devant les menaces et les intentions d'Amenmosé, il jugeait plus sage de se tenir à l'écart. « Si un serviteur surprend un jour l'une de nos conversations, je suis mort. Cet Amenmosé devient trop dangereux. »

*
**

Taousert ne laissait rien au hasard pour son fils Séthi. Son époux la rejoignait toutes les fois qu'il le pouvait pour passer en sa compagnie des moments d'intimité et de bonheur. Ils n'en finissaient pas d'admirer les mimiques de leur fils, cherchaient des ressemblances, se montraient soulagés de voir l'avenir de l'Égypte assuré.

Les nourrices et les éducatrices n'avaient jamais vu une reine si attentionnée avec son enfant. Taousert avait conscience qu'elle devait former l'héritier du trône. Mais un jour, alors qu'elle allait déposer un baiser sur la joue de son fils, celui-ci resta inerte. Elle poussa un cri, appela de l'aide, secoua son enfant en suppliant les dieux. Mais aucun médecin, aucune divinité ne redonna le souffle de vie à son fils qui était mort pendant la nuit. Sentant un revers du destin, Taousert se replia sur elle-même et alla chaque jour implorer Amon. Était-ce un signe néfaste que lui envoyaient les dieux ? Devait-elle renoncer au pouvoir ? Séthi II ne se montrait-il pas à la hauteur ?

Séthi II fut très affligé par la perte de cet enfant.

— La vie est si mal faite. Siptah est malade. Il est faible et boiteux. Notre enfant était bien constitué. Il paraissait heureux et il a disparu le premier.

Taousert retrouva la force de gouverner bien avant le roi. Les épreuves qu'elle subissait l'endurcissaient. Elle en ressortait grandie et puissante. Tandis qu'Amenmosé se réjouissait de ces revers, Taousert préparait son avenir.

Ce fut la reine qui se chargea de la préparation des funérailles. Elle demanda aux Égyptiens d'observer soixante-dix jours de deuil avant l'enterrement. Le peuple se montra stupéfait par une telle manifestation divine. Il pleura et décida de montrer au couple royal toute son affection.

Taousert fit venir de tous les pays les meilleurs produits qui furent confiés au plus célèbre spécialiste de Thèbes. Celui-ci appartenait à une vieille famille d'embaumeurs très jalouse de ses prérogatives. Les enfants se montrèrent eux aussi très tristes. Ils furent dispensés d'école et préparèrent comme leurs parents le jour des funérailles, tressant des paniers d'offrandes ou créant des colliers de fleurs. Les enfants mouraient nombreux en Égypte, mais les fils de Pharaon n'étaient-ils pas les protégés des dieux ? Les bruits couraient que Séthi II n'avait pas de chance et que son règne était né sous le mauvais œil de Seth. Certains racontaient leur rêve qui ne laissait augurer rien de bon. Séthi II devait, pour d'autres, quitter le trône avant que tous les membres de la famille royale ne périssent. Les Thébains laissaient même courir la rumeur que des envahisseurs tueraient tous les Égyptiens s'ils n'abandonnaient pas leur roi. Amenmosé ne semblait pas étranger à ces bruits.

— Je redoute une révolte du peuple, confia un jour Taousert à son mari. Depuis la mort de notre fils, tu te recroquevilles dans la douleur. Tu perds ta lucidité mais mes conseillers me rapportent d'étranges rumeurs. On risque de fomenter contre nous quelque complot odieux.

— La douleur t'égare, lui répondit le roi. Le peuple nous aime et nous respecte. Il nous en donne chaque jour la preuve. Il a eu lui aussi la tristesse de perdre un prince adorable.

— Le temps du chagrin a cédé sa place au doute et aux médisances, dit Taousert. Écoute-moi. Prenons des mesures. Envoyons des espions pour savoir qui prépare de tels complots.

Le roi lui laissa carte blanche. Il jugeait néanmoins les craintes de sa femme excessives.

V

Taousert avait raison de s'inquiéter car les Égyptiens étaient attentifs aux signes des dieux. Des voyantes furent consultées par tous les fonctionnaires du palais. Elles conseillaient au peuple des recettes pour faire fuir les ennemis de Pharaon. Certains pratiquèrent même des actes de magie. Des devins se précipitèrent à Thèbes pour interpréter des messages divins.

Taousert décida finalement d'avancer la date officielle des funérailles. Celles-ci se déroulèrent à Thèbes avec beaucoup de cérémonie. Le couple royal s'était installé dans le palais de Haute-Égypte avec l'ensemble des courtisans. Le cortège quitta la rive des vivants pour celle des morts dans un profond silence entrecoupé par les plaintes des pleureuses.

Séthi II ne prononça pas une parole de la journée. Il restait calme et stoïque mais ses traits étaient tendus, ses lèvres crispées, ses yeux secs. Bien qu'elle parût égarée, Taousert contrôlait tout ce qui se passait. Elle suivait des yeux chaque détail du cérémonial. Son regard croisa celui d'Amenmosé au moment où les porteurs sortaient le cercueil de la barque afin de le transporter aux limites du désert. Amenmosé était impassible. Il ne ressentait aucune douleur. Il cherchait, au contraire, à dissimuler des sourires qui venaient spontanément éclairer son visage.

Taousert le regarda durement.

— Ne te réjouis pas trop vite, lui glissa-t-elle en faisant signe aux porteurs de déposer quelques instants le petit cercueil du prince. Pharaon est bien vivant et tu ne le tromperas plus longtemps.

— Je comprends la tristesse d'une mère, répondit Amenmosé en s'inclinant respectueusement. Aussi chasserai-je de ma mémoire les paroles que tu viens de prononcer.

— Retiens-les bien au contraire ! dit Taousert en prenant soin de ne pas élever la voix bien qu'elle eût envie de crier. Mes propos ne varieront pas demain.

Comme son époux l'attendait pour donner l'ordre au cortège de progresser, Taousert se contenta de lancer un juron. Les pleureuses avaient repris leurs lamentations. Le peuple pleurait, suivant au pas les courtisans et les hauts fonctionnaires. Le Nil semblait plus gris qu'à l'ordinaire. Les palmes bougeaient à peine sous le souffle chaud. Les moustiques tournaient sans fin au-dessus des eaux stagnantes des canaux envahis par les herbes. Des enfants, la tête protégée d'un morceau d'étoffe, la peau presque noire, regardaient, la bouche entrouverte, le somptueux cortège qui défilait sous leurs yeux. Les plus petits ne semblaient pas comprendre. Le long du chemin, les marchands de fruits se turent.

— Alors Taou, glissa Amenmosé à celui qu'il considérait jusque-là comme son ami. Tu ne m'adresses plus la parole ? Aurais-tu honte de celui qui régnera demain sur l'Égypte ?

— Je ne veux plus rien entendre à ce sujet, répondit Taou en l'évitant.

— Tâche de ne rien révéler à la reine, lui dit Amenmosé en le rejoignant. Tu quittes le navire parce que tu y as vu un cobra ! Il ne t'étouffera pas. C'est le signe du pouvoir. Si tu m'aides et me suis, tu seras demain scribe royal ou conseiller. Aujourd'hui, qu'es-tu donc ?

— Je n'ai que faire de ton mépris. Pharaon m'a toujours bien traité et ta superbe risque bien de t'étouffer avant que le serpent ne s'en charge !

Amenmosé reprit sa place dans le cortège en ricanant. Il savait que le doute habitait maintenant bon nombre de Thébains, conscients que Séthi II n'était peut-être pas le roi aimé des dieux. Devaient-ils en choisir un autre ? Les divinités ne leur enverraient-elles pas la famine ou quelque maladie s'ils gardaient Séthi II comme roi ?

Soudain, une femme se mit à crier dans la foule.

— Amon ne veut pas de cet enfant ! Il a provoqué sa mort !

Son mari tenta de la calmer alors que les gardes s'emparaient d'elle. Le cortège s'arrêta. La Thébaine fut traînée devant la reine.

— Pourquoi dis-tu des mots si cruels pour Pharaon ? Ne vois-tu pas sa douleur en ce jour ? lui demanda la reine.

La jeune femme se mit à pleurer et à embrasser ses genoux.

— Pitié ! J'ai parlé sans réfléchir. Je suis stupide !

Elle disait des mots sans suite.

— Cette femme n'a pas tous ses esprits, conclut Taousert. Qu'on l'emmène chez elle et que son mari la surveille ! Elle ne sortira pas de la journée. Je ne veux pas que l'on trouble les funérailles de mon fils qui vit maintenant dans l'au-delà et qui attend les offrandes.

Mais la Thébaine avait de nouveau jeté le trouble dans les esprits. Amenmosé en était satisfait. Il se redressa en regardant fièrement Taousert mais il croisa de nouveau ses yeux au moment où il s'y attendait le moins. La reine s'avança cette fois vers lui le plus ouvertement possible. Tout le monde tourna la tête vers elle et écouta son discours.

— Amenmosé, si tu paies encore une fois une femme simple d'esprit pour qu'elle dise tout haut des inepties, je prendrai des mesures. Si tu laisses courir de faux bruits à Thèbes, je te ferai torturer jusqu'à ce que tu avoues tes manœuvres. Thébains ! Amenmosé vous fait croire qu'il régnera bientôt sur l'Égypte ! Sachez que tous les Égyptiens ont reconnu Séthi II comme Pharaon et que les complots locaux ne mèneront à rien !

Puis elle ajouta en élevant la voix :

— Et si un Thébain apprend par hasard que des méchantes langues parlent de Pharaon, qu'il me le dise aussitôt ! Il sera reçu au palais. Je l'écouterai attentivement. Je le récompenserai et je punirai les coupables !

Le silence et l'étonnement étaient tels que les Égyptiens en avaient oublié le prince. Ils déposèrent tous quantité d'offrandes devant sa tombe et retournèrent chez eux le cœur gros.

***

Séthi II fut désespéré de ne pas avoir d'autres enfants. Les années passaient sans que Taousert ne lui donnât de nouveaux héritiers.

— La santé de Siptah ne s'améliore guère, dit-il un jour à son épouse. Les devins avaient pourtant prédit qu'il régnerait. Les médecins m'avaient conseillé des exercices. Mon fils s'est échiné en vain à marcher normalement. Aujourd'hui, il est découragé et moi aussi...

Taousert le rassura. Elle ne perdait jamais confiance. La perte de son fils l'avait bouleversée sans l'anéantir.

— Siptah est trop jeune pour régner. Laisse-lui le temps de s'assouplir. Dans quelques années, il deviendra fort et vigoureux.

— Le crois-tu vraiment ?

Taousert lui affirma qu'elle était confiante.

— Nous aurons d'autres enfants. Siptah ne te succédera peut-être pas. Il ne le souhaite pas.

Séthi II était encore plus inquiet pour son état de santé. Il n'en avait pas parlé à Taousert mais il se sentait étrangement las. Le médecin du palais le rassura en lui expliquant que l'inquiétude et la tension nerveuse devaient le fatiguer. Quoi de plus naturel pour un roi aussi puissant sans cesse sollicité par ses voisins et inquiet de la moindre révolte ?

— J'ai pourtant assumé mon rôle sans faiblir, protesta Séthi II quand le médecin lui prescrivit des potions à base de plantes.

— Justement, maître des deux Égyptes. Amon te rappelle que diriger un pays est difficile.

— Il est inutile qu'il me le rappelle. J'ai chaque matin plus de mal à sortir de mon lit. Je m'assoupis pendant la lecture des dépêches après plusieurs heures de sommeil. Et je n'accomplis pourtant pas encore ma course nocturne aux côtés de Rê. Sans doute vais-je bientôt m'y soumettre.

— Que sa Majesté reprenne confiance en elle. Elle est jeune et robuste.

— Je me sens si las au contraire. Ne peux-tu déceler ce qui me rend inapte au travail ? Je vais recourir à des guérisseurs...

— Je te le déconseille par Horus tout-puissant !

Mais Séthi II avait mieux deviné l'avenir que son médecin. Il mourut quelque temps plus tard, laissant une veuve et un prince trop jeune pour lui succéder.

Taousert dut surmonter une nouvelle fois sa douleur. Mais elle fut tellement accaparée par ses responsabilités que son entourage ne lui laissa guère le temps de se recueillir sur le corps de son époux. Les appartements royaux lui paraissaient la nuit incroyablement vides. Elle ne pouvait plus se confier à Séthi. Elle aurait pourtant eu tant de conseils à lui demander! Elle comprenait alors combien le poids du pouvoir était lourd à supporter. Elle se rendit souvent dans la Vallée des Rois pour confier à son époux ses craintes et ses hésitations. Quand elle revenait à Pi-Ramsès, elle était persuadée que le dieu Amon et Séthi II guidaient ses actes. Car elle n'était plus seulement la première femme du pays. Le destin de l'Égypte était désormais entre ses mains.

Taousert devint régente. Dès les premiers mois du règne de Siptah, Baÿ vint la trouver et lui proposa ses services.

— Tu ne pourras réussir seule, lui laissa-t-il entendre. Tu as des ennemis au palais. Je les connais et peux contrecarrer leurs plans. Si tu me fais confiance, Siptah régnera normalement. Sinon...

— Que demandes-tu en échange de ton aide? répondit Taousert.

— De devenir officiellement ton conseiller.

Taousert se sentait la proie d'un chantage mais elle était consciente qu'il lui fallait des alliés. Elle préférait avoir Baÿ à ses côtés plutôt que le chasser du palais. Lui se plut à raconter que Siptah lui devait le trône d'Égypte.

Un jour, Taousert convoqua les meilleurs architectes du pays et leur donna la tâche de construire son tombeau dans la Vallée des Rois. Elle en choisit l'emplacement : elle voulait être enterrée non loin de Séthi II et de Siptah. Elle manifesta le souhait d'entretenir le palais de Ramsès II et fit entreprendre son temple de millions d'années non loin du Ramesseum.

Siptah grandit sous la surveillance étroite de sa belle-mère. Il changea au bout de trois ans son nom en Merenptah-Siptah. Mais ce nouveau nom ne lui porta pas chance. Il mourut trois ans plus tard, laissant Taousert seule au pouvoir. Comme elle l'avait pressenti autrefois, Taousert se retrouvait Pharaon face à de dangereux ambitieux.

VI

Taousert avait retrouvé peu à peu son enthousiasme. Mais elle passait des journées mélancoliques en pensant à ses chers disparus. Il lui arrivait souvent d'envoyer des messagers à Thèbes pour honorer les tombes de ceux qu'elle avait aimés.

À Pi-Ramsès, elle avait gardé les fidèles serviteurs de son mari et leur avait confié la tâche de s'occuper d'elle. Les fonctionnaires restaient à leur poste. Taou avait, cependant, pris une place importante auprès de la reine.

— Ainsi donc tu souhaiterais avoir ta tombe dans la Vallée des Rois à côté de la mienne ? dit Taousert en souriant. Mais que dirait le peuple ? Tu n'es pas roi.

— Le serais-tu sans moi ?

— Tu ne cesses, Taou, de me le rappeler depuis que je suis au pouvoir. Mais je prends seule les décisions et les fonctionnaires me respectent. Tu agis comme le faisait autrefois Baÿ...

— ... qui a réussi à obtenir sa tombe dans la Vallée des Rois. Je me souviens de son enterrement. N'était-il pas digne d'un pharaon ? Reconnais que je suis plus précieux qu'il ne l'a jamais été. Ne t'ai-je pas révélé les manigances d'Amenmosé, t'évitant ainsi une mort tragique ? Je vaux bien Baÿ !

Taousert rougit légèrement.

— Baÿ a réussi à se faire obéir du peuple...

— À la place de Siptah ! Il souhaitait comme Amenmosé usurper le pouvoir !

— Ce fut un excellent conseiller. Sans lui, peut-être que l'Égypte...

Taousert s'interrompit de nouveau.

— Tu es donc jaloux de Baÿ ! dit-elle finalement. Pourquoi n'aurais-tu pas une tombe identique à celle du fonctionnaire Shuroy dans la vallée de Dra Abou el-Negga ? Toute sa famille a été enterrée là depuis des générations. Ils ont tous servi les rois avec la plus grande compétence. Les murs de leurs tombes témoignent de leur vie, de leur activité...

— Les tombes de nobles sont beaucoup moins belles que celles des rois. Elles sont plus petites. La tombe de Shuroy est magnifiquement ornée mais elle est si peu profonde ! Je désire une tombe digne de ce que je t'ai apporté, Reine aimée !

— Tu as peut-être tort. Sur les murs de leurs tombes, les fonctionnaires racontent leur vie pour l'éternité. Les couloirs ou les salles des tombes royales ne rendent que l'image des divinités...

— Et de Pharaon ! Séthi II a été représenté sur les murs de sa tombe. Toi aussi, tu le seras...

— Je ne voudrais pas désorienter le peuple...

— Je ne ferai pas creuser une tombe identique à celle de Shuroy ni même à celle de Roy qui se trouve à côté.

— Roy fut pourtant scribe royal ! Tu t'estimes supérieur à lui ?

— Oui ! répondit Taou sans hésiter.

Taousert s'était parée pour recevoir les honneurs de plusieurs ambassadeurs. Les yeux de

Taou brillèrent. Il était manifestement très attiré par la reine et il ne se passait pas une journée sans qu'il ne cherchât à lui déclarer sa flamme. Mais il redoutait un affront devant les serviteurs. Aussi remettait-il sans cesse au lendemain des confidences que la reine jugerait sans doute déplacées.

Malgré son intelligence, Taousert ne parvenait pas à déceler si la démarche de Taou était intéressée. Tantôt elle le trouvait d'agréable compagnie, voire hésitant et attendrissant, tantôt elle était agacée par son ambition démesurée et sa superbe. Il avait pourtant réussi à mettre fin aux intentions d'Amenmosé. Devenir son complice eût été plus avantageux pour lui. Taou avait-il décidé de tenter sa chance tout seul ? La disparition de Séthi II et de Siptah l'y avait peut-être encouragé. Taousert se demandait si Taou avait de puissants complices dans le peuple et si elle devait redouter une trahison de sa part. Elle était pourtant épaulée par de solides fonctionnaires comme le vice-roi de Koush, Hori, le fils de Kama, autrefois nommé par Siptah.

Taousert pensait trop à Séthi II pour envisager une union avec un autre homme. Elle savait pourtant que celle-ci serait inévitable. « Comment choisir mon époux ? se demandait-elle souvent. Autrefois, Néfertiti a refusé de faire son choix parmi les Égyptiens à la mort d'Akhenaton. Elle a demandé au roi du Mittani de lui envoyer l'un de ses fils et celui-ci a été tué en chemin. Je ne commettrai pas la même erreur. Je n'épouserai pas non plus un homme trop jeune sous prétexte de lui imposer mes volontés. Il doit être respecté autant que je le suis. »

Taousert n'avait jamais eu l'idée d'envisager un mariage avec Taou. Elle se levait souvent à l'aube pour réfléchir, repoussant l'échéance d'un nouveau mariage, ne sachant comment annoncer à ses courtisans qu'elle n'était pas encore prête à remplacer Séthi II. Tous insistaient en lui montrant les avantages qu'elle pourrait en tirer.

— Tu ne peux rester ainsi sans époux, lui démontrait chaque jour Taou.

Elle ne répondait rien. Elle se contentait de hocher la tête, lui signifiant ainsi qu'elle en était consciente mais qu'elle n'avait pas trouvé d'Égyptien digne du trône. Lui cherchait mille moyens pour se rendre indispensable. Il partait souvent pour Thèbes afin de faire avancer la construction de son temple de millions d'années qui n'était qu'à l'état d'ébauche.

— Tu ne peux ainsi, Reine très aimée, négliger ce que tes prédécesseurs considéraient comme une priorité. Faire bâtir son temple d'éternité est essentiel pour un pharaon. Le tien se trouvera près de celui de Ramsès II. Je ferai en sorte qu'il soit plus imposant que le sien...

Mais la reine l'arrêtait d'un geste.

— Jamais tu ne commettras cette folie, Taou! Tous les Égyptiens se souviennent des exploits du grand Ramsès. Quel bâtisseur il a été! Voudrais-tu que l'on me méprise?

— Ramsès II a accaparé bien des monuments. Il a placé son cartouche et son image sur des constructions qui ne lui appartenaient pas.

— Tais-toi, Taou! Ramsès II a agi comme ses prédécesseurs. Il n'a rien commis de répréhensible et il n'a pas offensé les dieux!

Les yeux de Taousert se perdaient souvent dans le vague. Elle aurait tant voulu se rendre plus fréquemment à Thèbes pour se rapprocher de Séthi II et pour surveiller la construction de sa tombe proche de la sienne. Mais elle était retenue à Pi-Ramsès par toutes les obligations d'un pharaon. Elle écoutait les dépêches, y répondait, recevait les ambassadeurs, organisait des banquets, prévoyait des expéditions.

Comme tous les pharaons, elle avait entrepris de grandes œuvres à Héliopolis et à Thèbes. Elle choisissait les comptables, les scribes, les professeurs, les chanceliers du palais. Quand les équipes de mineurs revenaient du Sinaï avec la turquoise si convoitée, elle allait elle-même les accueillir au bord du Nil.

D'importantes fêtes étaient organisées à ces occasions. Les Égyptiens venaient du sud et débarquaient avec leur famille, prêts à chanter et à danser. Des artistes professionnels mettaient la ville en joie. Chacun décorait sa demeure et ses jardins. Les prêtres préparaient les bêtes pour les sacrifices. Dès que les bateaux des mineurs apparaissaient, les chants montaient vers le ciel. Seule Taousert, pourtant heureuse au fond d'elle-même, montrait un visage mélancolique. Elle regrettait que Séthi II ne fût plus à ses côtés. Elle avait tant entendu le peuple scander leurs deux noms pendant des années ! Quand des expéditions revenaient ainsi des mines de turquoise, les enfants leur offraient des fleurs. Les femmes se précipitaient vers leurs maris mineurs en leur ouvrant les bras. Pharaon était acclamé pendant plusieurs jours. Le peuple lui souhaitait longue vie, santé et force pour l'éternité. Le couple royal affichait une joie sans mélange.

***

Les Égyptiens paraissaient heureux du nord de l'Égypte jusqu'aux cataractes. Les champs produisaient en abondance. Le Nil débordait généreusement. Et pourtant, l'administration du pays laissait à désirer. Les paysans préféraient parfois ne cultiver qu'une partie de leurs terres. Les prêtres délaissaient les cultes.

Taousert ne se rendit compte de rien jusqu'à ce qu'elle rencontrât un certain Séti. L'homme était petit et trapu. Il avait le regard perçant, la repartie vive. Il se présenta un jour au palais et demanda à lui parler avec une audace étonnante.

— J'ai jugé bon d'informer la reine de ce pays que nombre de prêtres et de cultivateurs négligeaient leur tâche. N'est-ce pas faire offense au Pharaon que de ne pas exploiter le sol égyptien le mieux possible ?

Tout d'abord interloquée par la franchise d'un homme qu'elle ne connaissait pas et qui avait omis de se présenter, Taousert répondit :

— Agir ainsi est faire offense aux dieux, ce qui est beaucoup plus grave ! Pharaon a hérité sa terre du dieu. Il doit l'exploiter ou la faire cultiver. Quand il prend le pouvoir, Pharaon jure de préserver cette terre des ennemis, de l'agrandir et de l'enrichir. Dis-moi qui tu es et fais-moi un rapport puisque tu es venu jusqu'ici dans cette intention.

La reine l'écouta attentivement avant de le remercier. Elle donna aussitôt des ordres pour ouvrir une enquête. Puis elle fit marteler les cartouches de Siptah, soulevant par là même l'étonnement de Taou.

— Je croyais que tu le protégeais, lui dit-il. Siptah ne t'était pas antipathique !

— De son vivant. Parce qu'il le fallait bien. Mais je n'ai jamais apprécié Siptah. Il me montrait du respect, je le reconnais. Il était doux et calme. Mais je ne crois pas aujourd'hui que les Égyptiens doivent l'honorer et se souvenir de lui.

Taou avoua une nouvelle fois sa surprise. Taousert avait confié Siptah aux meilleurs médecins en espérant voir sa santé s'améliorer. Devant Séthi II, elle l'avait chéri et gâté enfant.

Elle s'était montrée maternelle, l'entourant de toute son affection. Siptah lui confiait souvent ses soucis. Elle le réconfortait avec son habituel optimisme.

— Ne me raconte pas ce que je sais mieux que quiconque, répondit la reine. J'ai toujours fait passer mon devoir avant mes sentiments. Qu'importe ce que je ressentais pour Siptah quand il était susceptible de prendre un jour le pouvoir ou d'épouser ma future fille. Un pharaon et une Grande Épouse doivent agir au mieux pour leur pays. Les amitiés passent après les obligations.

— N'as-tu pas effectivement envisagé une union de Siptah avec ta propre fille si tu en avais eu une avec Pharaon ?

— Je le reconnais. Cela aurait été la situation idéale si Siptah avait retrouvé la santé et si j'avais donné naissance à une fille. Mais la situation a évolué. Quand j'ai eu mon propre fils, rien ne m'aurait empêché de le placer sur le trône. Surtout pas Siptah ! Quand nous ne vîmes pas d'amélioration, j'ai vraiment pensé que Siptah n'était pas fait pour gouverner. Il ne pouvait partir au combat. Il boitait et présentait une image désastreuse de Pharaon. On ne savait qui était son père...

Taou cessa de manger les gâteaux qu'il portait de temps à autre à ses lèvres d'un air blasé. Il regarda la reine avec un tel étonnement que les mots ne parvinrent pas à sortir de sa bouche.

— À quoi fais-tu allusion ? demanda-t-il enfin.

— Séthi II était-il seulement le père de Siptah ? dit Taousert. Amenmosé a même avancé qu'il était le sien. Aurait-il été assez fou pour faire un enfant à une femme de Séthi ? Avec lui tout était possible.

— Tiâ ne l'aurait jamais accepté.

— Je n'en suis pas si sûre. Tiâ se taisait devant son mari. Jamais elle ne lui a adressé de reproches. Il était le maître chez lui. Quoi qu'il en soit, ma décision est prise. Les murs des temples ne doivent plus être recouverts du nom de Siptah. Il vaudrait mieux que nos descendants l'oublient. N'était-il pas une pâle figure de ce que doit réellement être un pharaon ?

Taou n'osa rien ajouter. Siptah était traité comme un usurpateur. Tous les scribes s'étaient rassemblés dans le bureau de Taousert en attendant ses instructions. Ils comprenaient que de grands changements allaient avoir lieu. La reine vint les rejoindre, entraînant des murmures puis le silence. Sa voix cristalline et autoritaire envahit bientôt la pièce. On n'entendit plus sur les papyrus que le raclement des plumes des calames. Personne n'osait discuter les décisions de Taousert.

VII

Taousert prit de nombreux noms. Elle se fit appeler Aimée de Mâat et de Mout, Belle reine, Semblable à Atoum qui a créé l'Égypte, Victorieuse des pays étrangers. Tout cela fut notifié dans les archives classées dans la Maison de Vie.

Elle rencontra plusieurs fois Séti et décida d'être attentive à ses paroles. Mais elle montra beaucoup de colère et d'agacement quand l'Égyptien prétendit rétablir l'ordre en Égypte. Sentant que Séti risquait de s'imposer plus que de raison, elle convoqua une nouvelle fois Taou et lui donna une mission précise.

— Séti m'a mise en garde contre toi. Je n'ai pas besoin de lui pour connaître ton ambition. Mais je n'apprécie guère qu'un étranger me donne des leçons. Enquête sur cet homme. Il prétend avoir eu une importante fonction du temps de Siptah et je suis mieux placée que quiconque pour affirmer que c'est faux. Il se fait parfois appeler Sethnakht.

— « Le vainqueur » ? Mais pourquoi le vainqueur ? Contre qui l'a-t-il emporté ? Fait-il allusion à une victoire militaire ?

— J'aimerais bien, moi aussi, comprendre ce que ce surnom signifie. Il ne semble pas avoir combattu contre des ennemis de l'Égypte. Mais il a les allures d'un militaire, tu as raison.

— N'appartient-il pas plutôt à une famille de nobles de Pi-Ramsès ? Sa maison se trouve ici. Je l'ai entendu dire que ses parents avaient vécu tout près du palais de Ramsès II.

— Tout cela me semble bien confus. Nous connaissons tous les notables de la ville.

— Ses ancêtres ont peut-être été puissants avant de devenir de simples particuliers...

— Pourquoi prétend-il alors avoir vécu à Thèbes ? S'il est originaire de Pi-Ramsès, je le verrais plutôt ancien soldat. Il ne parle que de Bubastis et de la capitale de Ramsès. Il retrouve ses amis dans les tavernes. Tous viennent de la même région. Que font-ils donc ? Préparent-ils un complot ? Séti affirme même avoir été choisi par les dieux pour rétablir l'ordre ici !

Taou se tut mais il savait que l'administration et l'armée égyptienne devaient être réorganisées. Lui-même avait plusieurs fois été tenté de prendre la tête d'un parti local puissant et hostile à la reine qui lui assurerait peut-être le pouvoir absolu. Les cultes n'étant plus exercés, les temples s'écroulaient parfois faute d'entretien. À Memphis, le lac sacré était rempli de détritus. Les paysans négligeaient même leurs champs.

— Tu ne réponds rien, dit Taousert. Approuverais-tu Séti ?

— Non. J'ai seulement constaté que certaines régions réclamaient une poigne de fer. Les paysans semblent avoir perdu leur courage d'autrefois. Un laisser-aller stupéfiant conduit les Égyptiens à perdre leurs troupeaux faute de surveillance. Ils récoltent moins qu'avant parce qu'une partie de leurs terres est laissée à l'abandon. Tu n'aurais jamais vu cela du temps de Ramsès ! Le peuple qui travaillait autrefois dans les temples et qui se retrouve aujourd'hui sans emploi se révolte. Quant aux prêtres qui tentent de gérer les domaines, ils ont bien du mal à se faire obéir !

— Serais-tu, toi aussi, en train de me donner des leçons ?

Taou avait oublié qu'il s'adressait au Pharaon. Les regards des scribes étaient tous braqués sur lui. Un silence pesant envahit la pièce. Le fonctionnaire crut bon de s'excuser et d'ajouter sur un ton protecteur :

— Je ne parle que pour ton bien, Reine des deux pays. Ne te méprends pas sur mes intentions. Je crains seulement que les Libyens tentent de nouveau d'entrer en Égypte et de détruire les cités. J'ai entendu dire que des nomades menaçaient les villes d'Hermopolis et d'Abydos. Ces armées d'envahisseurs ne se soucient ni des femmes ni des enfants. Les temples ne les arrêtent pas. Ils les occupent comme les maisons.

— Vois-tu une solution ?

— Oui. Entourer les sites menacés d'une enceinte solide.

Taou omit volontairement d'apprendre à la reine que des peuplades venues de l'Est installées dans le Delta avaient été embauchées par des dirigeants locaux. Sans doute quelque haut fonctionnaire ambitionnait-il un poste plus élevé et n'hésitait-il pas à recruter des mercenaires parmi cette population avide de richesses.

— Siptah n'a jamais su s'imposer comme un pharaon digne de ce nom, dit Taousert. Hériter du pouvoir à treize ans est déjà une gageure mais il n'était avec son infirmité que la pâle figure d'un dieu. Comment des militaires, des hommes brillants habitués à la politique et aux ambitions de Ramsès II auraient-ils pu accepter un tel roi ? J'ai tenté de réhabiliter l'image de

Pharaon. Les officiers et les hauts fonctionnaires me préfèrent à Siptah.

— Reine, ce Séti a raison lorsqu'il prétend que tu devrais lutter en priorité contre les pouvoirs locaux. Ils forment autant de menaces. Hori, le vizir du Sud, lui-même apparenté à Ramsès II, et le fils de Kama, vice-roi de Koush, t'ont déjà mise en garde.

— Je suis pharaon de quarante-deux nomes dans ce pays ! J'ai même fait placer au Fayoum des soldats chargés de me prévenir de la moindre tentative libyenne ou de la plus petite velléité d'indépendance.

— En théorie mais il faut parfois se méfier de l'eau qui dort.

Le crépuscule enveloppait les rives et les monts d'une noirceur bleutée bienfaisante. Taou se rapprocha de la reine et lui rappela combien il l'honorait et l'admirait. Il souhaitait la protéger contre les menaces intérieures, les plus dangereuses. L'armée égyptienne parviendrait toujours à repousser une tentative d'invasion mais qui lutterait contre les dizaines de traîtres qui convoitaient le pouvoir ?

Comme la reine méditait sur leurs dernières paroles, il se jeta à ses pieds et insista pour qu'elle lui accordât sa confiance sans partage. La confidente de Taousert se retira et fit signe aux suivantes de gagner les pièces voisines.

— Qu'entends-tu par là ? demanda la reine en regardant Taou. Pourquoi tant de cérémonie ? Si tu as une requête à me faire, parle !

— Tu ne comprends donc pas ce que je cherche à t'apprendre, Reine puissante ?

— Si. Tu insistes pour me montrer le danger qui m'entoure. J'ai envoyé des espions dans toute l'Égypte. Que puis-je faire de plus sinon d'attendre leur rapport ?

Taou se releva, désolé.

— Ainsi donc, jamais ton cœur ne parle. Tu penses encore à Séthi...

— Voudrais-tu m'avouer des sentiments que j'ignore ?

— L'Égypte a besoin d'un roi. Toi, Majesté divine, tu as besoin d'un époux digne de toi, efficace et sincère.

Taousert enleva son diadème avec un geste de lassitude.

— Ne me taraude pas avec ces conseils. Je ne les entends que trop.

Mais elle s'interrompit subitement.

— Effectivement, Taou, je ne comprenais pas ce que tu voulais me laisser deviner. Comment peux-tu imaginer que j'épouserais un homme qui n'ait pas de sang royal dans les veines. Tu es donc candidat pour devenir Pharaon !

Une telle remarque laissa Taou de marbre. Il se sentait à la fois humilié et sceptique.

— Un Égyptien de sang royal ? Mais à qui fais-tu allusion ? Comment épouserais-tu ton frère ? Tu n'en as pas ! Séthi a maintenant rejoint l'autre monde. À mon tour d'être étonné par une telle réponse.

Taousert ôta sa perruque et ses bijoux. Elle observa ses traits dans le miroir. Combien de fois avait-elle vu dans cette glace le visage apaisant de Séthi II qui se penchait vers elle pour déposer un baiser dans son cou. À cet instant, elle imagina que Taou agissait comme celui qu'elle aimait encore et elle frissonna.

— Que se passe-t-il ? osa Taou.

— J'imaginais le pire, répondit Taousert en souriant. Reste mon fidèle conseiller et tu deviendras riche et puissant. Ne convoite pas le trône. Il n'est pas fait pour toi.

— Ton cœur appartient encore à Séthi...

— Mon cœur appartient à l'Égypte.

— Mais quand prendras-tu un époux ?

— Le jour où la divinité me fera un signe, quand elle me désignera très clairement l'élu. Tu sembles sceptique. Je sais pourtant qu'Amon se manifestera et que je reconnaîtrai son message.

Elle se prit à penser à Séti. Ses grands yeux intelligents et son étonnant sens politique soulevaient sa curiosité et son admiration. Tandis qu'elle y songeait comme jamais encore elle n'y avait pensé, le ciel se fit noir. Quelques gouttes de pluie tombèrent.

— Quel est ce bruit ? interrogea Taou en se précipitant, intrigué. J'ai l'impression que l'on nous écoutait.

— Mais non, répondit Taousert, un sourire indéfinissable sur les lèvres. Il pleut tout simplement. Ce bruit est celui des gouttes qui tombent sur les feuilles du jardin.

— De la pluie en cette saison ? Mais que signifie tout ceci ?

— C'est le signe, Taou, le signe des dieux...

***

La tombe d'Amenmosé (KV 10), longue d'environ 75 m, fut explorée en 1907. Constituée d'un couloir, d'un vestibule, d'une chambre funéraire à piliers, la tombe ne fournit malheureusement que peu d'indications sur Amenmosé. Celui-ci aurait été pharaon pendant trois ans, peut-être sous le règne de Séthi II. Plusieurs de ses cartouches ont été martelés. Faut-il imaginer qu'il régna sur certaines régions quand il était vice-roi de Nubie ? Amenmosé avait-il pris le contrôle de la Nubie pour renverser Séthi II ?

Deux femmes furent retrouvées dans la tombe d'Amenmosé. Il s'agirait de deux parentes de Ramsès IX.

Quand la tombe de Siptah (KV 47) d'une lon-

gueur de 90 m fut découverte et explorée, la momie du roi se trouvait déjà au musée du Caire. Sur les murs des trois premiers couloirs sont reproduits la Litanie de Rê *et le* livre de l'Amdouat. *L'*Amdouat *était reproduit dans les tombes royales, les particuliers ayant plus volontiers recours au* Livre des morts.

Séthi II fut enterré dans la KV 15. Sethnakht fit peut-être restaurer les tombes de Séthi II et de Siptah.

Le scribe royal Baÿ (KV 13) eut l'honneur d'avoir sa tombe près de celle de Taousert dont la momie ne fut pas retrouvée. La tombe de Taousert fut explorée plusieurs fois mais elle ne permit pas d'apporter de réponses satisfaisantes à de nombreuses questions qui demeurent aujourd'hui en suspens. C'était le roi qui décidait d'accorder à l'un de ses proches conseillers de se faire enterrer dans la Vallée des Rois. Leurs tombes étaient simples et dépourvues de décorations. Le défunt était enterré dans un cercueil en bois, le quartzite étant utilisé pour les pharaons. Nous ne connaissons pas le nom de tous ces élus qui purent être ensevelis près de leur pharaon. La plupart auraient sans doute eu une tombe magnifiquement décorée dans la Vallée des Nobles s'ils n'avaient choisi de passer leur vie dans l'au-delà près de leur roi. On a retrouvé à ce jour dans la Vallée des Rois la nourrice d'Hatchepsout, un soldat, un grand prêtre, un maire, un vizir...

On reconnaît, en revanche, sur les tombes de Taousert et de Séthi II (dont on a fixé la réouverture après restauration en 1999), les habituelles représentations qui ornent les tombes royales. La déesse Mâat, protectrice de l'ordre, de l'équilibre et ennemie du mensonge ou de la corruption, est présente ainsi qu'Osiris, le président du jugement des âmes. Le soleil côtoie Nout, la déesse du ciel et des constellations. Le parcours du soleil dans les ténèbres permet la renaissance.

Pharaon accompagne Rê pendant la nuit. Mais pour savoir vivre dans l'au-delà, il faut connaître les textes et les guides qui permettent d'accéder au Soleil et à une nouvelle vie.

***

Sethnakht sut s'imposer en Égypte. Il devint pharaon et lutta contre les pouvoirs locaux pendant les premières années de son règne. Après ses victoires, il restaura les cultes. Quand il eut une quarantaine d'années, il régna avec son fils Ramsès III qui fit également creuser sa tombe dans la Vallée des Rois. Tous deux gouvernèrent avec d'anciens fonctionnaires de Taousert et de Séthi II.

Sethnakht fut vénéré dans tout le pays. Ses constructions témoignent de son pouvoir : la restauration du temple du dieu Horus à Héliopolis ; la décoration du temple de Ptah à Memphis ; la construction d'une chapelle à Karnak. Il envoya une expédition aux mines du Sinaï.

Sethnakht régna deux ou trois ans. À sa mort, comme sa tombe (la KV 11) n'était pas achevée, il fut enterré dans celle de Taousert (KV 14) que les ouvriers aménagèrent pour lui pendant les semaines nécessaires à la momification. Il semble, en effet, que les ouvriers de Deir el-Medineh n'aient pas eu le temps de terminer la tombe de Sethnakht d'autant qu'en creusant, ils débouchèrent dans la tombe 10 d'Amenmosé. On retrouve dans la magnifique salle à piliers de la tombe de Taousert-Sethnakht les extraits du Livre des morts *également reproduits dans les deuxième et troisième couloirs. Les rites de l'ouverture de la bouche sont représentés dans le quatrième couloir. Au moment de la préparation de la tombe agrandie pour accueillir Sethnakht, des images de Taousert disparurent sous des couches de plâtre. Mais la reine semble aujourd'hui revivre entourée de couleurs splendides.*

Le corps de Sethnakht fut retrouvé par Victor Loret dans la tombe d'Aménophis II toute proche avec d'autres momies royales. Il semble que Pinedjem Ier, grand prêtre d'Amon, ait choisi cette cachette pour protéger les momies des pilleurs de tombes. La momie de Sethnakht fut transportée au musée du Caire en 1934.

Ramsès III fut enterré dans la tombe 11 prévue pour Sethnakht.

Il succéda à son père quand il avait une quarantaine d'années.

Remerciements

Je tiens à remercier M. le président de la République arabe d'Égypte, Hosni Moubarak; M. Farouk Hosni, ministre de la Culture; M. Nabil Osman; M. Gaballah Ali Gaballah, directeur du conseil suprême des Antiquités d'Égypte; Mme Hoda Naguib, directrice de l'Office du tourisme égyptien; M. Ali El-Kadi, conseiller de presse à l'Ambassade d'Égypte; Françoise et Mohamed El-Bialy, directeur des Antiquités de Thèbes-Ouest, pour leur accueil toujours très chaleureux en Égypte.

Je tiens aussi à adresser un message amical à M. Hani Helal, conseiller culturel près l'Ambassade de la République arabe d'Égypte; à Mmes Suzanne Matsakis et Catherine Magnien du groupe Accor; à Michel Baud et Dominique Beck du Winter Palace de Louxor; à M. Dimitri Démétriou, directeur de l'Office du tourisme de Chypre; à Magda Sedki; à Joël Fenoyer du Sofitel de Charm el-Cheikh; à M. D. Georgiadès; à M. Thanos et Mikis Zintilis.

Table

Table

Du même auteur

L'Art aux yeux pers, Le Cherche-Midi, 1980, *poésie*. Prix Jean Christophe.

Torrent, R.E.M., Lyon, 1983, *poésie*. Album avec interprétation au piano de Violaine Vanoyeke.

L'Harmonie et les arts en poésie, Monaco, 1985, *anthologie*.

Le Mythe en poésie, Monaco, 1986, *anthologie*.

Cœur Chromatique, R.E.M., Lyon, 1986, *poésie*. Album avec accompagnement musical interprété au piano par Violaine Vanoyeke. Interprétations des textes avec Dominique Paturel.

Clair de Symphonie, J. Picollec, 1987, *roman*.

Messaline, Robert Laffont, 1988, *roman*. Traduit en espagnol, portugais, grec, coréen, bulgare, polonais...

Le Druide, Sand, 1989, *roman*.

Au bord du Douro, Lizier, Luxembourg, 1989, *poésie*.

Les Louves du Capitole, Robert Laffont, 1990, *roman*. Prix littéraire de l'été 1990. Traduit en espagnol, portugais...

La Prostitution en Grèce et à Rome, Belles Lettres, 1990, *histoire*. Traduit en espagnol, en grec, en japonais, en tchèque...

Le Crottin du diable, Denoël, 1991, *roman*. Prix de l'Association de l'assurance et des banques, 1992.

Les Bonaparte, Critérion, 1991, *histoire*.

La Naissance des jeux Olympiques et le sport dans l'Antiquité, Belles Lettres, 1992, *histoire*.

Les Grandes Heures de la Grèce antique, Perrin, 1992, *histoire*.

Les Sévères, Critérion, 1993, *histoire*.

Les Schuller, Presses de la Cité, 1994-1995, *romans* :
* *Les Schuller*, Presses de la Cité, 1994.
** *Le Serment des Quatre Rivières*, Presses de la Cité, 1995.

Hannibal, France-Empire, 1995, *histoire/biographie*.

Paul Éluard, le poète de la liberté, Julliard, 1995, *histoire/biographie*.

Le Secret du pharaon (série), L'Archipel, *romans* :
* *Le Secret du Pharaon*, L'Archipel, 1996. Traduit en espagnol, portugais, catalan, tchèque... Repris au Grand Livre du Mois (1996), par Succès du Livre (1997), à Presses Pocket (1997), Le Chardon bleu (1997).
** *Une mystérieuse Égyptienne*, L'Archipel, 1997, *roman*. Traduit en espagnol, tchèque. Repris par Succès du Livre (1998), à Presses Pocket.
*** *Le trésor de la Reine-Cobra*, l'Archipel, 1999, *roman*. Repris à Succès du Livre, Presses Pocket.

Quand les athlètes étaient des dieux, Les Jeux olympiques de l'Antiquité, Fleurus, Collection « Encyclopédie Fleurus », 1996, *ouvrage pour la jeunesse*.

Périclès, Tallandier, 1997, *histoire/biographie*. Traduit en portugais, espagnol...

De la prostitution en Alsace (préface), Le Verger, 1997.

Les Histoires d'amour des pharaons (série), Michel Lafon :
* *Les Histoires d'amour des pharaons : Néfertiti et Akhenaton; Ramsès II et Néfertari; Tyi et Ramsès III; César et Cléopâtre;*
Antoine et Cléopâtre, Michel Lafon, 1997. Traduit en italien, espagnol, turc... Repris au Grand Livre du Mois (1997), au Succès du Livre (1999), au Livre de Poche (1999).

La Passionnée, Michel Lafon, 1997, *roman*. Traduit en espagnol...

La Pharaonne (trilogie), Michel Lafon, *romans* :
* *La Princesse de Thèbes*, Michel Lafon, 1998.
** *Le Pschent royal*, Michel Lafon, 1998.
*** *Le Voyage d'éternité*, Michel Lafon, 1999.
Traduit en portugais, espagnol, italien... Repris au Succès du Livre, au Livre de Poche (2000).

Les Dynasties pharaoniques (série), Tallandier, *histoire* :
* *Les Ptolémées, derniers pharaons d'Égypte*, Tallandier, 1998, *histoire*.
Traduit en espagnol, portugais...

Discographie

Bach, Beethoven, Debussy, Chopin, R.E.M., Lyon, Violaine Vanoyeke, piano.

Chopin, Debussy, Schumann, R.E.M., Lyon, Violaine Vanoyeke, piano.

Violaine Vanoyeke est l'auteur de nombreux articles parus dans *Historia, Chroniques de l'Histoire, Le Spectacle du monde, Le Quotidien de Paris, Sciences et Vie*...

Les Histoires d'amour des Pharaons T1 n° 14592

Néfertiti et Akhenaton, Ramsès II et Néfertari, Ramsès III et Tyi... La chronique des pharaons égyptiens est emplie d'histoires d'amour où la passion, la jalousie, l'ambition, la tendresse, la tragédie occupent tour à tour le premier plan, jusqu'à l'ultime reine, Cléopâtre, volontaire, impulsive et sensuelle, qui conquiert César et tombe amoureuse d'Antoine.

Romancière et historienne, Violaine Vanoyeke redonne vie à cette galerie de personnages devenus légendaires. Nous entrons dans les secrets et les intrigues de la cour, où la religion se mêle aux appétits de pouvoir ; nous visitons les appartements des épouses, les harems, les salles des palais où se concoctent les philtres d'amour. Autant de récits à la fois véridiques et romanesques qui nous font découvrir de l'intérieur la vie et la civilisation de l'Égypte antique.

Les histoires d'amour des Pharaons T1 n°14592

Néfertiti et Akhénaton, Ramsès II et Néfertari, Ramsès III et Tyi... la chronique des pharaons égyptiens est remplie d'histoires d'amour où la passion, la jalousie, l'ambition, la tendresse et la tragédie occupent tour à tour le premier plan, jusqu'à l'ultime reine, Cléopâtre, volontaire, impulsive et sensuelle, qui conquiert César et meurt amoureuse d'Antoine.

Romancière et historienne, Violaine Vanoyeke fait revivre cette galerie de personnages célèbres ou légendaires. Nous entrons dans l'intimité des familles de la cour, où la religion se mêle aux appétits de pouvoir, nous suivons les appartements des épouses, les harems, les salles du palais où se concoctent les pires complots. Autant de récits à la fois véridiques et [illegible] qui nous font découvrir de l'intérieur la vie et la civilisation de l'Égypte ancienne.

Composition réalisée par EURONUMÉRIQUE

IMPRIMÉ EN ALLEMAGNE PAR ELSNERDRUCK
Dépôt légal Édit. : 8026-01/01
LIBRAIRIE GÉNÉRALE FRANÇAISE - 43, quai de Grenelle - 75015 Paris.
ISBN : 2-253-14985-3

31/4985/3